POINTS CLASSIQUES

UNE COLLECTION DIRIGÉE PAR VINCENT CASANOVA

« Un classique est un livre qui n'a
jamais fini de dire ce qu'il a à dire. »
Italo Calvino, *Pourquoi lire les classiques*[1] (1981)

La collection entend souligner la pleine vitalité des classiques de notre littérature. Elle a aussi pour ambition de remettre en lumière des titres moins connus. Chaque volume s'ouvre donc avec une réflexion inédite, rédigée par une figure intellectuelle de notre temps qui entre en dialogue avec une œuvre. Le lien se fait autant par affinités de goût que par résonance avec la pensée. Réaffirmant le pouvoir des lecteurs, Points Classiques propose ainsi un regard actuel destiné à nourrir le débat contemporain afin de permettre aux classiques de rejouer leur rôle dans les arènes du présent.

Vincent Casanova

1. Traduit de l'italien par Jean-Paul Manganaro et Christophe Mileschi, Gallimard, 2018.

Henri Beyle dit **Stendhal** (1783-1842) est un écrivain français. Son nom est passé à la postérité pour deux romans, *Le Rouge et le Noir. Chronique du XIXe siècle* (1830) et *La Chartreuse de Parme* (1839). L'Italie a toujours occupé une place particulière dans son œuvre et s'est notamment incarnée dans des récits qu'un artifice posthume a réuni sous le nom de *Chroniques italiennes* (1855). L'édition présente a fait le choix de ne publier que les textes inspirés directement de manuscrits italiens et parus du vivant de l'auteur dans *La Revue des Deux Mondes* entre 1837 et 1839. Ils sont rassemblés pour la première fois sous l'un des titres formulé par Stendhal lui-même, *Historiettes romaines*.

Patrick Boucheron est historien et professeur au Collège de France. Il est l'auteur, entre autres, de *Léonard et Machiavel* (Verdier, 2008), *Conjurer la peur. Sienne, 1338. Essai sur la force politique des images* (Seuil, 2013) et de *La Trace et l'aura. Vies posthumes d'Ambroise de Milan (IVe-XVIe siècle)* (Seuil, 2019).

ISBN 978-2-7578-9301-2

Stendhal

Historiettes romaines

Présenté par Patrick Boucheron

Éditions Points

Présentation

Stendhal révolutionnera l'histoire

On pourrait passer sa vie entière à ne jamais devenir romancier. Cela a bien failli arriver à Stendhal. « Je n'avais jamais songé à l'art de faire un roman », écrit-il à Balzac en 1840, ajoutant, à propos de *La Chartreuse de Parme*, « je ne me doutais pas des règles »[1]. Bien évidemment qu'il exagère – on le reconnaît d'ailleurs à cela, le plus souvent, et pour notre plus grand plaisir : Stendhal exagère. C'est en 1827 qu'il s'est découvert romancier, par surprise, à 43 ans, après avoir déjà tant écrit – des voyages, des histoires, des récits de vies, des chroniques pour les journaux, des bribes d'autobiographie, sans se soucier vraiment du genre de ce qu'il écrivait.

Encore avançait-il masqué : *Armance ou quelques scènes d'un salon de Paris en 1827* est publié anonymement. Trois ans plus tard paraît *Le Rouge et le Noir*. Si les spécialistes hésitent toujours à dater avec précision

1. *Correspondance générale*, éd. Victor Del Litto, Paris, Honoré Champion, 1999, vol. VI (1837-1842), p. 400 (16 octobre 1840, brouillon). Lorsqu'il n'y a pas de mention d'auteur, il s'agit de Stendhal.

sa campagne d'écriture, on sait qu'elle est fulgurante, comme celle de *La Chartreuse de Parme.* Stendhal commence à en dicter le texte le 4 novembre 1838 ; le 26 décembre il a terminé. 53 jours, pas un de plus – Georges Perec rêva d'en faire un roman[1]. Et l'histoire littéraire ne cesse depuis lors de s'interroger sur ces quelques semaines qui, en 1827, en 1830 et en 1838, auraient fort bien pu être employées à autre chose, tant la vie de Stendhal était variée, fantasque, imprévisible.

Le lirions-nous encore ? Peut-être, mais différemment. Car c'est par contraste que le reste de son œuvre apparaît « dispersé, circonstanciel, inachevé », selon l'expression de Julien Gracq qui s'étonnait qu'elle ait pu à se point subir « l'aimantation » du massif romanesque : « jamais sans doute un noyau radioactif aussi réduit n'aura transmué et activé par bombardement une enveloppe inerte aussi épaisse »[2]. Qu'importe : l'ensemble acquiert, pour nous encore qui le lisons aujourd'hui, cette inépuisable énergie qui en électrise l'élan narratif.

Les quatre textes que l'on va lire ici sont animés de cette joie féroce, rapide, presque irrésistible. Le bonheur qu'ils procurent est à la mesure de leur indétermination littéraire. Sont-ce des nouvelles, ou des romans en puissance ? Est-ce de l'histoire, puisque leur narrateur affirme qu'il n'en est que le traducteur, et que leurs sombres intrigues criminelles sortent tout droit de quelque chronique de l'Italie du XVIe siècle ?

---

1. Georges Perec, *« 53 jours »*, texte établi par Harry Mathews et Jacques Roubaud, Paris, P.O.L., 1989 (roman inachevé).
2. Julien Gracq, *En lisant en écrivant*, Paris, José Corti, 1980, p. 575-576.

Tâchons de n'en rien savoir pour le moment, et évitons même de les considérer comme des « Chroniques italiennes », ainsi qu'on le fait ordinairement. Non, ces quatre textes publiés anonymement ou sous pseudonyme dans la *Revue des Deux Mondes* entre mars 1837 et mars 1839 – soit, respectivement, *Vittoria Accoramboni, Les Cenci, La Duchesse de Palliano* et *L'Abbesse de Castro* – appelons-les simplement « Historiettes romaines » (on comprendra bien assez tôt pourquoi) et laissons-les venir vers nous à leur train, librement. Qu'ils nous viennent, ces contes cruels, dans l'ignorance de ce qu'ils feront advenir, de l'histoire ou du roman.

La tentation historienne de Henri Beyle

Il était une fois un polytechnicien raté qui cherchait à se faire un nom. Né en 1783, Henri Beyle avait quitté Grenoble où étouffait sa jeunesse pour tenter l'aventure militaire à Paris. C'est là que la Grande Armée le saisit, le précipitant en Italie. À Milan, en 1800, il découvre tout en même temps : l'amour, l'opéra, la guerre et la beauté. « J'étais absolument ivre, fou de bonheur et de joie[1]. » Une fois pour toutes, Stendhal nomme « Italie » ce sentiment d'allégresse. Mais comment assouvir cette passion des énergies créatrices ? Pour conquérir la postérité littéraire, ou plus précisément pour tenter de se frayer un chemin entre le désir de satisfaire ce que Sainte-Beuve qualifiait de « littérature industrielle » et l'espérance de s'y faire reconnaître par ce qu'il appelait

1. *Vie de Henry Brulard*, Paris, Gallimard, « Folio », 1973, p. 412.

lui-même les *happy few*[1], il hésitait entre l'épopée et la comédie. En 1802, de retour à Paris, le jeune sous-lieutenant démissionnaire note dans ses carnets, parmi la liste des ouvrages qu'il devrait commencer « à 35 ans », trois livres d'histoire : « Histoire de Bonaparte, histoire de la Révolution française, histoire des grands hommes qui ont vécu pendant la Révolution française »[2]. En convoquant à la fois le Musée et le Panthéon, deux des institutions majeures de la Révolution, Stendhal s'inscrit dans l'exaltation des grands hommes. Mais l'aventure napoléonienne compromet pour lui cette idée : « la haine des tyrans a été ma plus forte passion après l'amour de la gloire[3] ».

Écrire l'histoire, c'est entendu, mais avec quelle méthode ? En composant, lors de son séjour à Brunswick de 1808, son *Histoire de la guerre de succession* – en l'occurrence la guerre de succession d'Espagne qui déchira l'Europe de 1701 à 1714 – Stendhal puisait dans Louis XIV de quoi faire ternir l'éclat de Napoléon[4]. Comme l'écrit le grand stendhalien Victor Del Litto, il inaugurait « le procédé auquel il restera fidèle toute sa vie : à une transcription plus ou moins littérale de passages empruntés aux ouvrages qu'il a consultés, il entremêle des remarques et considérations personnelles réussissant

---

1. Marie Parmentier, *Stendhal stratège. Pour une poétique de la lecture*, Genève, Droz, 2007.
2. *Journal littéraire*, dans *Œuvres complètes*, dir. Ernest Abravanel et Victor Del Litto, Paris-Genève, 1968, vol. 1, p. 16 (note datée du 11 frimaire an XI, 22 novembre 1802).
3. *Ibid.*, p. 474 (11 juillet 1804).
4. Ce manuscrit est inédit ; seule la deuxième partie est conservée, à la Bibliothèque de Grenoble. Voir, d'une manière générale, Catherine Mariette, « Pour Stendhal, quelle histoire ? », dans Catherine Mariette (dir.), *Stendhal historien ?*, *Recherches & Travaux*, n° 90, 2017 [en ligne].

le tour de force de donner à l'ensemble une couleur bien stendhalienne[1] ». La méthode n'est sans doute guère recommandable pour les historiens d'aujourd'hui, mais elle est sans conteste animée chez Stendhal par un art de lire puissant et singulier, permettant de s'inventer soi-même en se reliant à des écritures passées.

Retenons en tout cas ceci : le premier travail littéraire d'ampleur de Stendhal est, en 1808, un livre d'histoire, et qui plus est un livre d'histoire animé d'un projet politique oblique – désavouer la visée annexionniste de Napoléon en Espagne en feignant de parler d'une autre guerre de conquête. Raté : la cible est dissimulée, l'intrigue incompréhensible. On n'écrit pas l'histoire comme on trimbale une valise à double fond. Stendhal délaisse donc le livre, mais ni la méthode ni le ton. Une note du 13 octobre 1808, intitulée « Style de l'histoire », définit fort bien la manière qu'il aura désormais d'imposer sa voix sur les faits historiques. « Mon style aura un caractère particulier en se moquant un peu de tout le monde, sera juste, et n'endormira pas ». Il se détourne donc de cette gravité qu'on réclame des historiens. « Pourquoi veut-on la gravité ? – Pour changer les historiens en prédicateurs, pour corriger les vices. Qui l'histoire veut-elle instruire ? *Kings*. Ils se foutent d'elle. En ridiculisant leurs instruments, on rendra difficile, impossible même pour eux, ce qu'on a tenté inutilement de leur rendre odieux[2]. »

Là encore, on pourra trouver équivoque cette conception du rôle public des historiens, mais au moins ne se

1. Victor Del Litto cité par Gérald Rannaud, « Stendhal et la tentation de l'histoire », *Romantisme*, n° 107, 2000, p. 7.
2. *Œuvres intimes*, éd. V. Del Litto, Paris, Gallimard, 1981-1982, t. 1, p. 508, cité par Gérald Rannaud, *art. cit.*, p. 9.

fait-elle guère d'illusions sur leur capacité à influer sur le cours des choses en haussant la voix dans l'arène publique, ou au contraire en murmurant à l'oreille des puissants dans le secret des cabinets ministériels – au moment pourtant où une bonne partie du personnel politique se pique d'histoire. Stendhal n'est pas très loin, en somme, d'incarner « ce narrateur léger et habile » qui saura, pour Louis Marin, déjouer le piège du récit : « il racontera des histoires et non plus l'Histoire ; il ne tiendra pas de discours critique sur le Récit mais il dira des récits dont toute l'efficace tiendra à ce que – pour un moment – il conte au pouvoir la façon dont le pouvoir se raconte et, du même coup, le piégera à son propre piège par le plaisir que le pouvoir y prend. Ainsi La Fontaine, Retz ou Perrault »[1]. On le devine, les contes, les fables et les historiettes ne sont pas très loin ; mais elles sont à venir.

L'histoire, ou plutôt les histoires, sont à venir

S'il y a une philosophie de l'histoire chez Stendhal, elle lui est tout entière inspirée par le sentiment très vif de l'incomplétude du présent. Toujours, les personnages de ses récits font effort pour ne pas ressembler à leur temps, « siècle dégénéré et ennuyeux », lit-on dans *Le Rouge et le Noir*[2], parce que bien trop étriqué. Il l'affirme également dans les premières pages des *Cenci* : « ce siècle est trop *collet monté* » car « son désavantage

1. Louis Marin, *Le récit est un piège*, Paris, Minuit, 1978, p. 10-11.
2. *Œuvres romanesques complètes*, éd. Yves Ansel et Philippe Berthier, 3 vol., 2005-2014, Paris, Gallimard (« Bibliothèque de la Pléiade »), vol. 1, p. 644.

est de raccourcir infiniment le domaine de l'histoire » (p. 77). Si celui-ci doit au contraire être saisi dans sa plus grande amplitude, bien au-delà du temps présent qui n'en est que le rabougrissement provisoire, c'est qu'il n'y a pas de dynamique historique (Stendhal appelle cela « civilisation ») qui n'ait été menée jusqu'à son terme. C'était déjà vrai de la Renaissance, comme il l'a compris en écrivant *Histoire de la peinture en Italie* (1817). Son dernier chapitre, « Le goût pour Michel-Ange renaîtra », projette l'avènement du beau moderne dans l'espérance politique de cette « soif d'énergie » : « nous avons longtemps à attendre, car un nouveau quinzième siècle est impossible, et même alors il restera toujours à Michel-Ange les caractères odieux et terribles »[1].

Ce qui est vrai de la Renaissance l'est encore davantage de la Révolution. Ce n'est pas seulement que la Révolution n'est pas achevée, ou qu'elle se solde par d'inévitables régressions, c'est qu'elle est toujours à venir : pour Stendhal, il faudrait décrire en ce sens l'épopée paradoxale de Napoléon. Un tel sentiment, évidemment lié à la condition historique postrévolutionnaire, lui inspire de l'allant davantage que de la mélancolie. Or c'est bien cette ardeur à précipiter les temps nouveaux qui pousse Stendhal aux lisières de l'histoire et de la littérature, en ce front pionnier qu'il nomme, avec d'autres écrivains de son temps, la peinture des mœurs. « Oubliée par tant d'historiens[2] », selon

1. *Histoire de la peinture en Italie*, éd. Victor Del Litto, Paris, Gallimard, « Folio », p. 478-479.

2. Honoré de Balzac, « Avant-propos », dans *La Comédie humaine*, éd. Pierre-Georges Castex, Paris, Gallimard (« Bibliothèque de la Pléiade »), 1976, vol. 1, p. 11.

Balzac dans l'avant-propos de la *Comédie humaine*, cette peinture des mœurs est déjà visée par Stendhal. « La Révolution a tout changé en France ; et pourtant nous persistons, comme tout le reste de l'Europe, à ne point voir ce changement et nous ne notons pas l'influence qu'il a eue sur les opinions, les mœurs et les habitudes morales de la société de ce pays, ni n'en prenons acte[1]. »

Prenant congé de l'Histoire à majuscules qui prétend hausser du col la gloire des puissants, l'histoire des mœurs sert donc bien à cela : poser un diagnostic sur le présent, montrant en quoi il diffère d'hier. Elle se sépare sur ce point de la discipline austère des historiens, tout en y cherchant de quoi relancer un projet romanesque, par l'attention renouvelée à une inépuisable diversité de personnages. Si « l'art de faire des romans est presque lettre morte en France aujourd'hui », « la partie la plus brillante de la littérature d'aujourd'hui, c'est, incontestablement, sa branche historique », écrit Stendhal dans le *New Monthly Magazine* en juin 1825[2]. C'est le moment où, à court d'argent, Stendhal chronique pour les journaux anglais le tout-venant de l'actualité éditoriale en langue française, avec une désinvolture et une mauvaise foi qu'on jugera réjouissantes ou exaspérantes, selon l'humeur. Faisant le triste constat de la mort clinique du romanesque, il prend le pari que ce souffle romanesque saura migrer vers la nouvelle historiographie de Guizot, Mignet, Thierry, Thiers, qui fut précédée par celle de Barante et du comte de Ségur

1. *Paris-Londres. Chroniques*, éd. Renée Dénier, Paris, Stock, 1997, p. 218 (*London Magazine*, décembre 1824, non signé).
2. *Ibid.*, p. 427.

– autant d'hommes de talent qui se tournent « vers des occupations littéraires où ils font entrer leur *politique* avec eux[1]. »

Cette formule se trouve dans la première des « Lettres de Paris, par le petit-neveu de Grimm » que Stendhal fait paraître dans le *London Magazine* en janvier 1825. Si nous avons décidé de la reprendre dans les suppléments de la présente édition, ce n'est pas seulement pour la drôlerie en partie involontaire de sa chronique passablement embrouillée des querelles littéraires de son temps. C'est parce que celles-ci sont, dans leur complexité même, la meilleure expression de l'indétermination des rapports entre invention romanesque et récit historique au moment où Stendhal décide de révolutionner la littérature *par* l'histoire. Nés entre 1790 et 1804, les historiens qu'ils chroniquent forment la première génération œuvrant à l'institutionnalisation de leur discipline à l'ombre du gouvernement[2]. On peut appeler « moment Guizot » ce temps où l'histoire est « une puissance morale librement alliée au pouvoir »[3].

Pourtant, Stendhal prend soin de distinguer une « école narrative » qui manie les récits, d'une « école philosophique » usant de concepts. Dans l'une, Barante et son *Histoire des ducs de Bourgogne* ; dans l'autre, Guizot et ses *Essais sur l'histoire de France.* Mais le premier est impersonnel quand le second est abstrait.

1. « Lettres de Paris, par le petit-neveu de Grimm (1) », reprise *infra* p. 295.
2. Aude Déruelle, « Révolutionner l'histoire », dans Yann Potin et Jean-François Sirinelli (dir.), *Générations historiennes, XIX*e*-XXI*e *siècles*, Paris, CNRS éditions, 2019, p. 19-32.
3. Pierre Rosanvallon, *Le Moment Guizot*, Paris, Gallimard, 1985, p. 227.

On le comprend toutefois, la critique est asymétrique : Barante est pour lui « le premier auteur qui ait écrit l'histoire de France d'une manière amusante et vraie » même si on peut lui reprocher de « pousser trop loin l'imitation de Sir Walter Scott » en alternant « extraits des chroniques de son temps » et « morceaux d'éloquence de son cru »[1] – ce qui n'est, on le remarquera non sans quelque ironie, point si éloigné de la méthode de Stendhal lui-même.

En 1846, dans sa préface au *Peuple* (1846), Michelet tranche entre ces deux conceptions, pittoresque ou doctrinaire, de l'histoire : « Thierry y voyait une narration et M. Guizot une analyse. Je l'ai nommée résurrection, et ce nom lui restera[2] ». Mais lorsque Stendhal entre en scène, ce nom n'est pas encore venu. Il écrit dans l'indétermination des temps et des disciplines. Le passé est un magasin de curiosités où il puise l'arsenal de ses vengeances contre le siècle. Quand les historiens investissent massivement l'histoire de France pour y chercher avidement des origines gauloises et franques, quand le temps est à la création des académies et à la collecte des antiquités nationales, Stendhal comprend qu'il lui faut aller planter ailleurs sa prose. Bien sûr que ce sera l'Italie. Mais qu'on ne s'y trompe pas : il s'agira toujours d'y accomplir les effets de la Révolution française. Le roman historique est déjà anachronique, l'histoire est un roman à venir. Le texte du *London Magazine* prophétise une révolution imminente, qui est aussi celle de son propre avenir en littérature : « D'ici

1. *Paris-Londres. Chroniques*, *op. cit.*, p. 199 (*New Monthly Magazine*, 1er septembre 1824, signé B.).
2. Jules Michelet, « À M. Edgar Quinet », préface au *Peuple*, éd. Paul Viallaneix, Paris, GF, 1974, p. 73.

à la fin des deux ou trois années qui vont venir, toutes les vieilles absurdités littéraires périront donc dans une Saint-Barthélemy générale. La Révolution va produire son effet sur la littérature » (p. 295).

« Ceci n'est pas un livre d'exactitude » : vérité en quête d'archives

Dans un article qui attirait déjà l'attention sur l'importance des chroniques anglaises de Stendhal, Gérald Rannaud a montré que l'histoire et le roman se constituaient solidairement, dans les années 1820 et 1830, comme deux formes littéraires modernes de la vérité. « Le mouvement qui conduit de *Corinne* vers *Armance* et *Le Rouge et le Noir* est-il si intrinsèquement différent de celui qui va de l'*Histoire de France* de Velly ou d'Anquetil aux *Essais sur l'histoire de France* de Guizot[1] ? » Non sans doute, et voici pourquoi la tentation historienne de Stendhal fut parallèle à la recherche d'une solution à son dilemme romanesque. On le sait désormais : la lecture éblouie du *Quichotte* lui permit de se frayer un chemin entre deux genres, *novel* et *romance*, le premier butant obstinément contre la banalité du réel quand le second y perce des brèches où se devine un lointain[2].

Mais il faut pour cela disjoindre la vérité de l'exactitude, la seconde n'étant que la forme observable et quantifiée de la première. Du souci historien d'exactitude,

1. Gérald Rannaud, « Stendhal et la tentation de l'histoire », *op. cit.*, p. 5.
2. Michel Crouzet, « Comment et pourquoi Stendhal est-il devenu romancier ? », dans *Le Roman stendhalien*, Orléans, Paradigme, 1996, p. 219-364.

Stendhal n'a que faire. Il le dit plaisamment dans ses *Mémoires d'un touriste*, se moquant de la pédanterie de ce type d'historien qui défigure « les noms convenus des vieux personnages auxquels nous sommes accoutumés ; il ne dit pas Clovis, mais Hlod-Wig ; Mérovée, mais Mere-Wig, ce qui a l'avantage d'amener une dissertation à chaque nom[1] » – l'allusion à Augustin Thierry, auteur des *Récits des temps mérovingiens* (1840) était, pour le lecteur de son temps, transparente. Stendhal, ou du moins le narrateur des *Mémoires d'un touriste*, est de ceux qui « aiment à méditer sur les conclusions morales qu'ils ont tirées d'un fait, mais ils ont le malheur de ne garder aucun souvenir des chiffres, ni des noms propres. Ces gens-là sont sujets à être arrêtés tout court au milieu d'une discussion animée par un sot qui sait une date[2] ». Ne comptez donc pas sur lui pour rejoindre la troupe de « nos historiens alambiqués[3] ». Face à eux, il affirmera crânement : « ceci n'est pas un livre d'exactitude[4] ».

Beaucoup seraient tentés de répondre, aujourd'hui, à cet appel stendhalien, au moment où se renégocie la frontière entre histoire et littérature. Celle-ci n'est-elle pas « régulièrement parcourue, déchirée, par une vérité dévorante » ? C'est ce qu'Éric Vuillard veut croire, en lisant l'*Histoire de la colonne infâme* d'Alessandro Manzoni, ce récit historique qui se libère en 1842 du

1. *Mémoires d'un touriste* [1838], dans *Voyages en France*, éd. Victor Del Litto, Paris, Gallimard (« Bibliothèque de la Pléiade », 1992), p. 406, cité par Sylvain Venayre, « *Mémoires d'un touriste* : Stendhal, voyageur et historien ? », dans Catherine Mariette (dir.), *Stendhal historien ?*, *Recherches & Travaux*, n° 90, 2017 [en ligne].
2. *Ibid.*, p. 54.
3. *Ibid.*, p. 206.
4. *Ibid.*, p. 394.

roman dont il était extrait (*Les Fiancés*) « à coup de stylet », plaçant l'histoire « au bord de la littérature, là où elle bascule dans le monde, depuis son désir le plus jeune, le plus vif »[1]. En se délestant joyeusement des scrupules historiens, en s'émancipant des pesantes manies de ces travailleurs de la preuve prétendant reconstituer laborieusement « comment était ce qui a eu lieu », pour reprendre la fameuse formule du positivisme de Leopold von Ranke, les écrivains ne gagneraient-ils pas en vérité ce qu'ils perdraient en exactitude ? On veut parfois le croire, en vertu de cette idée récente selon laquelle « il est non seulement possible que la vérité procède de l'inexactitude, mais il faut tenir que l'inexactitude est la forme même de la vérité[2] ». Car celle-ci n'existe plus ailleurs ni autrement que dans l'acte même de la dire, et l'on sait bien que le vrai ne peut se dire qu'escorté de bien des inexactitudes. Stendhal n'en était assurément pas là, au moment où les historiens en étaient encore à affiner leurs méthodes. Mais en s'éloignant de leur terrain de jeu privilégié – l'histoire nationale – il pouvait chercher, plus librement, une manière déliée et désinvolte de dire le vrai sans être parfaitement exact.

L'Italie sera donc pour lui la patrie de cette vérité délivrée de l'exactitude, le pays rêvé où l'on pourra pratiquer librement une peinture non édulcorée des mœurs, en un temps où « les idées étaient encore obscures et incertaines » mais où « les âmes avaient toujours […] un degré d'énergie que, depuis, elles n'ont plus retrouvé

1. Éric Vuillard, « Préface » à Alessandro Manzoni, *Histoire de la colonne infâme*, Bruxelles, Zones sensibles, 2019, p. 10.
2. Jean-Claude Milner, « Exactitude et vérité », dans *L'universel en éclats. Court traité politique 3*, Lagrasse, Verdier, 2014, p. 15.

nulle part ». Stendhal l'écrivait à Walter Scott en 1821 : si personne n'a encore réussi à « peindre le Moyen Âge de cette admirable Italie », c'est faute d'avoir eu le courage de « s'enterrer au milieu de monceaux de parchemins poussiéreux »[1]. C'est bien connu : il n'y a de manuscrits que poudreux, et Stendhal, parmi tant d'autres, ne cesse de thématiser complaisamment cet héroïsme facile du rat de bibliothèque, qui brave la poussière et se blesse les yeux sur les méchantes pattes de mouche de « vieux manuscrits jaunis par le temps » (p. 41).

C'est au verso du feuillet de l'un de ces manuscrits que Stendhal griffe l'esquisse de ce qui peut être lu comme la scène originelle des récits qui vont suivre : « La C. me dit : "Entrez, cherchez et trouvez si vous pouvez". J'en ai mal aux yeux. C'est la première histoire transcrite par moi, elle m'encourage à braver la poussière des bibliothèques[2] ». Voici donc l'histoire d'une princesse romaine, Teresa Caetani, duchesse de Simonetta, qui ouvre la bibliothèque de son palais de la *Via delle Botteghe Oscure* à Rome. Nous sommes en mars 1833, et Stendhal entreprend de faire recopier ces manuscrits originaux pour en traduire certains passages, qui donnent la matière de ses « historiettes romaines ». Tel est du moins le projet qu'il conçoit le 24 avril 1833, dans une esquisse de préface, complétée de deux autres, toujours inscrites dans les manuscrits qu'il emporte

1. *Correspondance générale*, *op. cit.*, vol. III (1817-1830), p. 335 (18 février 1821), cité par Xavier Bourdenet, « "Notre père Walter Scott" : Stendhal, Walter Scott et la stratégie "romanticiste" », dans Marie-Rose Corredor (dir.), *Stendhal "romantique" ? Stendhal et les romantismes européens*, Grenoble, UGA Éditions, 2016, p. 43-57.
2. Philippe Berthier, « L'Abbesse de Castro (notice) », dans *Œuvres romanesques complètes*, *op. cit.*, vol. 3, p. 1195.

avec lui à Civitavecchia, où il est nommé consul et s'ennuie ferme.

Ces trois notes sont publiées en annexe de la présente édition (p. 275) ; on y peut lire le mode d'emploi, en partie fictionnel, de ces « Historiettes romaines fidèlement traduites des récits contemporains par Bouriquet », puisque de ce gisement documentaire sont finalement extraits quatre filons narratifs : *Vittoria Accoramboni* (paru dans la *Revue des Deux Mondes* le 1er mars 1837), *Les Cenci* (1er juillet 1837), *La Duchesse de Palliano* (15 août 1838), *L'Abbesse de Castro* (les 1er février et 1er mars 1839). On remarquera au passage que ce dernier texte, de loin le plus long et le plus romanesque, a pu être qualifié par la critique de « répétition générale » de *La Chartreuse de Parme*[1]. C'est donc bien, comme on l'a déjà suggéré, à l'aune de leur puissance narrative que la postérité a jugé ces textes au statut incertain, mais progressivement écrasés par la figure, pourtant tardive et tremblée, de Stendhal romancier.

On se souvient peut-être que *Le Rouge et le Noir* porte pour sous-titre *Chronique de 1830*, et si *La Chartreuse de Parme* a pu être considéré comme une « chronique italienne » en grand, c'est parce que les quatre textes dont on parle ici sont généralement lus dans un ensemble plus vaste que la tradition éditoriale a pris l'habitude d'appeler *Chroniques italiennes.* Mais Stendhal n'a jamais écrit de *Chroniques italiennes*, du moins de son vivant. *Chroniques italiennes* est le titre factice d'un recueil posthume composé par Romain Colomb en

1. Jean Prévost, *La Création chez Stendhal*, Paris, Mercure de France, 1967 (1e édition en 1951), p. 327. En réalité, *L'Abbesse de Castro* est rédigé avant la *Chartreuse*, mais est publié après.

1855, fournissant la tradition des éditions successives qui « sous ce pavillon élastique proposent un contenu à géométrie variable », ainsi que l'écrit Philippe Berthier[1]. Dans leur extension maximale, on peut y trouver tous les récits brefs qui parlent d'Italie : *Trop de faveur tue* et *Suora Scolastica,* textes que la mort de Stendhal laisse inachevés au moment où il s'est décidé à honorer la commande de la *Revue des Deux Mondes* qui lui réclame d'autres histoires tirées de ses manuscrits romains de la bibliothèque Caetani, mais aussi *San Francesco a Ripa* (1831) dont l'écriture est pourtant antérieure à la découverte de ces manuscrits et situe son action au XVIIIe siècle, et parfois même *Vanina Vanini* (1829), dont la rédaction est contemporaine des faits qu'il relate, puisqu'il traite de l'histoire tragique du carbonarisme.

Sans doute une telle confusion alimente-t-elle le mythe romantique qui, de Flaubert à Mérimée, fait de l'Italie, depuis les turpitudes des princes de la Renaissance jusqu'à la violence de la *vendetta* calabraise et du banditisme au XIXe siècle, le conservatoire de la sauvagerie d'une société à honneur. En décidant de prendre ses distances avec l'ambiguïté du terme de « chroniques italiennes » et de se limiter strictement aux quatre « historiettes romaines » publiées entre 1837 et 1839, on ne fait pas seulement le choix de l'unité thématique et documentaire (ce sont bien quatre récits traduits et adaptés de sources italiennes de la fin du XVIe siècle), on affronte le risque de la futilité anecdotique que transporte jusqu'à nous le terme d'historiette.

1. Philippe Berthier, « Vittoria Accoramboni (notice) », dans *Œuvres romanesques complètes*, *op. cit.*, vol. 2, p. 1399. Précisons que de son vivant, en 1839, Stendhal réunit en un volume trois des quatre « historiettes » sous le titre d'ensemble *L'Abbesse de Castro*.

« Mais peut-on dire *historiette* d'un récit tragique ? » : telle est la question que Stendhal posait à Sainte-Beuve[1]. Pour y répondre, peut-être doit-on se souvenir que le titre qu'il donna à son premier roman était *Armance. Anecdote du XIXe siècle* – c'est son éditeur qui le change en *Quelques scènes d'un salon de Paris en 1827* (« invention de libraire » que ce sous-titre, note Stendhal au verso de la page de garde de son manuscrit, avant d'ajouter : « sans emphase, sans charlatanisme, rien ne se vend »[2]). Or si l'on suit le fil de l'anecdote, on parvient aisément aux historiettes. « Anecdote : particularité historique », avance plus tard Émile Littré dans son dictionnaire, qui donne « historiette » comme synonyme de ce « petit fait curieux, et vrai ». On n'en sort pas : Stendhal écrit peut-être la « petite histoire[3] », mais ce qu'il y cherche est l'intransigeante grandeur de la vérité.

La fable des manuscrits

« Je me trouvais à Mantoue, il y a quelques années ; je cherchais des ébauches et de petits tableaux [...] Au lieu de tableaux, un vieux patricien fort riche et fort avare

1. *Correspondance générale*, *op. cit.*, vol. V (1834-1836), p. 348 (21 décembre 1834).
2. Philippe Berthier, « Armance (notes et variantes) », dans *Œuvres romanesques complètes*, *op. cit.*, vol. 1, p. 892.
3. Voir notamment Lilia Coste, « Entre l'ana et l'anecdote : note sur les historiettes bigarrées de Tallemant des Réaux », *Écrire l'histoire*, n° 17, 2017 (« La petite histoire »), p. 185-188. Rappelons que les *Historiettes* de Tallemant des Réaux, composées en 1657-1659, ne sont publiées qu'en 1834, et elles connaissent un succès inattendu.

me fit offrir à vendre, et très cher, de vieux manuscrits jaunis par le temps » (p. 41). Tel est le début de notre première historiette. Reprenant librement le récit-cadre de la *novellistica* italienne de tradition boccacienne, la ruse narrative classique du manuscrit découvert par hasard chez un patricien mantouan vaut bien celle du chanoine padouan de *La Chartreuse de Parme*. On admettra que Stendhal ne facilite pas toujours la tâche des historiens qui ont décidé de le prendre au sérieux. « Première historiette achetée à Mantoue », note-t-il en marge de son manuscrit de *L'Abbesse de Castro* – ce qui est faux – quelques lignes après avoir raconté l'anecdote des manuscrits romains – qui, elle, est vraie. Pourquoi Stendhal se croit-il obligé de doubler systématiquement toute affirmation exacte d'une invention romanesque ? Peut-être parce que chez lui, la fiction précède la réalité. « Je traduis d'un chroniqueur italien le détail des amours d'une princesse romaine avec un Français », écrit-il au début de *San Francesco a Ripa*[1]. C'est faux, puisque nous sommes en 1831, et que Stendhal n'a pas encore découvert les manuscrits qu'il traduira. C'est faux, ou plus exactement, ce n'est pas encore vrai. Stendhal « annonce, par la fiction, ce qui sera bientôt réalité[2] ». Autrement dit, le réel est pour lui la réécriture d'une fiction antérieure.

Il existe bien, pourtant, quatorze manuscrits que Stendhal fit recopier à partir des fonds de la bibliothèque Caetani et que Mérimée fit acheter, après sa mort, par la Bibliothèque nationale. Ils y sont toujours, dans le fonds des manuscrits italiens ; on peut les y consulter,

1. *Œuvres romanesques complètes*, *op. cit.*, vol. 1, p. 21.
2. Jean Peytard, « Réécriture, et personnage du traducteur dans les *Chroniques italiennes* », *Semen*, n° 3, 1987 [en ligne].

pas seulement par fétichisme de l'autographe ou par cette superstition commune qui veut que l'on cherche toujours à se réassurer sur la réalité du réel en voulant toucher l'objet que l'on croit avoir rêvé, mais pour comprendre la manière si singulière qu'avait Stendhal de réécrire les écritures du passé, évaluant en historien ce travail « à la fois sincère et plagiaire », selon l'expression d'Aurélien Lignereux[1].

Depuis les recherches fondamentales et systématiques de Victor Del Litto, la philologie beyliste a mis au jour les techniques par lesquelles Stendhal lit, annote et indexe cent soixante-dix récits, comme autant d'amorces narratives. Il calcule des âges, convertit des monnaies, localise, redresse des généalogies, dans l'effervescence d'une écriture qui, en même temps qu'elle analyse, simplifie, débroussaille, réorganise, épaississant le palimpseste tout en maintenant la distance. Commentant la manière dont les « conteurs » organisent leurs récits, il s'enthousiasme ou s'exaspère, s'indigne parfois, admire plus rarement. S'il ne cesse de souligner la rudesse du style, la longueur des digressions, la confusion des récits, c'est pour mieux définir sa propre esthétique, « toute de rigueur, de clarté, de concision[2] ». Il s'impatiente par exemple contre le scripteur de l'histoire de *La Duchesse de Palliano*, latiniste scrupuleux désireux d'imiter les modèles classiques, et griffonne dans les marges de son manuscrit : « Tout est trop long », « Bavard infâme ! »,

1. Aurélien Lignereux, « Pratiques historiennes d'une génération : Henri Beyle et ses pairs », Catherine Mariette (dir.), *Stendhal historien ?*, *Recherches & Travaux*, n° 90, 2017 [en ligne].
2. Yvon Houssais, *Histoire et fiction dans les "Chroniques italiennes" de Stendhal*, Moncalieri, CIRVI, 2000, p. 32.

« Ah imitation de Cicéron que tu es ennuyeuse ! », « Qui ne sut se borner ne sut jamais écrire »[1]. Pour *Les Cenci* en revanche, il admire la célérité des acteurs – « Quelle rapidité de raisonnement et d'exécution ! C'est le siècle de Borgia (dont j'ai vu hier le portrait à la galerie Borghèse et chez le comte B. à Milan ») – en les jugeant par comparaison : « ceci m'a l'air d'un roué passé *au méchant* à cause de son immense fortune, un De Sade »[2].

Si ce travail préparatoire peut sembler minutieux, il n'en est pas moins chahuté par la fièvre de l'écriture. *Vittoria Accoramboni* est écrit en trois jours, du 24 au 26 avril 1833. Stendhal a deux manuscrits sous les yeux, mais n'en retient rapidement qu'un seul, présentant une version qu'il juge « plus noble et plus complète ». Il le regrette bientôt et note dans le manuscrit délaissé, en s'apostrophant par l'un de ses nombreux noms d'emprunt : « Cette version vaut bien mieux. Mépris de Dom[inique] pour le raisonnable du travail, quand son imagination est émue ». Il ajoute : « Si jamais ce conte entre dans la collection, est réimprimé, corriger la traduction sur cet original-ci ». Trop tard. Le philologue amateur apprend donc sur le tas les règles du métier : « Donc il faut toujours faire copier tous les textes différents »[3] . Il s'en souvient lorsqu'il écrit *La Duchesse de Palliano*, combinant très librement les leçons de deux manuscrits : l'un qui reporte le récit anonyme du châtiment de la duchesse, l'autre qui

1. Philippe Berthier, « La Duchesse de Palliano (notice) », dans *Œuvres romanesques complètes, op. cit.*, vol. 3, p. 1183.
2. *Id.*, « Les Cenci (Notes et variantes) », dans *Œuvres romanesques complètes, op. cit.*, vol. 2, p. 1456.
3. « Notes de Stendhal (Manuscrit italien 169) », appendice à *Vittoria Accoramboni*, dans *Œuvres romanesques complètes, op. cit.*, vol. 2, p. 1021 et p. 1019.

rassemble les pièces du procès intenté aux Carafa. Pour écrire *Les Cenci*, il s'appuie principalement sur le plaidoyer en latin de Prospero Farinacci, l'avocat qui défendit la jeune parricide devant le tribunal romain, et d'un récit rédigé le 15 septembre 1599, soit quatre jours après son exécution : sa traduction brode sur le motif, inventant des dialogues, intervenant dans le récit.

La critique stendhalienne elle-même n'est pas non plus exempte de tout reproche, lorsque, adoptant surtout une démarche de génétique textuelle qui cherche dans l'archive un avant-texte de la création littéraire, elle néglige de prendre en compte sa nature documentaire – le plus souvent ici des sources judiciaires de la fin du XVIe siècle, mais passées au crible de réécritures narratives postérieures. L'historienne Lisa Roscioni a récemment repris le dossier de *L'Abbesse de Castro* sur la base d'une documentation plus sûre : celle des actes d'un procès intenté à Rome non par le Saint-Office mais par l'*Auditor Camerae*, en 1573 et 1574 contre l'abbesse d'un couvent de Castro, capitale de l'ancien duché des Farnèse, accusée d'avoir eu une liaison avec l'évêque de cette ville. Ce n'est pas ce manuscrit que Stendhal a consulté, mais un abrégé du XVIIe siècle de quelques pages qui attribuait d'ailleurs à l'abbesse le nom d'Elena di Campi Reale alors qu'elle se nommait Elena Orsini, fille du comte de Pitigliano. L'analyse codicologique et philologique du texte source de Stendhal permet de comprendre qu'il a été extrait d'un plus gros volume démembré pour être vendu, à la découpe, sous des reliures postiches, sans qu'il soit possible de déterminer son lieu de provenance archivistique. Nous voici donc introduits dans ce milieu des trafics de manuscrits et de livres rares dans lequel Stendhal naviguait, et où les romanciers étrangers s'inventaient une italianité rêvée[1].

Les « rudes vérités » de la révolution stendhalienne

« Ceci n'est point un roman » est bien le sésame de ce monde littéraire, dont Stendhal ne cesse de se présenter comme le traducteur, et dont le « récit sincère ne peut avoir que les avantages plus modestes de l'histoire » (p. 43). Il est vrai que *Vittoria Accoramboni* n'est pas loin d'être la « traduction fidèle d'un récit fort grave écrit à Padoue en décembre 1585 », comme on le lit au début du récit – au point que Stendhal le crible d'italianismes, peut-être pour marquer malicieusement, comme le pense Dominique Fernandez, la distance ironique que Stendhal prend avec son propre « style italien ». Car celui-ci ne vaut pour lui que s'il se stendhalise. Le trajet qui mène de *Vittoria Accoramboni* à *L'Abbesse de Castro*, tous les critiques l'ont remarqué, est bien celui qui va du pastiche au roman, la part de l'invention fictionnelle ne cessant d'augmenter, au fur et à mesure que Stendhal y impose sa manière si singulière de raconter des histoires.

C'est que le traducteur ne se contente pas d'annoter des manuscrits préparatoires ; il prend la voix du narrateur, qui se fait lui-même tour à tour moraliste, écrivain et voyageur. Au début est le voyage. C'est vrai de Mérimée (ses *Notes d'un Voyage dans le Midi de la France* datent de 1835) comme de Michelet (son *Tableau de la France*

1. Lisa Roscioni, *L'Abbesse de Castro. Le scandale qui inspira Stendhal* [2017], trad. fr. Vincent Jolivet, Paris, Tallandier, 2020, p. 10.

ouvre le deuxième volume de son *Histoire de France* en 1834). Nos historiettes commencent également par le récit d'un voyageur. Il pourra prétendre avoir été à Mantoue alors qu'il est à Rome, ou s'inventer un séjour dans une Sicile qu'il n'a jamais visitée (« Palerme, le 22 juillet 1838 », précise, trompeuse, l'épigraphe de *La Duchesse de Palliano*) – peu importe au fond. L'essentiel est d'esquisser le portrait d'une voix, une voix qui dit : j'ai voyagé, et je vais vous rapporter ce que j'ai vu. De sa *Vie de Napoléon* qu'il compile en 1817-1818 et dont il ne reste qu'un brouillon inachevé, Stendhal reconnaît dans sa préface : « l'abrégé qui suit n'est pas une histoire proprement dite ». Mais ce qu'il y a de plus historique est précisément cette préface. « La préface d'un livre historique en est une partie nécessaire ; elle répond à cette question : Quel est cet homme qui vient me faire des récits ? »[1] C'est, le plus souvent, un homme qui a vu. Voici pourquoi la peinture est souvent pour Stendhal la fenêtre du récit. Ce qui déclenche le désir de raconter *Les Cenci* est un portrait « dont on voit tant de mauvaises gravures » (p. 85) : le portrait de Beatrix Cenci juste avant son exécution, portrait que l'on attribuait alors à Guido Reni. « La tête est douce et belle », même si ses teintes « ont poussé au *rouge brique* pendant ce long intervalle de deux cent trente-huit ans qui nous sépare de la catastrophe dont on va lire le récit » (p. 85-86). On pourrait aisément gloser sur ce rougeoiement de l'image, de même qu'il faudrait sans doute prendre au sérieux la formule initiale de *Vittoria Accoramboni* posant la substitution de l'archive à la peinture : « Au

1. Cité par Catherine Mariette, « Pour Stendhal, quelle histoire ? », *art. cit.*

lieu de tableaux, un vieux patricien fort riche et fort avare me fit offrir à vendre, et très cher, de vieux manuscrits jaunis par le temps » (p. 41).

Rouge ou jaune, le lieu de l'histoire stendhalienne est instable. Il accueille un récit impur où le narrateur, le scripteur et son traducteur échangent leurs masques, et son espace littéraire incertain tient davantage du labyrinthe que du laboratoire[1]. Les voix se mêlent tandis que les temporalités s'emboîtent, rendant difficilement discernable la charge parodique ou auto-ironique. Le narrateur stendhalien s'adresse fréquemment à son lecteur avec la ferme intention de ne point trop lui déplaire : il commente, juge, prévient, précise, tantôt pour fustiger le passé, tantôt pour accuser le présent. Parfois même, comme dans *L'Abbesse de Castro*, il lui indique une bifurcation possible : « l'on pourrait terminer ici son histoire : ce serait bien pour elle, et peut-être pour le lecteur » (p. 241). Le plus souvent toutefois, il cherche à le ménager contre la rudesse de certaines situations : « Je demande pardon pour ces rudes vérités » (p. 155).

Mais quelles sont, au total, ces « rudes vérités » dont parle Stendhal ? Sans doute sont-elles bien dissimulées. Ses « historiettes romaines » nous convient dans « une Italie quelque peu mythique de couvents et de forteresses », ainsi que l'écrit Béatrice Didier, qui remarque que ses protagonistes (prélats, brigands, religieuses ou criminels) ont toujours un secret à cacher[2]. Il y est

1. Jean-Jacques Hamm, « Un laboratoire stendhalien : les "Chroniques italiennes" », *Revue d'histoire littéraire de la France,* vol. 84, n° 2, 1984, p. 252.

2. Béatrice Didier, « Stendhal chroniqueur », *Littérature*, n° 5, 1972, p. 15.

question de conspiration et de torture, du langage secret des échanges amoureux, de quelques lettres échangées – quelque chose comme une aventure contrariée du déchiffrement des signes. Rien n'est psychologique, l'âme est opaque, il n'y a que des désirs en action. Si *L'Abbesse de Castro* est au bord de devenir un roman stendhalien, c'est en vertu de l'obstacle qui rend l'amour impossible entre Hélène de Campireali et Jules Branciforte.

On ne pourrait y voir qu'une galerie de personnages convenus, s'agitant sur le théâtre mélodramatique des passions. Lorsque Stendhal décide de brosser le « portrait affreux » de ce Don Juan italien qu'est François Cenci, il « partage la curiosité commune » pour un personnage qui fascine la littérature européenne : Molière et Mozart bien entendu, mais aussi Tirso de Molina et Shelley – et jusqu'à Alberto Moravia ou Antonin Artaud qui en reprennent l'argument. C'est qu'il lui importe surtout d'esquisser une anthropologie historique de la cruauté, éprouvant en somme la possibilité d'un monstre, « plus voisin de l'horrible que du curieux » (p. 84). On pourrait en dire de même de Vittoria Accoramboni, héroïne du théâtre élisabéthain, personnage de romans français, dont on lit les poèmes du vivant de Stendhal : elle est bien une « *diva* internationale[1] ».

Pourtant, même si elle compose le rôle d'une héroïne stendhalienne des plus crédibles, renversant l'ordre du mariage au nom d'un nouvel amour, le récit qui porte son nom est tout sauf une nouvelle romantique[2].

1. Philippe Berthier, « Vittoria Accoramboni (notice) », *op. cit.*, p. 1409.
2. Voir sur ce point l'analyse de Nicolas Allard, *Le Récit court stendhalien*, préparée sous la direction de Paolo Tortonese, Université Sorbonne Paris Cité, 2017, p. 270-271.

Car « dans cette nouvelle l'intérêt voyage » comme l'écrit Stendhal en marge de son propre manuscrit[1]. L'attention du lecteur se déplace en effet de l'héroïne à l'ascension politique de Sixte Quint – et l'on peut lire toute l'histoire comme une réflexion sur l'impassibilité et la dissimulation de l'exercice du pouvoir. *Vittoria Accoramboni* s'achève dans un lac de sang, et ne peut se résoudre que par l'exercice implacable de la justice, finissant par gripper l'infernale machine vindicatoire. Elle laisse le lecteur devant la lassitude du bourreau et le dégoût du peuple « qui est comme à l'agonie pour avoir vu tant de morts » (p. 73). Mais le récit stendhalien ne se laisse pas étourdir par l'horreur sanguinaire – « mon seul défaut, écrit-il, est de ne pas aimer *the blood*[2] ». L'épilogue de cette « historiette » est bien un procès, rendu par quelques notations sèches qui nous rappellent que Stendhal lit d'abord des chroniques judiciaires – leur arc narratif culmine toujours dans le récit de l'exécution, qui se doit d'être un éclatant supplice pour que le débordement monstrueux de la violence trouve son expiation[3].

Le récit du châtiment et de la montée à l'échafaud est, il est vrai, éprouvant. À plusieurs reprises, le narrateur-traducteur se retient face aux détails les plus sordides, justifiant entre parenthèses cette suspension en affirmant que ces détails « sont tolérables pour le public italien, qui tient à savoir toutes choses avec la

1. Philippe Berthier, « Vittoria Accoramboni (notes et variantes) », dans *Œuvres romanesques complètes*, *op. cit.*, vol. 2, p. 1415.
2. Cité par Didier Philippot, « L'écriture du sang dans les *Chroniques italiennes* », *H. B.*, n° 2, 1998, p. 97.
3. Michel Crouzet, « Stendhal et le récit tragique », *Stendhal, la politique, l'Éros, l'esthétique*, Paris, Eurédit, 2003, p. 469.

dernière exactitude » (p. 114) mais pas apparemment pour le lectorat français. C'est à ce dernier pourtant qu'est adressée cette autre parenthèse au sujet de la machine à décapiter : « On avait dressé sur la place du pont Saint-Ange un grand échafaud avec un cep et une *mannaja* (sorte de guillotine) » (p. 111). La précision nous met-elle sur la voie ? Elle nous permet en tout cas de comparer cette exécution à celle, bien plus expéditive, qui tranche net le récit de *La Duchesse de Palliano.* Aucune parole ou presque n'y est prononcée, puisque « les paroles sont toujours une force que l'on cherche hors de soi » (p. 149). *Faites*, se contente de dire le cardinal Carafa à son bourreau. « Le bourreau l'étrangla avec un cordon de soie, qui se rompit ; il fallut y revenir à deux fois. Le cardinal regarda le bourreau sans daigner prononcer un mot » (p. 150). C'est qu'il était monté à l'échafaud comme le fera Julien Sorel, « sans aucune affectation[1] ».

« La vérité, l'âpre vérité » – tel est l'exergue que Stendhal prête à Danton pour *Le Rouge et le Noir*. Tout, décidément, nous ramène à cette Révolution française dont il affirmait en 1825 qu'elle n'avait pas encore « produit son effet sur la littérature ». Stendhal peut bien camper ce peuple « qui est à l'agonie pour avoir vu tant de morts » dans la Rome du XVIe siècle, son lecteur ne peut pas ignorer qu'il figure aussi, et peut-être surtout, le peuple introuvable du premier tiers du XIXe siècle. Si le romantisme français a trouvé dans la Renaissance italienne, et plus précisément dans la petite histoire de ses turpitudes princières, de quoi penser la mélancolie et l'impatience de son rapport au politique,

1. *Œuvres romanesques complètes*, *op. cit.*, vol. 1, p. 804.

c'est à la faveur de ces déplacements – on pourrait tout aussi bien dire : de ces métaphores favorisant la conversation de deux époques. L'une se replie sur l'autre, et leurs effets de transparence et de rémanence produisent des désajustements anachroniques dans l'ordre du temps. La notion même de vérité historique s'en trouve déplacée : perdant de sa valeur documentaire, elle ne désigne rien d'autre qu'un discours de vérité sur le temps lui-même.

Cet effet de vérité ne peut laisser indemne l'écriture de l'histoire. S'il se trouve quelques historiennes ou historiens pour lire avec délice ces « historiettes romaines », ce n'est pas seulement pour s'abandonner aux passions énergiques de l'Italie stendhalienne. Ce n'est certainement pas davantage pour frémir d'aise devant sa roublardise à faire vaciller les frontières entre les fables de l'archive et la véracité du fait. Mais c'est, plus sûrement, pour tenter de se hisser à la hauteur de ce désir de faire advenir les « rudes vérités », désir par lequel, s'il n'est certainement pas leur collègue, Stendhal demeure leur contemporain. Carlo Ginzburg l'avait bien dit, à l'orée d'un texte fameux : « Balzac lança un défi explicite aux historiens de son temps, Stendhal un défi implicite aux historiens du futur[1] ». Voici pourquoi il n'a pas révolutionné l'histoire, mais la révolutionnera, dès lors qu'on saura le lire depuis un temps à venir.

Patrick BOUCHERON

---

1. Carlo Ginzburg, « L'âpre vérité. Un défi de Stendhal aux historiens », dans *Le Fil et les Traces. Vrai faux fictif* [2006], trad. fr. Martin Ruef, Lagrasse, Verdier, 2010, p. 249.

HISTORIETTES ROMAINES

VITTORIA ACCORAMBONI

LES CENCI

LA DUCHESSE DE PALLIANO

L'ABBESSE DE CASTRO

Vittoria Accoramboni

Duchesse de Bracciano

Malheureusement pour moi comme pour le lecteur, ceci n'est point un roman, mais la traduction fidèle d'un récit fort grave écrit à Padoue en décembre 1585.

Je me trouvais à Mantoue il y a quelques années, je cherchais des ébauches et de petits tableaux en rapport avec ma petite fortune, mais je voulais les peintres antérieurs à l'an 1600 ; vers cette époque acheva de mourir l'originalité italienne, déjà mise en grand péril par la prise de Florence en 1530.

Au lieu de tableaux, un vieux patricien fort riche et fort avare me fit offrir à vendre, et très cher, de vieux manuscrits jaunis par le temps ; je demandai à les parcourir, il y consentit ; ajoutant qu'il se fiait à ma probité, pour ne pas me souvenir des anecdotes piquantes que j'aurais lues, si je n'achetais pas les manuscrits.

Sous cette condition, qui me plut, j'ai parcouru, au grand détriment de mes yeux, trois ou quatre cents volumes où furent entassés, il y a deux ou trois siècles, des récits d'aventures tragiques, des lettres de défi relatives à des duels, des traités de pacification entre des nobles voisins, des mémoires sur toutes sortes de sujets, etc., etc. Le vieux propriétaire demandait un prix énorme de ces manuscrits. Après bien des pourparlers, j'achetai fort cher le droit de faire copier certaines historiettes qui me plaisaient et qui montrent les mœurs de l'Italie vers l'an 1500. J'en ai vingt-deux volumes in-folio, et c'est une de ces histoires fidèlement traduites que le lecteur va lire, si toutefois il est doué de patience. Je sais l'histoire du XVIe siècle en Italie, et je crois que ce qui suit est parfaitement vrai. J'ai pris de la peine pour que la traduction de cet ancien style italien, grave, direct, souverainement obscur et chargé d'allusions aux choses et aux idées qui occupaient le monde sous le pontificat de Sixte Quint (en 1585), ne présentât pas de reflets de la belle littérature moderne, et des idées de notre siècle sans préjugés.

L'auteur inconnu du manuscrit est un personnage circonspect, il ne juge jamais un fait, ne le prépare jamais ; son affaire unique est de raconter avec vérité. Si quelquefois il est pittoresque, à son insu, c'est que, vers 1585, la vanité n'enveloppait point toutes les actions des hommes d'une auréole d'affectation ; on croyait ne pouvoir agir sur le voisin qu'en s'exprimant avec la plus grande clarté possible. Vers 1585, à l'exception des fous entretenus dans les cours ou des poètes, personne ne songeait à être aimable par la parole. On ne disait point encore : « Je mourrai aux pieds de Votre Majesté », au moment où l'on venait d'envoyer chercher des chevaux de poste pour prendre la fuite ; c'était un genre de trahison qui n'était pas inventé. On parlait peu, et chacun donnait une extrême attention à ce qu'on lui disait.

Ainsi, ô lecteur bénévole ! ne cherchez point ici un style piquant, rapide, brillant de fraîches allusions aux façons de sentir à la mode, ne vous attendez point surtout aux émotions entraînantes d'un roman de George Sand ; ce grand écrivain eût fait un chef-d'œuvre avec la vie et les malheurs de *Vittoria Accoramboni*. Le récit sincère que je vous présente ne peut avoir que les avantages plus modestes de l'histoire. Quand par hasard, courant la poste seul à la tombée de la nuit, on s'avise de réfléchir au grand art de connaître le cœur humain, on pourra prendre pour base de ses jugements les circonstances de l'histoire que voici. L'auteur dit tout, explique tout, il ne laisse rien à faire à l'imagination du lecteur ; il écrivait douze jours après la mort de l'héroïne[1].

Vittoria Accoramboni naquit d'une fort noble famille, dans une petite ville du duché d'Urbin, nommée Agubio. Dès son enfance, elle fut remarquée de tous, à cause d'une rare et extraordinaire beauté ; mais cette beauté fut son moindre charme : rien ne lui manqua de ce qui peut faire admirer une fille de haute naissance ; mais rien ne fut si remarquable en elle, et l'on peut dire rien ne tint autant du prodige, parmi tant de qualités extraordinaires, qu'une certaine grâce toute charmante qui dès la première vue lui gagnait le cœur et la volonté de chacun. Et cette simplicité qui donnait de l'empire à ses moindres paroles, n'était troublée par aucun soupçon d'artifice ; dès l'abord on prenait confiance en cette dame douée d'une si extraordinaire beauté. On aurait pu, à toute force, résister à cet enchantement, si on n'eut fait que la voir, mais si on l'entendait parler, si surtout on venait à avoir quelque conversation avec elle,

1. Le manuscrit italien est déposé au bureau de la *Revue des Deux Mondes*.

[Toutes les notes sont de Stendhal, sauf celles annoncées par un astérisque qui sont de l'éditeur.]

il était de toute impossibilité d'échapper à un charme aussi extraordinaire.

Beaucoup de jeunes cavaliers de la ville de Rome, qu'habitait son père, et où l'on voit son palais place des *Rusticuci*, près Saint-Pierre, désirèrent obtenir sa main. Il y eut force jalousies, et bien des rivalités ; mais enfin les parents de Vittoria préférèrent Félix Peretti, neveu du cardinal Montalto, qui a été depuis le pape Sixte Quint, heureusement régnant.

Félix, fils de Camille Peretti, sœur du cardinal, s'appela d'abord François Mignucci ; il prit les noms de Félix Peretti, lorsqu'il fut solennellement adopté par son oncle.

Vittoria entrant dans la maison Peretti, y porta, à son insu, cette prééminence que l'on peut appeler fatale, et qui la suivait en tous lieux ; de façon que l'on peut dire que, pour ne pas l'adorer, il fallait ne l'avoir jamais vue[1]. L'amour que son mari avait pour elle allait jusqu'à une véritable folie ; sa belle-mère, Camille, et le cardinal Montalto lui-même, semblaient n'avoir d'autre occupation sur la terre, que celle de deviner les goûts de Vittoria, pour chercher aussitôt à les satisfaire. Rome entière admira comment ce cardinal, connu par l'exiguïté de sa fortune, non moins que par son horreur pour toute espèce de luxe, trouvait un plaisir si constant à aller au-devant de tous les souhaits de Vittoria. Jeune, brillante de beauté, adorée de tous, elle ne laissait pas d'avoir

1. On voit à Milan, autant que je puis me souvenir, dans la bibliothèque Ambrosienne, des sonnets remplis de grâce et de sentiment, et d'autres pièces de vers, ouvrage de Vittoria Accoramboni. D'assez bons sonnets ont été faits dans le temps sur son étrange destinée. Il paraît qu'elle avait autant d'esprit que de grâces et de beauté.

quelquefois des fantaisies fort coûteuses. Vittoria recevait de ses nouveaux parents des joyaux du plus grand prix, des perles, et enfin tout ce qui paraissait de plus rare chez les orfèvres de Rome, en ce temps-là fort bien fournis.

Pour l'amour de cette nièce aimable, le cardinal Montalto, si connu par sa sévérité, traita les frères de Vittoria comme s'ils eussent été ses propres neveux. Octave Accoramboni, à peine arrivé à l'âge de trente ans, fut, par l'intervention du cardinal Montalto, désigné par le duc d'Urbin et créé par le pape Grégoire XIII, évêque de Fossombrone ; Marcel Accoramboni, jeune homme d'un courage fougueux, accusé de plusieurs crimes, et vivement pourchassé par la *corte*[1], avait échappé à grand'peine à des poursuites qui pouvaient le mener à la mort. Honoré de la protection du cardinal, il put recouvrer une sorte de tranquillité.

Un troisième frère de Vittoria, Jules Accoramboni, fut admis par le cardinal Alexandre Sforza aux premiers honneurs de sa cour, aussitôt que le cardinal Montalto en eut fait la demande.

En un mot, si les hommes savaient mesurer leur bonheur, non sur l'insatiabilité infinie de leurs désirs, mais par la jouissance réelle des avantages qu'ils possèdent déjà, le mariage de Vittoria avec le neveu du cardinal Montalto eût pu sembler aux Accoramboni le comble des félicités humaines. Mais le désir insensé d'avantages

1. C'était le corps armé chargé de veiller à la sûreté publique, les gendarmes et les agents de police de l'an 1580. Ils étaient commandés par un capitaine appelé Bargello, lequel était personnellement responsable de l'exécution des ordres de Mgr le gouverneur de Rome (le préfet de police).

immenses et incertains peut jeter les hommes les plus comblés des faveurs de la fortune, dans des idées étranges et pleines de périls.

Bien est-il vrai que si quelqu'un des parents de Vittoria, ainsi que dans Rome beaucoup en eurent le soupçon, contribua, par le désir d'une plus haute fortune, à la délivrer de son mari, il eut lieu de reconnaître bientôt après combien il eût été plus sage de se contenter des avantages modérés d'une fortune agréable, et qui devait atteindre si tôt au faîte de tout ce que peut désirer l'ambition des hommes.

Pendant que Vittoria vivait ainsi reine dans sa maison, un soir que Félix Peretti venait de se mettre au lit avec sa femme, une lettre lui fut remise par une nommée Catherine, née à Bologne et femme de chambre de Vittoria. Cette lettre avait été apportée par un frère de Catherine, Dominique d'Aquaviva, surnommé le *Mancino* (le gaucher). Cet homme était banni de Rome pour plusieurs crimes ; mais à la prière de Catherine, Félix lui avait procuré la puissante protection de son oncle le cardinal, et le *Mancino* venait souvent dans la maison de Félix, qui avait en lui beaucoup de confiance.

La lettre dont nous parlons était écrite au nom de Marcel Accoramboni, celui de tous les frères de Vittoria qui était le plus cher à son mari. Il vivait le plus souvent caché hors de Rome ; mais cependant quelquefois il se hasardait à entrer en ville, et alors il trouvait un refuge dans la maison de Félix.

Par la lettre remise à cette heure indue, Marcel appelait à son secours son beau-frère Félix Peretti ; il le conjurait de venir à son aide, et ajoutait que, pour une affaire de la plus grande urgence, il l'attendait près du palais de Montecavallo.

Félix fit part à sa femme de la singulière lettre qui lui était remise, puis il s'habilla et ne prit d'autre arme que son épée. Accompagné d'un seul domestique qui portait une torche allumée, il était sur le point de sortir quand il trouva sous ses pas sa mère Camille, toutes les femmes de la maison, et parmi elles Vittoria elle-même ; toutes le suppliaient avec les dernières instances de ne pas sortir à cette heure avancée. Comme il ne se rendait pas à leurs prières, elles tombèrent à genoux, et, les larmes aux yeux, le conjurèrent de les écouter.

Ces femmes, et surtout Camille, étaient frappées de terreur par le récit des choses étranges qu'on voyait arriver tous les jours, et demeurer impunies dans ces temps du pontificat de Grégoire XIII, pleins de troubles et d'attentats inouis. Elles étaient encore frappées d'une idée : Marcel Accoramboni, quand il se hasardait à pénétrer dans Rome, n'avait pas pour habitude de faire appeler Félix, et une telle démarche, à cette heure de la nuit, leur semblait hors de toute convenance.

Rempli de tout le feu de son âge, Félix ne se rendait point à ces motifs de crainte ; mais quand il sut que la lettre avait été apportée par le *Mancino*, homme qu'il aimait beaucoup et auquel il avait été utile, rien ne put l'arrêter, et il sortit de la maison.

Il était précédé, comme il a été dit, d'un seul domestique portant une torche allumée ; mais le pauvre jeune homme avait à peine fait quelques pas de la montée de Montecavallo, qu'il tomba frappé de trois coups d'arquebuse. Les assassins, le voyant par terre, se jetèrent sur lui, et le criblèrent à l'envi de coups de poignard, jusqu'à ce qu'il leur parût bien mort. À l'instant, cette nouvelle fatale fut portée à la mère et à la femme de Félix, et par elles, elle parvint au cardinal son oncle.

Le cardinal, sans changer de visage, sans trahir la plus petite émotion, se fit promptement revêtir de ses habits, et puis se recommanda soi-même à Dieu, et cette pauvre âme (ainsi prise à l'improviste). Il alla ensuite chez sa nièce, et avec une gravité admirable et un air de paix profonde il mit un frein aux cris et aux pleurs féminins qui commençaient à retentir dans toute la maison. Son autorité sur ces femmes fut d'une telle efficacité, qu'à partir de cet instant, et même au moment où le cadavre fut emporté hors de la maison, l'on ne vit ou l'on n'entendit rien de leur part, qui s'écartât le moins du monde de ce qui a lieu, dans les familles les plus réglées, pour les morts les plus prévues. Quant au cardinal Montalto lui-même, personne ne put surprendre en lui les signes, même modérés, de la douleur la plus simple ; rien ne fut changé dans l'ordre et l'apparence extérieure de sa vie. Rome en fut bientôt convaincue, elle qui observait avec sa curiosité ordinaire les moindres mouvements d'un homme si profondément offensé.

Il arriva par hasard que, le lendemain même de la mort violente de Félix, le consistoire (des cardinaux) était convoqué au Vatican. Il n'y eut pas d'homme dans toute la ville qui ne pensât que pour ce premier jour, à tout le moins, le cardinal Montalto s'exempterait de cette *fonction* publique. Là, en effet, il devait paraître sous les yeux de tant et de si curieux témoins ! On observerait les moindres mouvements de cette faiblesse naturelle, et toutefois si convenable à celer chez un personnage qui d'une place éminente aspire à une plus éminente encore ; car tout le monde conviendra qu'il n'est pas convenable que celui qui ambitionne de s'élever au-dessus de tous les autres hommes, se montre ainsi homme comme les autres.

Mais les personnes qui avaient ces idées se trompèrent doublement, car d'abord, selon sa coutume, le cardinal Montalto fut des premiers à paraître dans la salle du consistoire, et ensuite il fut impossible aux plus clairvoyants de découvrir en lui un signe quelconque de sensibilité humaine. Au contraire, par ses réponses à ceux de ses collègues qui, à propos d'un événement si cruel, cherchèrent à lui présenter des paroles de consolation, il sut frapper tout le monde d'étonnement. La constance et l'apparente immobilité de son âme au milieu d'un si atroce malheur devinrent aussitôt l'entretien de la ville.

Bien est-il vrai que dans ce même consistoire quelques hommes, plus exercés dans l'art des cours, attribuèrent cette apparente insensibilité non à un défaut de sentiment, mais à beaucoup de dissimulation ; et cette manière de voir fut bientôt après partagée par la multitude des courtisans, car il était utile de ne pas se montrer trop profondément blessé d'une offense dont sans doute l'auteur était puissant, et pouvait plus tard peut-être barrer le chemin à la dignité suprême.

Quelle que fût la cause de cette insensibilité apparente et complète, un fait certain, c'est qu'elle frappa d'une sorte de stupeur Rome entière et la cour de Grégoire XIII. Mais pour en revenir au consistoire, quand tous les cardinaux réunis, le pape lui-même entra dans la salle, il tourna aussitôt les yeux vers le cardinal Montalto, et on vit Sa Sainteté répandre des larmes ; quant au cardinal, ses traits ne sortirent point de leur immobilité ordinaire.

L'étonnement redoubla quand, dans le même consistoire, le cardinal Montalto étant allé à son tour s'agenouiller devant le trône de Sa Sainteté, pour lui rendre compte des affaires dont il était chargé, le pape, avant de lui permettre de commencer, ne put s'empêcher de laisser éclater ses sanglots. Quand Sa Sainteté fut en état de parler, elle chercha à consoler le cardinal en lui promettant qu'il serait fait prompte et sévère justice d'un attentat si énorme. Mais le cardinal, après avoir remercié très humblement Sa Sainteté, la supplia de ne pas ordonner de recherches sur ce qui était arrivé, protestant que pour sa part il pardonnait de bon cœur à l'auteur, quel qu'il pût être. Et immédiatement après cette prière, exprimée en très peu de mots, le cardinal passa au détail des affaires dont il était chargé, comme si rien d'extraordinaire ne fût arrivé.

Les yeux de tous les cardinaux présents au consistoire étaient fixés sur le pape et sur Montalto ; et quoiqu'il soit assurément fort difficile de donner le change à l'œil exercé des courtisans, aucun pourtant n'osa dire que le visage du cardinal Montalto eût trahi la moindre émotion en voyant de si près les sanglots de Sa Sainteté, laquelle, à dire vrai, était tout à fait hors d'elle-même. Cette insensibilité étonnante du cardinal Montalto ne se démentit point durant tout le temps de son travail avec Sa Sainteté. Ce fut au point que le pape lui-même en fut frappé, et, le consistoire terminé, il ne put s'empêcher de dire au cardinal de San Sisto, son neveu favori :

Veramente, costui è un gran frate ! (En vérité, cet homme est un fier moine[1] !)

La façon d'agir du cardinal Montalto ne fut, en aucun point, différente pendant toutes les journées qui

1. Allusion à l'hypocrisie que les mauvais esprits croient fréquente chez les moines. Sixte Quint avait été moine mendiant et persécuté dans son ordre. Voir sa vie par Gregorio Leti, historien amusant, qui n'est pas plus menteur qu'un autre. Félix Peretti fut assassiné en 1580 ; son oncle fut créé pape en 1585.

suivirent. Ainsi que c'est la coutume, il reçut les visites de condoléance des cardinaux, des prélats et des princes romains, et avec aucun, en quelque liaison qu'il fût avec lui, il ne se laissa emporter à aucune parole de douleur ou de lamentation. Avec tous, après un court raisonnement sur l'instabilité des choses humaines, confirmé et fortifié par des sentences et des textes tirés des Saintes Écritures ou des Pères, il changeait promptement de discours, et venait à parler des nouvelles de la ville ou des affaires particulières du personnage avec lequel il se trouvait, exactement comme s'il eût voulu consoler ses consolateurs.

Rome fut surtout curieuse de ce qui se passerait pendant la visite que devait lui faire le prince Paolo Giordano Orsini, duc de Bracciano, auquel le bruit public attribuait la mort de Félix Peretti. Le vulgaire pensait que le cardinal Montalto ne pourrait se trouver si rapproché du prince, et lui parler en tête-à-tête, sans laisser paraître quelque indice de ses sentiments.

Au moment où le prince vint chez le cardinal, la foule était énorme dans la rue, et auprès de la porte ; un grand nombre de courtisans remplissait toutes les pièces de la maison, tant était grande la curiosité d'observer le visage des deux interlocuteurs. Mais, chez l'un pas plus que chez l'autre, personne ne put observer rien d'extraordinaire. Le cardinal Montalto se conforma à tout ce que prescrivaient les convenances de la cour ; il donna à son visage une teinte d'hilarité fort remarquable, et sa façon d'adresser la parole au prince fut remplie d'affabilité.

Un instant après, en remontant en carrosse, le prince Paul, se trouvant seul avec ses courtisans intimes, ne put s'empêcher de dire en riant : *In fatto è vero che costui è un gran frate !* (Il est parbleu bien vrai, cet homme est un fier moine !), comme s'il eût voulu confirmer la vérité du mot échappé au pape, quelques jours auparavant.

Les sages ont pensé que la conduite tenue en cette circonstance par le cardinal Montalto lui aplanit le chemin du trône, car beaucoup de gens prirent de lui cette opinion que, soit par nature ou par vertu, il ne savait pas ou ne voulait pas nuire à qui que ce fût, encore qu'il eût grand sujet d'être irrité.

Félix Peretti n'avait laissé rien d'écrit relativement à sa femme ; elle dut en conséquence retourner dans la maison de ses parents. Le cardinal Montalto lui fit remettre, avant son départ, les habits, les joyaux, et généralement tous les dons qu'elle avait reçus pendant qu'elle était la femme de son neveu.

Le troisième jour après la mort de Félix Peretti, Vittoria, accompagnée de sa mère, alla s'établir dans le palais du prince Orsini. Quelques-uns dirent que ces femmes furent portées à cette démarche par le soin de leur sûreté personnelle, la *corte*[1] paraissant les menacer comme accusées de *consentement* à l'homicide commis, ou du moins d'en avoir eu connaissance avant l'exécution ; d'autres pensèrent (et ce qui arriva plus tard sembla confirmer cette idée) qu'elles furent portées à cette démarche pour effectuer le mariage, le prince ayant promis à Vittoria de l'épouser aussitôt qu'elle n'aurait plus de mari.

Toutefois, ni alors ni plus tard, on n'a connu clairement l'auteur de la mort de Félix, quoique tous aient eu des soupçons sur tous. La plupart cependant attribuaient cette mort au prince Orsini ; tous savaient qu'il

1. Le *corte* n'osait pas pénétrer dans le palais d'un prince.

avait eu de l'amour pour Vittoria, il en avait donné des marques non équivoques ; et le mariage qui survint fut une grande preuve, car la femme était d'une condition tellement inférieure, que la seule tyrannie de la passion d'amour pût l'élever jusqu'à l'égalité matrimoniale[1]. Le vulgaire ne fut point détourné de cette façon de voir par une lettre adressée au gouverneur de Rome, et que l'on répandit peu de jours après le fait. Cette lettre était écrite au nom de César Palantieri, jeune homme d'un caractère fougueux et qui était banni de la ville.

Dans cette lettre, Palantieri disait qu'il n'était pas nécessaire que sa seigneurie illustrissime se donnât la peine de chercher ailleurs l'auteur de la mort de Félix Peretti, puisque lui-même l'avait fait tuer à la suite de certains différends survenus entre eux quelque temps auparavant.

Beaucoup pensèrent que cet assassinat n'avait pas eu lieu sans le consentement de la maison Accoramboni ; on accusa les frères de Vittoria qui auraient été séduits par l'ambition d'une alliance avec un prince si puissant et si riche. On accusa surtout Marcel à cause de l'indice fourni par la lettre qui fit sortir de chez lui le malheureux Félix. On parla mal de Vittoria elle-même, quand on la vit consentir à aller habiter le palais des Orsini comme future épouse, sitôt après la mort de son mari. On prétendait qu'il est peu probable qu'on arrive ainsi

1. La première femme du prince Orsini, dont il avait un fils nommé Virginio, était sœur de François Ier, grand-duc de Toscane, et du cardinal Ferdinand de Médicis. Il la fit périr du consentement de ses frères, parce qu'elle avait une intrigue. Telles étaient les lois de l'honneur apportées en Italie par les Espagnols. Les amours non légitimes d'une femme offensaient autant ses frères que son mari.

en un clin d'œil à se servir des petites armes, si l'on n'a fait usage, pendant quelque temps du moins, des armes de longue portée[1].

L'information sur ce meurtre fut faite par Mgr Portici, gouverneur de Rome, d'après les ordres de Grégoire XIII. On y voit seulement que ce Dominique, surnommé *Mancino*, arrêté par la *corte*, avoue et sans être mis à la question (*tormentato*), dans le second interrogatoire, en date du 24 février 1582 :

« Que la mère de Vittoria fut la cause de tout, et qu'elle fut secondée par la *cameriera* de Bologne, laquelle, aussitôt après le meurtre, prit refuge dans la citadelle de Bracciano (appartenant au prince Orsini et où la *corte* n'eût osé pénétrer), et que les exécuteurs du crime furent Marchione de Gubbio et Paul Barca de Bracciano, *lancie spezzate* (soldats) d'un seigneur duquel pour de dignes raisons on n'a pas inséré le nom. »

À ces *dignes raisons* se joignirent, comme je crois, les prières du cardinal Montalto, qui demanda avec instance que les recherches ne fussent pas poussées plus loin, et en effet il ne fut plus question du procès. Le *Mancino* fut mis hors de prison avec le *precetto* (ordre) de retourner directement à son pays, sous peine de la vie, et de ne jamais s'en écarter sans une permission expresse. La délivrance de cet homme eut lieu en 1583, le jour de Saint-Louis, et comme ce jour était aussi celui de la naissance du cardinal Montalto, cette circonstance me confirme de plus en plus dans la croyance que ce fut à sa prière que cette affaire fut terminée ainsi. Sous un gouvernement aussi faible que celui de Grégoire XIII,

---

1. Allusion à l'usage de se battre avec une épée et un poignard.

un tel procès pouvait avoir des conséquences fort désagréables et sans aucune compensation.

Les mouvements de la *corte* furent ainsi arrêtés, mais le pape Grégoire XIII ne voulut pourtant pas consentir à ce que le prince Paul Orsini, duc de Bracciano, épousât la veuve Accoramboni. Sa Sainteté, après avoir infligé à cette dernière une sorte de prison, donna le *precetto* au prince et à la veuve de ne point contracter de mariage ensemble sans une permission expresse de lui ou de ses successeurs.

Grégoire XIII vint à mourir (au commencement de 1585), et des docteurs en droit, consultés par le prince Paul Orsini, ayant répondu qu'ils estimaient que le *precetto* était annulé par la mort de qui l'avait imposé, il résolut d'épouser Vittoria avant l'élection d'un nouveau pape. Mais le mariage ne put se faire aussitôt que le prince le désirait, en partie parce qu'il voulait avoir le consentement des frères de Vittoria, et il arriva qu'Octave Accoramboni, évêque de Fossombrone, ne voulut jamais donner le sien, et en partie parce qu'on ne croyait pas que l'élection du successeur de Grégoire XIII dût avoir lieu aussi promptement. Le fait est que le mariage ne se fit que le jour même que fût créé pape le cardinal Montalto, si intéressé dans cette affaire, c'est-à-dire le 24 avril 1585, soit que ce fût l'effet du hasard, soit que le prince fût bien aise de montrer qu'il ne craignait pas plus la *corte* sous le nouveau pape, qu'il n'avait fait sous Grégoire XIII.

Ce mariage offensa profondément l'âme de Sixte Quint (car tel fut le nom choisi par le cardinal Montalto) ; il avait déjà quitté les façons de penser convenables à un moine, et monté son âme à la hauteur du grade dans lequel Dieu venait de le placer.

Le pape ne donna pourtant aucun signe de colère ; seulement, le prince Orsini s'étant présenté ce même jour avec la foule des seigneurs romains pour lui baiser le pied, et avec l'intention secrète de tâcher de lire, dans les traits du Saint-Père, ce qu'il avait à attendre ou à craindre de cet homme jusque-là si peu connu, il s'aperçut qu'il n'était plus temps de plaisanter. Le nouveau pape ayant regardé le prince d'une façon singulière, et n'ayant pas répondu un seul mot au compliment qu'il lui adressa, celui-ci prit la résolution de découvrir sur-le-champ quelles étaient les intentions de Sa Sainteté à son égard.

Par le moyen de Ferdinand, cardinal de Médicis (frère de sa première femme), et de l'ambassadeur catholique, il demanda et obtint du pape une audience dans sa chambre ; là il adressa à Sa Sainteté un discours étudié, et, sans faire mention des choses passées, il se réjouit avec elle à l'occasion de sa nouvelle dignité, et lui offrit comme un très fidèle vassal et serviteur tout son avoir et toutes ses forces.

Le pape[1] l'écouta avec un sérieux extraordinaire, et à la fin lui répondit que personne ne désirait plus que lui, que la vie et les actions de Paolo Giordano Orsini fussent à l'avenir dignes du sang Orsini et d'un vrai chevalier chrétien ; que quant à ce qu'il avait été par le passé, envers le Saint-Siège et envers la maison et la personne de lui, pape, personne ne pouvait le lui dire mieux que sa propre conscience ; que pourtant, lui, prince, pouvait être assuré d'une chose, à savoir, que tout ainsi qu'il lui pardonnait volontiers tout ce qu'il avait pu faire contre

1. Sixte Quint, pape, en 1585, à soixante-huit ans, régna cinq ans et quatre mois. Il a des rapports frappants avec Napoléon.

Félix Peretti et contre Félix, cardinal Montalto, jamais il ne lui pardonnerait ce qu'à l'avenir il pourrait faire contre le pape Sixte ; qu'en conséquence il l'engageait à aller sur-le-champ expulser de sa maison et de ses états tous les bandits (exilés) et les malfaiteurs auxquels, jusqu'au présent moment, il avait donné asile.

Sixte Quint avait une efficacité singulière, de quelque ton qu'il voulût se servir en parlant ; mais quand il était irrité et menaçant, on eût dit que ses yeux lançaient la foudre. Ce qu'il y a de certain, c'est que le prince Paul Orsini, accoutumé de tout temps à être craint des papes, fut porté à penser si sérieusement à ses affaires par cette façon de parler du pape, telle qu'il n'avait rien entendu de semblable pendant l'espace de treize ans, qu'à peine sorti du palais de Sa Sainteté, il courut chez le cardinal de Médicis lui raconter ce qui venait de se passer. Puis il résolut, par le conseil du cardinal, de congédier sans le moindre délai tous ces hommes repris de justice auxquels il donnait asile dans son palais et dans ses États, et il songea au plus vite à trouver quelque prétexte honnête pour sortir immédiatement des pays soumis au pouvoir de ce pontife si résolu.

Il faut savoir que le prince Paul Orsini était devenu d'une grosseur extraordinaire ; ses jambes étaient plus grosses que le corps d'un homme ordinaire, et une de ces jambes énormes était affligée du mal nommé *la lupa* (la louve), ainsi appelé parce qu'il faut le nourrir avec une grande abondance de viande fraîche qu'on applique sur la partie affectée ; autrement l'humeur violente, ne trouvant pas de chair morte à dévorer, se jetterait sur les chairs vivantes qui l'entourent.

Le prince prit prétexte de ce mal pour aller aux célèbres bains d'Abano, près de Padoue, pays dépendant de la république de Venise ; il partit avec sa nouvelle épouse vers le milieu de juin. Abano était un port très sûr pour lui, car, depuis un grand nombre d'années, la maison Orsini était liée à la république de Venise par des services réciproques.

Arrivé en ce pays de sûreté, le prince ne pensa qu'à jouir des agréments de plusieurs séjours, et, dans ce dessein, il loua trois magnifiques palais : l'un à Venise, le palais Dandolo, dans la rue de la Zecca ; le second à Padoue, et ce fut le palais Foscarini, sur la magnifique place nommée l'*Arena* ; il choisit le troisième à Salo, sur la rive délicieuse du lac de Garde : celui-ci avait appartenu autrefois à la famille Sforza-Pallavicini.

Les seigneurs de Venise (le gouvernement de la république) apprirent avec plaisir l'arrivée dans leurs États d'un tel prince, et lui offrirent aussitôt une très noble *condotta* (c'est-à-dire une somme considérable payée annuellement, et qui devait être employée par le prince, à lever un corps de deux ou trois mille hommes dont il aurait le commandement). Le prince se débarrassa de cette offre fort lestement ; il fit répondre à ces sénateurs que, bien que, par une inclination naturelle et héréditaire en sa famille, il se sentît porté de cœur au service de la Sérénissime République, toutefois, se trouvant présentement attaché au roi catholique, il ne lui semblait pas convenable d'accepter un autre engagement. Une réponse aussi résolue jeta quelque tiédeur dans l'esprit des sénateurs. D'abord ils avaient pensé à lui faire à son arrivée à Venise, et au nom de tout le public, une réception fort honorable ; ils se déterminèrent sur sa réponse à le laisser arriver comme un simple particulier.

Le prince Orsini, informé de tout, prit la résolution de ne pas même aller à Venise. Il était déjà dans le voisinage de Padoue, il fit un détour dans cet admirable pays, et se rendit, avec toute sa suite, dans la maison préparée pour lui à Salo, sur les bords du lac de Garde. Il y passa tout cet été au milieu des passe-temps les plus agréables et les plus variés.

L'époque du changement (de séjour) étant arrivée, le prince fit quelques petits voyages, à la suite desquels il lui sembla ne plus supporter la fatigue comme autrefois, il eut des craintes pour sa santé ; enfin il songea à aller passer quelques jours à Venise, mais il en fut détourné par sa femme, Vittoria, qui l'engagea à continuer de séjourner à Salo.

Il y a eu des gens qui ont pensé que Vittoria Accoramboni s'était aperçue du péril que couraient les jours du prince, son mari, et qu'elle ne l'engagea à rester à Salo que dans le dessein de l'entraîner plus tard hors d'Italie, et par exemple, dans quelque ville libre, chez les Suisses. Par ce moyen, elle mettait en sûreté, en cas de mort du prince, et sa personne et sa fortune particulière.

Que cette conjecture ait été fondée ou non, le fait est que rien de tel n'arriva, car le prince ayant été attaqué d'une nouvelle indisposition à Salo, le 10 novembre, il eut sur-le-champ le pressentiment de ce qui devait arriver.

Il eut pitié de sa malheureuse femme ; il la voyait, dans la plus belle fleur de sa jeunesse, rester pauvre autant de réputation que des biens de la fortune, haïe des princes régnants en Italie, peu aimée des Orsini et sans espoir d'un autre mariage après sa mort. Comme un seigneur magnanime et de foi loyale, il fit de son propre mouvement un testament par lequel il voulut assurer la fortune de cette infortunée. Il lui laissa en argent ou en joyaux la somme importante de cent mille piastres[1], outre tous les chevaux, carrosses et meubles dont il se servait dans ce voyage. Tout le reste de sa fortune fut laissé par lui à Virginio Orsini, son fils unique, qu'il avait eu de sa première femme, sœur de François Ier, grand-duc de Toscane (celle-là même qu'il fit tuer pour infidélité, du consentement de ses frères).

Mais combien sont incertaines les prévisions des hommes ! Les dispositions que Paul Orsini pensait devoir assurer une parfaite sécurité à cette malheureuse jeune femme se changèrent pour elle en précipices et en ruine.

Après avoir signé son testament, le prince se trouva un peu mieux le 12 novembre. Le matin du 13, on le saigna, et les médecins, n'ayant d'espoir que dans une diète sévère, laissèrent les ordres les plus précis pour qu'il ne prît aucune nourriture.

Mais ils étaient à peine sortis de la chambre, que le prince exigea qu'on lui servît à dîner ; personne n'osa le contredire, et il mangea et but comme à l'ordinaire. À peine le repas fut-il terminé, qu'il perdit connaissance, et deux heures avant le coucher du soleil il était mort.

Après cette mort subite, Vittoria Accoramboni, accompagnée de Marcel, son frère, et de toute la cour du prince défunt, se rendit à Padoue dans le palais Foscarini, situé près de l'*Arena*, celui-là même que le prince Orsini avait loué.

Peu après son arrivée, elle fut rejointe par son frère Flaminio, qui jouissait de toute la faveur du cardinal Farnèse. Elle s'occupa alors des démarches nécessaires pour obtenir le paiement du legs que lui avait

1. Environ deux millions de 1837.

fait son mari ; ce legs s'élevait à soixante mille piastres effectives qui devaient lui être payées dans le terme de deux années, et cela indépendamment de la dot, de la contredot, et de tous les joyaux et meubles qui étaient en son pouvoir. Le prince Orsini avait ordonné, par son testament, qu'à Rome, ou dans telle autre ville, au choix de la duchesse, on lui achèterait un palais de la valeur de dix mille piastres et une vigne (maison de campagne) de six mille ; il avait prescrit de plus qu'il fût pourvu à sa table et à tout son service comme il convenait à une femme de son rang. Le service devait être de quarante domestiques, avec un nombre de chevaux correspondant.

La signora Vittoria avait beaucoup d'espoir dans la faveur des princes de Ferrare, de Florence et d'Urbin, et dans celle des cardinaux Farnèse et de Médicis, nommés par le feu prince ses exécuteurs testamentaires. Il est à remarquer que le testament avait été dressé à Padoue, et soumis aux lumières des excellentissimes Parrizolo et Menochio, premiers professeurs de cette université et aujourd'hui si célèbres jurisconsultes.

Le prince Louis Orsini arriva à Padoue pour s'acquitter de ce qu'il avait à faire relativement au feu duc et à sa veuve, et se rendre ensuite au gouvernement de l'île de Corfou auquel il avait été nommé par la Sérénissime République.

Il naquit d'abord une difficulté entre la signora Vittoria et le prince Louis, sur les chevaux du feu duc, que le prince disait n'être pas proprement des meubles suivant la façon ordinaire de parler ; mais la duchesse prouva qu'ils devaient être considérés comme des meubles proprement dits, et il fut résolu qu'elle en retiendrait l'usage jusqu'à décision ultérieure ; elle donna pour garantie le seigneur Soardi de Bergame, condottiere des seigneurs vénitiens, gentilhomme fort riche et des premiers de sa patrie.

Il survint une autre difficulté au sujet d'une certaine quantité de vaisselle d'argent, que le feu duc avait remise au prince Louis comme gage d'une somme d'argent que celui-ci avait prêtée au duc. Tout fut décidé par voie de justice, car le sérénissime (duc) de Ferrare s'employait pour que les dernières dispositions du feu prince Orsini eussent leur entière exécution.

Cette seconde affaire fut décidée le 23 décembre, qui était un dimanche.

La nuit suivante, quarante hommes entrèrent dans la maison de ladite dame Accoramboni. Ils étaient revêtus d'habits de toile taillés d'une manière extravagante et arrangés de façon qu'ils ne pouvaient être reconnus, sinon par la voix ; et lorsqu'ils s'appelaient entre eux, ils faisaient usage de certains noms de jargon.

Ils cherchèrent d'abord la personne de la duchesse, et l'ayant trouvée, l'un d'eux lui dit : « Maintenant il faut mourir. »

Et, sans lui accorder un moment, encore qu'elle demandât de se recommander à Dieu, il la perça d'un poignard étroit au-dessous du sein gauche, et agitant le poignard en tous sens, le cruel demanda plusieurs fois à la malheureuse de lui dire s'il lui touchait le cœur ; enfin elle rendit le dernier soupir. Pendant ce temps les autres cherchaient les frères de la duchesse, desquels l'un, Marcel, eut la vie sauve, parce qu'on ne le trouva pas dans la maison ; l'autre fut percé de cent coups. Les assassins laissèrent les morts par terre, toute la maison en pleurs et en cris ; et s'étant saisis de la cassette qui contenait les joyaux et l'argent, ils partirent.

Cette nouvelle parvint rapidement aux magistrats de Padoue ; ils firent reconnaître les corps morts, et rendirent compte à Venise.

Pendant tout le lundi, le concours fut immense audit palais et à l'église des *Ermites* pour voir les cadavres. Les curieux étaient émus de pitié, particulièrement à voir la duchesse si belle ; ils pleuraient son malheur, *et dentibus fremebant* (et grinçaient des dents) contre les assassins ; mais on ne savait pas encore leurs noms.

La *corte* étant venue en soupçon, sur de forts indices, que la chose avait été faite par les ordres, ou du moins avec le consentement dudit prince Louis, elle le fit appeler, et lui, voulant entrer *in corte* (dans le tribunal) du très illustre capitaine avec une suite de quarante hommes armés, on lui barra la porte, et on lui dit qu'il entrât avec trois ou quatre seulement. Mais au moment où ceux-ci passaient, les autres se jetèrent à leur suite, écartèrent les gardes, et ils entrèrent tous.

Le prince Louis, arrivé devant le très illustre capitaine, se plaignit d'un tel affront, alléguant qu'il n'avait reçu un traitement pareil d'aucun prince souverain. Le très illustre capitaine lui ayant demandé s'il savait quelque chose touchant la mort de la signora Vittoria, et ce qui était arrivé la nuit précédente, il répondit que oui, et qu'il avait ordonné qu'on en rendît compte à la justice. On voulut mettre sa réponse par écrit ; il répondit que les hommes de son rang n'étaient pas tenus à cette formalité, et que, semblablement, ils ne devaient pas être interrogés.

Le prince Louis demanda la permission d'expédier un courrier à Florence avec une lettre pour le prince Virginio Orsini, auquel il rendait compte du procès et du crime survenu. Il montra une lettre feinte qui n'était pas la véritable, et obtint ce qu'il demandait.

Mais l'homme expédié fut arrêté hors de la ville et soigneusement fouillé ; on trouva la lettre que le prince Louis avait montrée, et une seconde lettre cachée dans les bottes du courrier ; elle était de la teneur suivante :

Au seigneur Virginio Orsini.

Très illustre seigneur,

« Nous avons mis à exécution ce qui avait été convenu entre nous, et de telle façon, que nous avons pris pour dupe le très illustre Tondini (apparemment le nom du chef de la *corte* qui avait interrogé le prince)*, si bien que l'on me tient ici pour le plus galant homme du monde. J'ai fait la chose en personne, ainsi ne manquez pas d'envoyer sur-le-champ les gens que vous savez. »*

Cette lettre fit impression sur les magistrats ; ils se hâtèrent de l'envoyer à Venise ; par leur ordre, les portes de la ville furent fermées, et les murailles garnies de soldats le jour et la nuit. On publia un avis portant des peines sévères pour qui, ayant connaissance des assassins, ne communiquerait pas ce qu'il savait à la justice. Ceux des assassins qui porteraient témoignage contre un des leurs ne seraient point inquiétés, et même on leur compterait une somme d'argent.

Mais sur les sept heures de nuit, la veille de Noël (le 24 décembre vers minuit), Aloïse Bragadin[1] arriva de Venise avec d'amples pouvoirs de la part du sénat, et

1. Bragadine.

l'ordre de faire arrêter vifs ou morts, et quoi qu'il en pût coûter, ledit prince Louis et tous les siens.

Ledit seigneur *avogador* Bragadin, les seigneurs capitaine et podestat se réunirent dans la forteresse.

Il fut ordonné, sous peine de la potence (*della forca*), à toute la milice à pied et à cheval, de se rendre bien pourvue d'armes autour de la maison dudit prince Louis, voisine de la forteresse, et contiguë à l'église de Saint-Augustin sur l'*Arena*.

Le jour arrivé (qui était celui de Noël), un édit fut publié dans la ville, qui exhortait les fils de Saint-Marc à courir en armes à la maison du seigneur Louis ; ceux qui n'avaient pas d'armes étaient appelés à la forteresse où on leur en remettrait autant qu'ils voudraient ; cet édit promettait une récompense de deux mille ducats à qui remettrait à la *corte*, vif ou mort, ledit seigneur Louis, et cinq cents ducats pour la personne de chacun de ses gens. De plus, il y avait ordre à qui ne serait pas pourvu d'armes de ne point approcher de la maison du prince, afin de ne pas porter obstacle à qui se battrait dans le cas où il jugerait à propos de faire quelque sortie.

En même temps, on plaça des fusils de rempart, des mortiers et de la grosse artillerie sur les vieilles murailles, vis-à-vis la maison occupée par le prince ; on en mit autant sur les murailles neuves, desquelles on voyait le derrière de ladite maison. De ce côté, on avait placé la cavalerie de façon à ce qu'elle pût se mouvoir librement, si l'on avait besoin d'elle. Sur les bords de la rivière, on était occupé à disposer des bancs, des armoires, des chars et autres meubles propres à faire office de parapets. On pensait, par ce moyen, mettre obstacle aux mouvements des assiégés, s'ils entreprenaient de marcher contre le peuple en ordre serré. Ces parapets devaient aussi servir à protéger les artilleurs et les soldats contre les arquebusades des assiégés.

Enfin on plaça des barques sur la rivière, en face et sur les côtés de la maison du prince, lesquelles étaient chargées d'hommes armés de mousquets et d'autres armes propres à inquiéter l'ennemi, s'il tentait une sortie : en même temps on fit des barricades dans toutes les rues.

Pendant ces préparatifs arriva une lettre, rédigée en termes fort convenables, par laquelle le prince se plaignait d'être jugé coupable et de se voir traité en ennemi, et même en rebelle, avant que l'on eût examiné l'affaire. Cette lettre avait été composée par Liverotto.

Le 27 décembre, trois gentilshommes, des principaux de la ville, furent envoyés par les magistrats au seigneur Louis, qui avait avec lui, dans sa maison, quarante hommes, tous anciens soldats accoutumés aux armes. On les trouva occupés à se fortifier avec des parapets formés de planches et de matelas mouillés, et à préparer leurs arquebuses.

Ces trois gentilshommes déclarèrent au prince que les magistrats étaient résolus à s'emparer de sa personne ; ils l'exhortèrent à se rendre, ajoutant que, par cette démarche, avant qu'on en fût venu aux voies de fait, il pouvait espérer d'eux quelque miséricorde. À quoi le seigneur Louis répondit que, si avant tout, les gardes placées autour de sa maison étaient levées, il se rendrait auprès des magistrats accompagné de deux ou trois des siens, pour traiter de l'affaire, sous la condition expresse qu'il serait toujours libre de rentrer dans sa maison.

Les ambassadeurs prirent ces propositions écrites de sa main, et retournèrent auprès des magistrats qui refusèrent les conditions, particulièrement d'après les conseils du très illustre *Pio Enea*, et autres nobles présents. Les ambassadeurs retournèrent auprès du prince, et lui annoncèrent que, s'il ne se rendait pas purement et simplement, on allait raser sa maison avec de l'artillerie ; à quoi il répondit qu'il préférait la mort à cet acte de soumission.

Les magistrats donnèrent le signal de la bataille, et quoiqu'on eût pu détruire presque entièrement la maison par une seule décharge, on aima mieux agir d'abord avec de certains ménagements, pour voir si les assiégés ne consentiraient point à se rendre.

Ce parti a réussi, et l'on a épargné à Saint-Marc beaucoup d'argent, qui aurait été dépensé à rebâtir les parties détruites du palais attaqué ; toutefois, il n'a pas été approuvé généralement. Si les hommes du seigneur Louis avaient pris leur parti sans balancer, et se fussent élancés hors de la maison, le succès eût été fort incertain. C'étaient de vieux soldats ; ils ne manquaient ni de munitions, ni d'armes, ni de courage, et, surtout, ils avaient le plus grand intérêt à vaincre ; ne valait-il pas mieux, même en mettant les choses au pis, mourir d'un coup d'arquebuse que de la main du bourreau ? D'ailleurs, à qui avaient-ils affaire ? à de malheureux assiégeants peu expérimentés dans les armes, et les seigneurs, dans ce cas, se seraient repentis de leur clémence et de leur bonté naturelle.

On commença donc à battre la colonnade qui était sur le devant de la maison ; ensuite, tirant toujours un peu plus haut, on détruisit le mur de façade qui est derrière. Pendant ce temps, les gens du dedans tirèrent force arquebusades, mais sans autre effet que de blesser à l'épaule un homme du peuple.

Le seigneur Louis criait avec une grande impétuosité : « Bataille ! bataille ! guerre ! guerre ! » Il était très occupé à faire fondre des balles avec l'étain des plats et le plomb des carreaux des fenêtres. Il menaçait de faire une sortie, mais les assiégeants prirent de nouvelles mesures, et l'on fit avancer de l'artillerie de plus gros calibre.

Au premier coup qu'elle tira, elle fit écrouler un grand morceau de la maison, et un certain Pandolfo Leupratti de Camerino tomba dans les ruines. C'était un homme de grand courage et un bandit de grande importance. Il était banni des États de la Sainte Église, et sa tête avait été mise au prix de quatre cents piastres par le très illustre seigneur Vitelli, pour la mort de Vincent Vitelli, lequel avait été attaqué dans sa voiture, et tué à coups d'arquebuse et de poignard, donnés par le prince Louis Orsini avec le bras du susdit Pandolfo et de ses compagnons. Tout étourdi de sa chute, Pandolfo ne pouvait faire aucun mouvement ; un serviteur des seigneurs Caidi Lista s'avança sur lui armé d'un pistolet, et très bravement il lui coupa la tête qu'il se hâta de porter à la forteresse et de remettre aux magistrats.

Peu après, un autre coup d'artillerie fit tomber un pan de la maison, et en même temps le comte de Montemelino de Pérouse, et il mourut dans les ruines, tout fracassé par le boulet.

On vit ensuite sortir de la maison un personnage nommé le colonel Lorenzo, des nobles de Camerino, homme fort riche, et qui en plusieurs occasions avait donné des preuves de valeur et était fort estimé du prince. Il résolut de ne pas mourir tout à fait sans vengeance ; il voulut tirer son fusil, mais encore que la roue tournât, il arriva, peut-être par la permission de Dieu, que l'arquebuse ne prit pas feu, et dans cet instant il eut le corps traversé d'une balle. Le coup avait été tiré par un pauvre diable, répétiteur des écoliers à Saint-Michel. Et tandis que pour gagner la récompense promise, celui-ci s'approchait pour lui couper la tête, il fut prévenu par d'autres plus lestes et surtout plus forts que lui, lesquels prirent la bourse, le ceinturon, le fusil, l'argent et les bagues du colonel, et lui coupèrent la tête.

Ceux-ci étant morts dans lesquels le prince Louis avait le plus de confiance, il resta fort troublé, et on ne le vit plus se donner aucun mouvement.

Le seigneur Filenfi, son maître de *casa* et secrétaire en habit civil, fit signe d'un balcon avec un mouchoir blanc qu'il se rendait. Il sortit et fut mené à la citadelle, *conduit sous le bras*, comme on dit qu'il est d'usage à la guerre, par Anselme Suardo, lieutenant des seigneurs (magistrats). Interrogé sur-le-champ, il dit n'avoir aucune faute dans ce qui s'était passé, parce que la veille de Noël seulement il était arrivé de Venise, où il s'était arrêté plusieurs jours pour les affaires du prince.

On lui demanda quel nombre de gens avait avec lui le prince ; il répondit : Vingt ou trente personnes.

On lui demanda leurs noms, il répondit qu'il y en avait huit ou dix, qui, étant personnes de qualité, mangeaient, ainsi que lui, à la table du prince, et que de ceux-là il savait les noms, mais que des autres, gens de vie vagabonde et arrivés depuis peu auprès du prince, il n'avait aucune particulière connaissance.

Il nomma treize personnes, y compris le frère de Liveroto.

Peu après, l'artillerie placée sur les murailles de la ville commença à jouer. Les soldats se placèrent dans les maisons contiguës à celle du prince pour empêcher la fuite de ses gens. Ledit prince, qui avait couru les mêmes périls que les deux dont nous avons raconté la mort, dit à ceux qui l'entouraient de se soutenir jusqu'à ce qu'ils vissent un écrit de sa main accompagné d'un certain signe ; après quoi il se rendit à cet Anselme Suardo, déjà nommé ci-dessus. Et parce qu'on ne put le conduire en carrosse, ainsi qu'il était prescrit, à cause de la grande foule de peuple et des barricades faites dans les rues, il fut résolu qu'il irait à pied.

Il marcha au milieu des gens de Marcel Accoramboni ; il avait à ses côtés les seigneurs condottieri, le lieutenant Suardo, d'autres capitaines et gentilshommes de la ville, tous très bien fournis d'armes. Venait ensuite une bonne compagnie d'hommes d'armes et de soldats de la ville. Le prince Louis marchait vêtu de brun, son stylet au côté, et son manteau relevé sous le bras d'un air fort élégant ; il dit avec un sourire rempli de dédain : *Si j'avais combattu !* voulant presque faire entendre qu'il l'aurait emporté. Conduit devant les seigneurs, il les salua aussitôt, et dit :

« Messieurs, je suis prisonnier de ce gentilhomme, montrant le seigneur Anselme, et je suis très fâché de ce qui est arrivé et qui n'a pas dépendu de moi. »

Le capitaine ayant ordonné qu'on lui enlevât le stylet qu'il avait au côté, il s'appuya à un balcon, et commença à se tailler les ongles avec une paire de petits ciseaux qu'il trouva là.

On lui demanda quelles personnes il avait dans sa maison ; il nomma parmi les autres le colonel Liveroto et le comte Montemelino dont il a été parlé ci-dessus, ajoutant qu'il donnerait dix mille piastres pour racheter l'un d'eux, et que pour l'autre il donnerait son sang même. Il demanda d'être placé dans un lieu convenable à un homme tel que lui. La chose étant ainsi convenue, il écrivit de sa main aux siens, leur ordonnant de se rendre, et il donna sa bague pour signe. Il dit au seigneur Anselme qu'il lui donnait son épée et son fusil, le priant, lorsqu'on aurait trouvé ces armes dans sa maison, de s'en servir pour amour de lui, comme étant armes d'un gentilhomme et non de quelque soldat vulgaire.

Les soldats entrèrent dans la maison, la visitèrent avec soin, et sur-le-champ on fit l'appel des gens du prince qui se trouvèrent au nombre de trente-quatre, après quoi ils furent conduits deux à deux dans la prison du palais. Les morts furent laissés en proie aux chiens, et on se hâta de rendre compte du tout à Venise.

On s'aperçut que beaucoup de soldats du prince Louis, complices du fait, ne se trouvaient pas ; on défendit de leur donner asile, sous peine, pour les contrevenants, de la démolition de leur maison et de la confiscation de leurs biens ; ceux qui les dénonceraient recevraient cinquante piastres. Par ces moyens on en trouva plusieurs.

On expédia de Venise une frégate à Candie, portant ordre au seigneur Latino Orsini de revenir sur-le-champ pour affaire de grande importance, et l'on croit qu'il perdra sa charge.

Hier matin, qui fut le jour de Saint-Étienne, tout le monde s'attendait à voir mourir ledit prince Louis, ou à ouïr raconter qu'il avait été étranglé en prison ; et l'on fut généralement surpris qu'il en fût autrement, vu qu'il n'est pas oiseau à tenir longtemps en cage. Mais la nuit suivante le procès eut lieu, et le jour de Saint-Jean, un peu avant l'aube, on sut que ledit seigneur avait été étranglé et qu'il était mort fort bien disposé. Son corps fut transporté sans délai à la cathédrale, accompagné par le clergé de cette église et par les pères jésuites. Il fut laissé toute la journée sur une table au milieu de l'église pour servir de spectacle au peuple et de miroir aux inexpérimentés.

Le lendemain son corps fut porté à Venise, ainsi qu'il l'avait ordonné dans son testament, et là il fut enterré.

Le samedi on pendit deux de ses gens ; le premier et le principal fut Furio Savorgnano, l'autre une personne vile.

Le lundi qui fut le pénultième jour de l'an susdit, on en pendit treize parmi lesquels plusieurs étaient très nobles ; deux autres, l'un dit le capitaine Splendiano et l'autre le comte Paganello, furent conduits par la place et légèrement tenaillés ; arrivés au lieu du supplice, ils furent assommés, eurent la tête cassée, et furent coupés en quartiers, étant encore presque vifs. Ces hommes étaient nobles, et avant qu'ils se donnassent au mal, ils étaient fort riches. On dit que le comte Paganello fut celui qui tua la signora Vittoria Accoramboni avec la cruauté qui a été racontée. On objecte à cela que le prince Louis, dans la lettre citée plus haut, atteste qu'il a fait la chose de sa main ; peut-être fut-ce par vaine gloire comme celle qu'il montra dans Rome en faisant assassiner Vitelli, ou bien pour mériter davantage la faveur du prince Virginio Orsini.

Le comte Paganello, avant de recevoir le coup mortel, fut percé à diverses reprises avec un couteau au-dessous du sein gauche, pour lui toucher le cœur comme il l'avait fait à cette pauvre dame. Il arriva de là que de la poitrine il versait comme un fleuve de sang. Il vécut ainsi plus d'une demi-heure, au grand étonnement de tous. C'était un homme de quarante-cinq ans qui annonçait beaucoup de force.

Les fourches patibulaires sont encore dressées pour expédier les dix-neuf qui restent, le premier jour qui ne sera pas de fête. Mais comme le bourreau est extrêmement las, et que le peuple est comme en agonie pour avoir vu tant de morts, on diffère l'exécution pendant ces deux jours. On ne pense pas qu'on laisse la vie à aucun. Il n'y aura peut-être d'excepté parmi les gens attachés au prince Louis, que le seigneur Filenfi, son maître de *casa*, lequel se donne toutes les peines du monde, et en effet la chose est importante pour lui, afin de prouver qu'il n'a eu aucune part au fait.

Personne ne se souvient, même parmi les plus âgés de cette ville de Padoue, que jamais, par une sentence plus juste, on ait procédé contre la vie de tant de personnes, en une seule fois. Et ces seigneurs (de Venise) se sont acquis une bonne renommée et réputation auprès des nations les plus civilisées.

(Ajouté d'une autre main).

François Filenfi, secrétaire et *maestro di casa*, fut condamné à quinze ans de prison. L'échanson (*copiere*) Anorio Adami de Fermo, ainsi que deux autres, à une année de prison ; sept autres furent condamnés aux galères avec les fers aux pieds, et enfin sept furent relâchés.

Les Cenci

1599

Le don Juan de Molière est galant sans doute, mais avant tout, il est homme de bonne compagnie ; avant de se livrer au penchant irrésistible qui l'entraîne vers les jolies femmes, il tient à se conformer à un certain modèle idéal, il veut être l'homme qui serait souverainement admiré à la cour d'un jeune roi galant et spirituel.

Le don Juan de Mozart est déjà plus près de la nature, et moins français, il pense moins à l'*opinion des autres* ; il ne songe pas, avant tout, à *parestre* comme dit le baron de Fœneste, de D'Aubigné. Nous n'avons que deux portraits du don Juan d'Italie, tel qu'il dut se montrer, en ce beau pays, au XVIe siècle, au début de la civilisation renaissante.

De ces deux portraits, il en est un que je ne puis absolument faire connaître, le siècle est trop *collet monté*, il faut se rappeler ce grand mot que j'ai ouï répéter bien des fois à Lord Byron : *This age of cant*. Cette hypocrisie si ennuyeuse et qui ne trompe personne, a l'immense avantage de donner quelque chose à dire aux sots : ils se scandalisent de ce qu'on a osé dire telle chose, de ce qu'on a osé rire de telle autre, etc. Son désavantage est de raccourcir infiniment le domaine de l'histoire.

Si le lecteur a le bon goût de me le permettre, je vais lui présenter, en toute humilité, une notice historique sur le second des don Juan, dont il est possible de parler en 1837 ; il se nommait *François Cenci.*

Pour que le don Juan soit possible, il faut qu'il y ait de l'hypocrisie dans le monde. Le don Juan eût été un effet sans cause dans l'Antiquité ; la religion était une fête, elle exhortait les hommes au plaisir, comment aurait-elle flétri des êtres qui faisaient d'un certain plaisir leur unique affaire ? Le gouvernement seul parlait de *s'abstenir*, il défendait les choses qui pouvaient nuire à la patrie, c'est-à-dire à l'intérêt bien entendu de tous, et non ce qui peut nuire à l'individu qui agit.

Tout homme qui avait du goût pour les femmes et beaucoup d'argent, pouvait donc être un don Juan dans Athènes, personne n'y trouvait à redire ; personne ne professait que cette vie est une vallée de larmes, et qu'il y a du mérite à se faire souffrir.

Je ne pense pas que le don Juan athénien pût arriver jusqu'au crime aussi rapidement que le don Juan des monarchies modernes ; une grande partie du plaisir de celui-ci consiste à braver l'opinion, et il a débuté, dans sa jeunesse, par s'imaginer qu'il bravait seulement l'hypocrisie.

Violer les lois dans la monarchie à la Louis XV, tirer un coup de fusil à un couvreur, et le faire dégringoler du haut de son toit, n'est-ce pas une preuve que l'on vit dans la société du prince, que l'on est du meilleur ton, et que l'on se moque fort du juge ? *Se moquer du juge* n'est-ce pas le premier pas, le premier essai de tout petit don Juan qui débute ?

Parmi nous, les femmes ne sont plus à la mode, c'est pourquoi les don Juan sont rares ; mais quand il y en avait, ils commençaient toujours par chercher des plaisirs fort naturels, tout en se faisant gloire de braver ce qui leur semblait des idées non fondées en raison, dans la religion de leurs contemporains. Ce n'est que plus tard, et lorsqu'il commence à se pervertir, que le don Juan trouve une volupté exquise à braver les opinions qui lui semblent à lui-même justes et raisonnables.

Ce passage devait être fort difficile chez les anciens, et ce n'est guère que sous les empereurs romains, et après Tibère et Caprée, que l'on trouve des libertins qui aiment la corruption pour elle-même, c'est-à-dire pour le plaisir de braver les opinions raisonnables de leurs contemporains.

Ainsi c'est à la religion chrétienne que j'attribue la possibilité du rôle satanique de don Juan. C'est sans doute cette religion qui enseigna au monde qu'un pauvre esclave, qu'un gladiateur avait une âme absolument égale en facultés à celle de César lui-même ; ainsi, il faut la remercier de l'apparition des sentiments délicats ; je ne doute pas, au reste, que tôt ou tard ces sentiments ne se fussent fait jour dans le sein des peuples. L'*Énéide* est déjà bien plus *tendre* que l'*Iliade*.

La théorie de Jésus était celle des philosophes arabes ses contemporains ; la seule chose nouvelle qui se soit introduite dans le monde à la suite des principes prêchés par saint Paul, c'est un corps de prêtres absolument séparé du reste des citoyens et même ayant des intérêts opposés[1].

Ce corps fit son unique affaire de cultiver et de fortifier le *sentiment religieux* ; il inventa des prestiges et des habitudes pour émouvoir les esprits de toutes les

1. Voir Montesquieu, *Politique des Romains dans la religion.*

classes, depuis le pâtre inculte jusqu'au vieux courtisan blasé ; il sut lier son souvenir aux impressions charmantes de la première enfance ; il ne laissa point passer la moindre peste ou le moindre grand malheur, sans en profiter pour redoubler la peur et le *sentiment religieux*, ou tout au moins pour bâtir une belle église, comme la *Salute* à Venise.

L'existence de ce corps produisit cette chose admirable : le pape saint Léon, résistant sans *force physique* au féroce Attila et à ces nuées de barbares qui venaient d'effrayer la Chine, la Perse et les Gaules.

Ainsi, la religion, comme le pouvoir absolu tempéré par des chansons, qu'on appelle la monarchie française, a produit des choses singulières que le monde n'eût jamais vues, peut-être, s'il eût été privé de ces deux institutions.

Parmi ces choses bonnes ou mauvaises, mais toujours singulières et curieuses, et qui eussent bien étonné Aristote, Polybe, Auguste, et les autres bonnes têtes de l'Antiquité, je place sans hésiter le caractère tout moderne du don Juan. C'est, à mon avis, un produit des *institutions ascétiques* des papes venus après Luther ; car Léon X et sa cour (1506) suivaient à peu près les principes de la religion d'Athènes.

Le *Don Juan* de Molière fut représenté au commencement du règne de Louis XIV, le 15 février 1665 ; ce prince n'était point encore dévot, et cependant la censure ecclésiastique fit supprimer la scène du *pauvre dans la forêt*. Cette censure, pour se donner des forces, voulait persuader à ce jeune roi, si prodigieusement ignorant, que le mot janséniste était synonyme de *républicain*[1].

---

1. Saint-Simon, *Mémoires de l'abbé Blache*.

L'original est d'un Espagnol, Tirso de Molina[1] ; une troupe italienne en jouait une imitation à Paris vers 1664, et faisait fureur. C'est probablement la comédie du monde qui a été représentée le plus souvent. C'est qu'il y a le diable et l'amour, la peur de l'enfer et une passion exaltée pour une femme, c'est-à-dire ce qu'il y a de plus terrible et de plus doux aux yeux de tous les hommes, pour peu qu'ils soient au-dessus de l'état sauvage.

Il n'est pas étonnant que la peinture du don Juan ait été introduite dans la littérature par un poète espagnol. L'amour tient une grande place dans la vie de ce peuple ; c'est, là-bas, une passion sérieuse et qui se fait sacrifier, haut la main, toutes les autres, et même, qui le croirait ? la *vanité* ! Il en est de même en Allemagne et en Italie. À le bien prendre, la France seule est complètement délivrée de cette passion, qui fait faire tant de folies à ces étrangers : par exemple, épouser une fille pauvre, sous le prétexte qu'elle est jolie et qu'on en est amoureux. Les filles qui manquent de beauté ne manquent pas d'admirateurs en France ; nous sommes gens avisés. Ailleurs, elles sont réduites à se faire religieuses, et c'est pourquoi les couvents sont indispensables en Espagne. Les filles n'ont pas de dot en ce pays, et cette loi a maintenu le triomphe de l'amour. En France, l'amour ne s'est-il pas réfugié au cinquième étage, c'est-à-dire parmi les filles qui ne se marient pas avec l'entremise du notaire de la famille ?

1. Ce nom fut adopté par un moine, homme d'esprit, *fray* Gabriel Téllez. Il appartenait à l'ordre de la Merci, et l'on a de lui plusieurs pièces où se trouvent des scènes de génie, entre autres *Le Timide à la cour*. Téllez fit trois cents comédies, dont soixante ou quatre-vingts existent encore. Il mourut vers 1610.

Il ne faut point parler du don Juan de Lord Byron, ce n'est qu'un *Faublas*, un beau jeune homme insignifiant, et sur lequel se précipitent toutes sortes de bonheurs invraisemblables.

C'est donc en Italie et au XVIe siècle seulement qu'a dû paraître, pour la première fois, ce caractère singulier. C'est en Italie et au XVIIe siècle, qu'une princesse disait, en prenant une glace avec délices le soir d'une journée fort chaude : *Quel dommage que ce ne soit pas un péché !*

Ce sentiment forme, suivant moi, la base du caractère du don Juan, et, comme on voit, la religion chrétienne lui est nécessaire.

Sur quoi un auteur napolitain s'écrie : « N'est-ce rien que de braver le ciel, et de croire qu'au moment même le ciel peut vous réduire en cendre ? De là, l'extrême volupté, dit-on, d'avoir une maîtresse religieuse, et religieuse remplie de piété, sachant fort bien qu'elle fait mal, et demandant pardon à Dieu avec passion, comme elle pèche avec passion[1]. »

Supposons un chrétien extrêmement pervers, né à Rome, au moment où le sévère Pie V venait de remettre en honneur ou d'inventer une foule de pratiques minutieuses absolument étrangères à cette morale simple qui n'appelle vertu que *ce qui est utile aux hommes*. Une inquisition inexorable, et tellement inexorable qu'elle dura peu en Italie, et dut se réfugier en Espagne, venait d'être renforcée[2] et faisait peur à tous. Pendant quelques

---

1. D. Dominico Paglietta.
2. Saint Pie V Ghislieri, Piémontais, dont on voit la figure maigre et sévère au tombeau de Sixte Quint à Sainte-Marie-Majeure, était *grand inquisiteur* quand il fut appelé au trône de saint Pierre,

années, on attacha de très grandes peines à la non-exécution ou au mépris public de ces petites pratiques minutieuses élevées au rang des devoirs les plus sacrés de la religion ; il aura haussé les épaules en voyant l'universalité des citoyens trembler devant les lois terribles de l'Inquisition.

« Eh bien ! se sera-t-il dit, je suis l'homme le plus riche de Rome, cette capitale du monde ; je vais en être aussi le plus brave ; je vais me moquer publiquement de tout ce que ces gens-là respectent, et qui ressemble si peu à ce qu'on doit respecter. »

Car un don Juan, pour être tel, doit être homme de cœur et posséder cet esprit vif et net qui fait voir clair dans les motifs des actions des hommes.

François Cenci se sera dit : « Par quelles actions parlantes, moi Romain, né à Rome en 1527, précisément pendant les six mois durant lesquels les soldats luthériens du connétable de Bourbon y commirent, sur les choses saintes, les plus affreuses profanations, par quelles actions pourrai-je faire remarquer mon courage, et me donner, le plus profondément possible, le plaisir de braver l'opinion ? Comment étonnerai-je mes sots contemporains ? Comment pourrai-je me donner le plaisir si vif de me sentir différent de tout ce vulgaire ? »

Il ne pouvait entrer dans la tête d'un Romain, et d'un Romain du Moyen Âge, de se borner à des paroles.

---

en 1556. Il gouverna l'Église six ans et vingt-quatre jours. Voir ses lettres, publiées par M. de Potter, le seul homme parmi nous qui ait connu ce point d'histoire. L'ouvrage de M. de Potter, vaste mine de faits, est le fruit de quatorze ans d'études consciencieuses dans les bibliothèques de Florence, de Venise et de Rome.

Il n'est pas de pays où les paroles hardies soient plus méprisées qu'en Italie.

L'homme qui a pu se dire à lui-même ces choses, se nommait François Cenci : il a été tué sous les yeux de sa fille et de sa femme, le 15 septembre 1598. Rien d'aimable ne nous reste de ce don Juan, son caractère ne fut point adouci et *amoindri* par l'idée d'être, avant tout, homme de bonne compagnie, comme le don Juan de Molière. Il ne songeait aux autres hommes que pour marquer sa supériorité sur eux, s'en servir dans ses desseins ou les haïr. Le don Juan n'a jamais de plaisir par les sympathies, par les douces rêveries ou les illusions d'un cœur tendre. Il lui faut, avant tout, des plaisirs qui soient des triomphes, qui puissent être vus par les autres, qui ne *puissent être niés* ; il lui faut la liste déployée par l'insolent Leporello aux yeux de la triste Elvire.

Le don Juan romain s'est bien gardé de la maladresse insigne de donner la clé de son caractère, et de faire des confidences à un laquais, comme le don Juan de Molière ; il a vécu sans confident, et n'a prononcé de paroles que celles qui étaient utiles pour *l'avancement de ses desseins*. Nul ne vit en lui de ces moments de tendresse véritable et de gaieté charmante qui nous font pardonner au don Juan de Mozart ; en un mot, le portrait que je vais traduire est affreux.

Par choix, je n'aurais pas raconté ce caractère, je me serais contenté de l'étudier, car il est plus voisin de l'horrible que du curieux ; mais j'avouerai qu'il m'a été demandé par des compagnons de voyage auxquels je ne pouvais rien refuser. En 1823, j'eus le bonheur de voir l'Italie avec des êtres aimables, et que je n'oublierai jamais ; je fus séduit comme eux par l'admirable portrait de Béatrix Cenci, que l'on voit à Rome, au palais Barberini.

La galerie de ce palais est maintenant réduite à sept ou huit tableaux ; mais quatre sont des chefs-d'œuvre : c'est d'abord le portrait de la célèbre *Fornarina*, la maîtresse de Raphaël, par Raphaël lui-même. Ce portrait, sur l'authenticité duquel il ne peut s'élever aucun doute, car on trouve des copies contemporaines, est tout différent de la figure qui, à la galerie de Florence, est donnée comme le portrait de la maîtresse de Raphaël, et a été gravé, sous ce nom, par Morghen. Le portrait de Florence n'est pas même de Raphaël. En faveur de ce grand nom, le lecteur voudra-t-il pardonner à cette petite digression ?

Le second portrait précieux de la galerie Barberini, est du Guide ; c'est le portrait de Béatrix Cenci, dont on voit tant de mauvaises gravures. Ce grand peintre a placé sur le cou de Béatrix un bout de draperie insignifiant : il l'a coiffée d'un turban ; il eût craint de pousser la vérité jusqu'à *l'horrible*, s'il eût reproduit exactement l'habit qu'elle s'était fait faire pour paraître à l'exécution, et les cheveux en désordre d'une pauvre fille de seize ans qui vient de s'abandonner au désespoir. La tête est douce et belle, le regard très doux et les yeux fort grands ; ils ont l'air étonné d'une personne qui vient d'être surprise au moment où elle pleurait à chaudes larmes. Les cheveux sont blonds et très beaux. Cette tête n'a rien de la fierté romaine et de cette conscience de ses propres forces, que l'on surprend souvent dans le regard assuré d'une *fille du Tibre, di una figlia del Tevere,* disent-elles d'elles-mêmes avec fierté. Malheureusement les demi-teintes ont poussé au *rouge de brique* pendant ce long intervalle de deux cent trente-huit ans, qui nous sépare de la catastrophe dont on va lire le récit.

Le troisième portrait de la galerie Barberini, est celui de Lucrèce Petroni, belle-mère de Béatrix, qui fut exécutée avec elle. C'est le type de la matrone romaine dans sa beauté et sa fierté[1] naturelles. Les traits sont grands et la carnation d'une éclatante blancheur, les sourcils noirs et fort marqués, le regard est impérieux et en même temps chargé de volupté. C'est un beau contraste avec la figure si douce, si simple, presque allemande de sa belle-fille.

Le quatrième portrait, brillant par la vérité et l'éclat des couleurs, est l'un des chefs-d'œuvre du Titien ; c'est une esclave grecque qui fut la maîtresse du fameux doge Barbarigo.

Presque tous les étrangers qui arrivent à Rome, se font conduire, dès le commencement de leur tournée, à la galerie Barberini ; ils sont appelés, les femmes surtout, par les portraits de Béatrix Cenci et de sa belle-mère. J'ai partagé la curiosité commune ; ensuite, comme tout le monde, j'ai cherché à obtenir communication des pièces de ce procès célèbre. Si on a ce crédit, on sera tout étonné, je pense, en lisant ces pièces, où tout est latin, excepté les réponses des accusés, de ne trouver presque pas l'explication des faits. C'est qu'à Rome, en 1599, personne n'ignorait les faits. J'ai acheté la permission de copier un récit contemporain ; j'ai cru pouvoir en donner la traduction sans blesser aucune convenance ; du moins cette traduction put-elle être lue tout haut devant des dames, en 1823. Il est bien entendu que le traducteur

1. Cette fierté ne provient point du *rang* dans le monde, comme dans les portraits de Van Dyck.

cesse d'être fidèle lorsqu'il ne peut plus l'être : l'horreur l'emporterait facilement sur l'intérêt de curiosité.

Le triste rôle du don Juan pur (celui qui ne cherche à se conformer à aucun modèle idéal, et qui ne songe à l'opinion du monde que pour l'outrager) est exposé ici dans toute son horreur. Les excès de ses crimes forcent deux femmes malheureuses à le faire tuer sous leurs yeux ; ces deux femmes étaient l'une son épouse et l'autre sa fille, et le lecteur n'osera décider si elles furent coupables. Leurs contemporains trouvèrent qu'elles ne devaient pas périr.

Je suis convaincu que la tragédie de *Galeoto Manfredi* (qui fut tué par sa femme, sujet traité par le grand poète Monti) et tant d'autres tragédies domestiques du XVe siècle, qui sont moins connues et à peine indiquées dans les histoires particulières des villes d'Italie, finirent par une scène semblable à celle du château de *Petrella*.

Voici la traduction du récit contemporain ; il est en *italien de Rome,* et fut écrit le 14 septembre 1599.

Histoire véritable

De la mort de Jacques et Béatrix Cenci, et de Lucrèce Petroni Cenci, leur belle-mère, exécutés pour crime de parricide samedi dernier 11 septembre 1599, sous le règne de notre saint père le pape Clément VIII, Aldobrandini.

La vie exécrable qu'a toujours menée François Cenci né à Rome et l'un de nos concitoyens les plus opulents, a fini par le conduire à sa perte. Il a entraîné à une mort prématurée ses fils, jeunes gens forts et courageux, et sa fille Béatrix, qui, quoiqu'elle ait été conduite au supplice, à peine âgée de seize ans (il y a aujourd'hui quatre jours), n'en passait pas moins pour une des plus belles personnes des États du pape et de l'Italie tout entière. La nouvelle se répand que le signor Guido Reni, un des élèves de cette admirable école de Bologne, a voulu faire le portrait de la pauvre Béatrix, vendredi dernier, c'est-à-dire le jour même qui a précédé son exécution. Si ce grand peintre s'est acquitté de cette tâche comme il a fait pour les autres peintures qu'il a exécutées dans cette capitale, la postérité pourra se faire quelque idée de ce que fut la beauté de cette fille admirable. Afin qu'elle puisse aussi conserver quelque souvenir de ses malheurs sans pareils, et de la force étonnante avec laquelle cette âme vraiment romaine sut les combattre, j'ai résolu d'écrire ce que j'ai appris sur l'action qui l'a conduite à la mort, et ce que j'ai vu le jour de sa glorieuse tragédie.

Les personnes qui m'ont donné mes informations, étaient placées de façon à savoir les circonstances les plus secrètes, lesquelles sont ignorées dans Rome, même aujourd'hui, quoique depuis six semaines on ne parle d'autre chose que du procès des Cenci. J'écrirai avec une certaine liberté, assuré que je suis de pouvoir déposer mon *commentaire* dans des archives respectables, et d'où certainement il ne sera tiré qu'après moi. Mon unique chagrin est de devoir parler, mais ainsi le veut la vérité, contre l'innocence de cette pauvre Béatrix Cenci, adorée et respectée de tous ceux qui l'ont connue, autant que son terrible père était haï et exécré.

Cet homme, qui, l'on ne peut le nier, avait reçu du ciel une sagacité et une bizarrerie étonnantes, fut fils de monsignor Cenci, lequel sous Pie V Ghislieri, s'était élevé au poste de *trésorier* (ministre des Finances). Ce saint pape, tout occupé, comme on sait, de sa juste haine contre l'hérésie, et du rétablissement de son admirable Inquisition, n'eut que du mépris pour l'administration temporelle de son État, de façon que ce monsignor Cenci, qui fut trésorier pendant quelques années avant 1572, trouva moyen de laisser à cet homme affreux, qui fut son fils et père de Béatrix, un revenu net de cent soixante mille piastres (environ deux millions cinq cent mille francs de 1837).

François Cenci, outre cette grande fortune, avait une réputation de courage et de prudence à laquelle, dans son jeune temps, aucun autre Romain ne put atteindre ; et cette réputation le mettait d'autant plus en crédit à la cour du pape et parmi tout le peuple, que les actions criminelles que l'on commençait à lui imputer n'étaient que du genre de celles que le monde pardonne facilement. Beaucoup de Romains se rappelaient encore, avec un amer regret, la liberté de penser et d'agir dont on avait joui du temps de Léon X, qui nous fut enlevé en 1513, et sous Paul III, mort en 1549. On commença à parler, sous ce dernier pape, du jeune François Cenci à cause de certains amours singuliers, amenés à bonne réussite par des moyens plus singuliers encore.

Sous Paul III, temps où l'on pouvait encore parler avec une certaine confiance, beaucoup disaient que François Cenci était avide surtout d'événements bizarres qui pussent lui donner des *peripezie di nuova idea*, sensations nouvelles et inquiétantes ; ceux-là s'appuient sur ce qu'on a trouvé dans ses livres de comptes, des articles tels que celui-ci :

« Pour les aventures et *peripezie* de Toscanella, trois mille cinq cents piastres (environ soixante mille francs de 1837) *e non fu caro* (et ce ne fut pas trop cher). »

On ne sait peut-être pas, dans les autres villes d'Italie, que notre sort et notre façon d'être à Rome changent selon le caractère du pape régnant. Ainsi, pendant treize années, sous le bon pape Grégoire XIII Buoncompagni, tout était permis à Rome ; qui voulait faisait poignarder son ennemi, et n'était point poursuivi, pour peu qu'il se conduisît d'une façon modeste. À cet excès d'indulgence succéda l'excès de la sévérité pendant les cinq années que régna le grand Sixte Quint, duquel il a été dit, comme de l'empereur Auguste, qu'il fallait qu'il ne vînt jamais ou qu'il restât toujours. Alors on vit exécuter des malheureux pour des assassinats ou empoisonnements oubliés depuis dix ans, mais dont ils avaient eu le malheur de se confesser au cardinal Montalto, depuis Sixte Quint.

Ce fut principalement sous Grégoire XIII que l'on commença à beaucoup parler de François Cenci ; il avait épousé une femme fort riche et telle qu'il convenait à un seigneur si accrédité ; elle mourut après lui avoir donné sept enfants. Peu après sa mort, il prit en secondes noces Lucrèce Petroni, d'une rare beauté et célèbre surtout par l'éclatante blancheur de son teint, mais un peu trop replète, comme c'est le défaut commun de nos Romaines. De Lucrèce il n'eut point d'enfants.

Le moindre vice qui fût à reprendre en François Cenci, ce fut la propension à un amour infâme ; le plus grand fut celui de ne pas croire en Dieu. De sa vie on ne le vit entrer dans une église.

Mis trois fois en prison pour ses amours infâmes, il s'en tira en donnant deux cent mille piastres aux personnes en faveur auprès des douze papes sous lesquels il a successivement vécu. (Deux cent mille piastres font à peu près cinq millions de 1837.)

Je n'ai vu François Cenci que lorsqu'il avait déjà les cheveux grisonnants, sous le règne du pape Buoncompagni, quand tout était permis à qui osait. C'était un homme d'à peu près cinq pieds quatre pouces, fort bien fait, quoique trop maigre ; il passait pour être extrêmement fort, peut-être faisait-il courir ce bruit lui-même ; il avait les yeux grands et expressifs, mais la paupière supérieure retombait un peu trop ; il avait le nez trop avancé et trop grand, les lèvres minces et un sourire plein de grâce. Ce sourire devenait terrible lorsqu'il fixait le regard sur ses ennemis ; pour peu qu'il fût ému ou irrité, il tremblait excessivement et de façon à l'incommoder. Je l'ai vu dans ma jeunesse, sous le pape Buoncompagni, aller à cheval de Rome à Naples, sans doute pour quelqu'une de ses amourettes ; il passait par les bois de San Germano et de la Fajola, sans avoir nul souci des brigands, et faisait, dit-on, la route en moins de vingt heures. Il voyageait toujours seul, et sans prévenir personne ; quand son premier cheval était fatigué, il en achetait ou en volait un autre. Pour peu qu'on fît des difficultés, il ne faisait pas difficulté, lui, de donner un coup de poignard. Mais il est vrai de dire que du temps de ma jeunesse, c'est-à-dire quand il avait quarante-huit ou cinquante ans, personne n'était assez hardi pour lui résister. Son grand plaisir était surtout de braver ses ennemis.

Il était fort connu sur toutes les routes des États de Sa Sainteté ; il payait généreusement, mais aussi il était capable, deux ou trois mois après une offense à lui faite, d'expédier un de ses sicaires pour tuer la personne qui l'avait offensé.

La seule action vertueuse qu'il ait faite pendant toute sa longue vie, a été de bâtir, dans la cour de son vaste palais près du Tibre, une église dédiée à saint Thomas ; et encore il fut poussé à cette belle action par le désir singulier d'avoir sous ses yeux les tombeaux de tous ses enfants[1], pour lesquels il eut une haine excessive et contre nature, même dès leur plus tendre jeunesse, quand ils ne pouvaient encore l'avoir offensé en rien.

C'est là que je veux les mettre tous, disait-il souvent avec un rire amer aux ouvriers qu'il employait à construire son église. Il envoya les trois aînés, Jacques, Christophe et Roch, étudier à l'université de Salamanque en Espagne. Une fois qu'ils furent dans ce pays lointain, il prit un malin plaisir à ne leur faire passer aucune remise d'argent, de façon que ces malheureux jeunes gens, après avoir adressé à leur père nombre de lettres, qui toutes restèrent sans réponse, furent réduits à la misérable nécessité de revenir dans leur patrie en empruntant de petites sommes d'argent ou en mendiant tout le long de la route.

À Rome, ils trouvèrent un père plus sévère et plus rigide, plus âpre que jamais, lequel, malgré ses immenses richesses, ne voulut ni les vêtir, ni leur donner l'argent nécessaire pour acheter les aliments les plus grossiers. Ces malheureux furent forcés d'avoir recours au pape, qui força François Cenci à leur faire une petite pension. Avec ce secours fort médiocre ils se séparèrent de lui.

Bientôt après, à l'occasion de ses amours infâmes, François fut mis en prison pour la troisième et dernière

1. À Rome on enterre sous les églises.

fois ; sur quoi les trois frères sollicitèrent une audience de notre saint-père le pape actuellement régnant, et le prièrent en commun de faire mourir François Cenci, leur père, qui, dirent-ils, déshonorait leur maison. Clément VIII en avait grande envie, mais il ne voulut pas suivre sa première pensée, pour ne pas donner contentement à ces enfants dénaturés, et il les chassa honteusement de sa présence.

Le père, comme nous l'avons dit plus haut, sortit de prison en donnant une grosse somme d'argent à qui le pouvait protéger. On conçoit que l'étrange démarche de ses trois fils aînés dut augmenter encore la haine qu'il portait à ses enfants. Il les maudissait à chaque instant, grands et petits, et tous les jours il accablait de coups de bâton ses deux pauvres filles, qui habitaient avec lui dans son palais.

La plus âgée, quoique surveillée de près, se donna tant de soins, qu'elle parvint à faire présenter une supplique au pape ; elle conjurait Sa Sainteté de la marier ou de la placer dans un monastère. Clément VIII eut pitié de ses malheurs, et la maria à Charles Gabrielli, de la famille la plus noble de Gubbio ; Sa Sainteté obligea le père à donner une forte dot.

À ce coup imprévu, François Cenci montra une extrême colère, et pour empêcher que Béatrix, en devenant plus grande, n'eût l'idée de suivre l'exemple de sa sœur, il la séquestra dans un des appartements de son immense palais. Là, personne n'eut la permission de voir Béatrix, alors à peine âgée de quatorze ans, et déjà dans tout l'éclat d'une ravissante beauté. Elle avait surtout une gaieté, une candeur et un esprit comique que je n'ai vus qu'à elle. François Cenci lui portait lui-même à manger. Il est à croire que c'est alors que le monstre en devint amoureux, ou feignit d'en devenir amoureux, afin de mettre au supplice sa malheureuse fille. Il lui parlait souvent du tour perfide que lui avait joué sa sœur aînée, et, se mettant en colère au son de ses propres paroles, finissait par accabler de coups Béatrix.

Sur ces entrefaites, Roch Cenci, son fils, fut tué par un charcutier, et, l'année suivante, Christophe Cenci fut tué par Paul Corso de Massa. À cette occasion, il montra sa noire impiété, car aux funérailles de ses deux fils il ne voulut pas dépenser même un baïoque pour des cierges. En apprenant le sort de son fils Christophe, il s'écria qu'il ne pourrait goûter quelque joie que lorsque tous ses enfants seraient enterrés, et que, lorsque le dernier viendrait à mourir, il voulait, en signe de bonheur, mettre le feu à son palais. Rome fut étonnée de ce propos, mais elle croyait tout possible d'un pareil homme, qui mettait sa gloire à braver tout le monde et le pape lui-même.

(Ici il devient absolument impossible de suivre le narrateur romain dans le récit fort obscur des choses étranges par lesquelles François Cenci chercha à étonner ses contemporains. Sa femme et sa malheureuse fille furent, suivant toute apparence, victimes de ses idées abominables.)

Toutes ces choses ne lui suffirent point ; il tenta avec des menaces, et en employant la force, de violer sa propre fille Béatrix, laquelle était déjà grande et belle ; il n'eut pas honte d'aller se placer dans son lit, lui se trouvant dans un état complet de nudité. Il se promenait avec elle dans les salles de son palais, lui étant parfaitement nu ; puis, il la conduisait dans le lit de sa femme, afin qu'à la lueur des lampes, la pauvre Lucrèce pût voir ce qu'il faisait avec Béatrix.

Il donnait à entendre à cette pauvre fille une hérésie effroyable, que j'ose à peine rapporter, à savoir que, lorsqu'un père connaît sa propre fille, les enfants qui naissent sont nécessairement des saints, et que tous les plus grands saints vénérés par l'Église sont nés de cette façon, c'est-à-dire que leur grand-père maternel a été leur père.

Lorsque Béatrix résistait à ses exécrables volontés, il l'accablait des coups les plus cruels, de sorte que cette pauvre fille, ne pouvant tenir à une vie si malheureuse, eut l'idée de suivre l'exemple que sa sœur lui avait donné. Elle adressa à notre saint père le pape une supplique fort détaillée ; mais il est à croire que François Cenci avait pris ses précautions, car il ne paraît pas que cette supplique soit jamais parvenue aux mains de Sa Sainteté ; du moins fut-il impossible de la retrouver à la secrétairerie des *Memoriali*, lorsque, Béatrix étant en prison, son défenseur eut le plus grand besoin de cette pièce ; elle aurait pu prouver en quelque sorte les excès inouis qui furent commis dans le château de Petrella. N'eût-il pas été évident pour tous que Béatrix Cenci s'était trouvée dans le cas d'une légitime défense ? Ce mémorial parlait aussi au nom de Lucrèce, belle-mère de Béatrix.

François Cenci eut connaissance de cette tentative, et l'on peut juger avec quelle colère il redoubla de mauvais traitements envers ces deux malheureuses femmes.

La vie leur devint absolument insupportable, et ce fut alors que voyant bien qu'elles n'avaient rien à espérer de la justice du souverain, dont les courtisans étaient gagnés par les riches cadeaux de François, elles eurent l'idée d'en venir au parti extrême qui les a perdues, mais qui pourtant a eu cet avantage de terminer leurs souffrances en ce monde.

Il faut savoir que le célèbre monsignor *Guerra* allait souvent au palais Cenci ; il était d'une taille élevée et d'ailleurs fort bel homme, et avait reçu ce don spécial de la destinée qu'à quelque chose qu'il voulût s'appliquer, il s'en tirait avec une grâce toute particulière. On a supposé qu'il aimait Béatrix et avait le projet de quitter la *mantelleta* et de l'épouser[1] ; mais quoiqu'il prît soin de cacher ses sentiments avec une attention extrême, il était exécré de François Cenci, qui lui reprochait d'avoir été fort lié avec tous ses enfants. Quand monsignor Guerra apprenait que le signor Cenci était hors de son palais, il montait à l'appartement des dames et passait plusieurs heures à discourir avec elles et à écouter leurs plaintes des traitements incroyables auxquels toutes les deux étaient en butte. Il paraît que Béatrix la première osa parler de vive voix à monsignor Guerra du projet auquel elles s'étaient arrêtées. Avec le temps il y donna les mains ; et, vivement pressé à diverses reprises par Béatrix, il consentit enfin à communiquer cet étrange dessein à Giacomo Cenci, sans le consentement duquel on ne pouvait rien faire, puisqu'il était le frère aîné et chef de la maison après François.

On trouva de grandes facilités à l'attirer dans la conspiration ; il était extrêmement maltraité par son père, qui ne lui donnait aucun secours, chose d'autant plus sensible à Giacomo qu'il était marié et avait six enfants. On choisit pour s'assembler et traiter des moyens de donner la mort à François Cenci l'appartement de monsignor Guerra.

1. La plupart des *monsignori* ne sont point engagés dans les ordres sacrés et peuvent se marier.

L'affaire se traita avec toutes les formes convenables, et l'on prit sur toutes choses le vote de la belle-mère et de la jeune fille. Quand enfin le parti fut arrêté, on fit choix de deux vassaux de François Cenci, lesquels avaient conçu contre lui une haine mortelle. L'un d'eux s'appelait *Marzio* ; c'était un homme de cœur, fort attaché aux malheureux enfants de François, et pour faire quelque chose qui leur fût agréable, il consentit à prendre part au parricide. Olimpio, le second, avait été choisi pour châtelain de la forteresse de la Petrella, au royaume de Naples, par le prince Colonna ; mais par son crédit tout-puissant auprès du prince, François Cenci l'avait fait chasser.

On convint de toute chose avec ces deux hommes ; François Cenci ayant annoncé que, pour éviter le mauvais air de Rome, il irait passer l'été suivant dans cette forteresse de la Petrella, on eut l'idée de réunir une douzaine de bandits napolitains. Olimpio se chargea de les fournir. On décida qu'on les ferait cacher dans les forêts voisines de la Petrella, qu'on les avertirait du moment où François Cenci se mettrait en chemin, qu'ils l'enlèveraient sur la route, et feraient annoncer à sa famille qu'ils le délivreraient, moyennant une forte rançon. Alors les enfants seraient obligés de retourner à Rome pour amasser la somme demandée par les brigands ; ils devaient feindre de ne pas pouvoir trouver cette somme avec rapidité, et les brigands, suivant leur menace, ne voyant point arriver l'argent, auraient mis à mort François Cenci. De cette façon personne ne devait être amené à soupçonner les véritables auteurs de cette mort.

Mais l'été venu, lorsque François Cenci partit de Rome pour la Petrella, l'espion qui devait donner avis du départ, avertit trop tard les bandits placés dans les bois, et ils n'eurent pas le temps de descendre sur la grande route. Cenci arriva sans encombre à la Petrella ; les brigands, las d'attendre une proie douteuse, allèrent voler ailleurs pour leur propre compte.

De son côté Cenci, vieillard sage et soupçonneux, ne se hasardait jamais à sortir de la forteresse. Et sa mauvaise humeur augmentant avec les infirmités de l'âge qui lui étaient insupportables, il redoublait les traitements atroces qu'il faisait subir aux deux pauvres femmes. Il prétendait qu'elles se réjouissaient de sa faiblesse.

Béatrix, poussée à bout par les choses horribles qu'elle avait à supporter, fit appeler sous les murs de la forteresse Marzio et Olimpio. Pendant la nuit, tandis que son père dormait, elle leur parla d'une fenêtre basse et leur jeta des lettres qui étaient adressées à monsignor Guerra. Au moyen de ces lettres, il fut convenu que monsignor Guerra promettrait à Marzio et à Olimpio mille piastres s'ils voulaient se charger eux-mêmes de mettre à mort François Cenci. Un tiers de la somme devait être payé à Rome, avant l'action, par monsignor Guerra, et les deux autres tiers par Lucrèce et Béatrix, lorsque, la chose faite, elles seraient maîtresses du coffre-fort de Cenci.

Il fut convenu de plus que la chose aurait lieu le jour de la Nativité de la Vierge, et à cet effet, ces deux hommes furent introduits avec adresse dans la forteresse. Mais Lucrèce fut arrêtée par le respect dû à une fête de la Madone, et elle engagea Béatrix à différer d'un jour, afin de ne pas commettre un double péché.

Ce fut donc le 9 de septembre 1598, dans la soirée, que la mère et la fille, ayant donné de l'opium avec beaucoup de dextérité à François Cenci, cet homme si difficile à tromper, il tomba dans un profond sommeil.

Vers minuit, Béatrix introduisit elle-même dans la forteresse Marzio et Olimpio ; ensuite Lucrèce et Béatrix les conduisirent dans la chambre du vieillard, qui dormait profondément. Là on les laissa afin qu'ils effectuassent ce qui avait été convenu, et les deux femmes allèrent attendre dans une chambre voisine. Tout à coup elles virent revenir ces deux hommes avec des figures pâles, et comme hors d'eux-mêmes.

« Qu'y a-t-il de nouveau ? s'écrièrent les femmes.

– Que c'est une bassesse et une honte, répondirent-ils, de tuer un pauvre vieillard endormi ! la pitié nous a empêchés d'agir. »

En entendant cette excuse, Béatrix fut saisie d'indignation et commença à les injurier, disant :

« Donc, vous autres hommes, bien préparés à une telle action, vous n'avez pas le courage de tuer un homme qui dort[1] ! Bien moins encore oseriez-vous le regarder en face s'il était éveillé ! Et c'est pour en finir ainsi que vous osez prendre de l'argent ! Eh bien ! puisque votre lâcheté le veut, moi-même je tuerai mon père ; et, quant à vous autres, vous ne vivrez pas longtemps ! »

Animés par ce peu de paroles fulminantes, et craignant quelque diminution dans le prix convenu, les assassins rentrèrent résolument dans la chambre, et furent suivis par les femmes. L'un d'eux avait un grand clou qu'il posa verticalement sur l'œil du vieillard endormi ; l'autre, qui avait un marteau, lui fit entrer ce clou dans la tête. On fit entrer de même un autre grand clou dans la gorge, de façon que cette pauvre âme, chargée de tant de péchés récents, fut enlevée par les diables ; le corps se débattit, mais en vain.

1. Tous ces détails sont prouvés au procès.

La chose faite, la jeune fille donna à Olimpio une grosse bourse remplie d'argent : elle donna à Marzio un manteau de drap garni d'un galon d'or, qui avait appartenu à son père, et elle les renvoya.

Les femmes, restées seules, commencèrent par retirer ce grand clou enfoncé dans la tête du cadavre et celui qui était dans le cou ; ensuite, ayant enveloppé le corps dans un drap de lit, elles le traînèrent à travers une longue suite de chambres jusqu'à une galerie qui donnait sur un petit jardin abandonné. De là, elles jetèrent le corps sur un grand sureau qui croissait en ce lieu solitaire. Comme il y avait des lieux à l'extrémité de cette petite galerie, elles espérèrent que, lorsque le lendemain on trouverait le corps du vieillard tombé dans les branches du sureau, on supposerait que le pied lui avait glissé, et qu'il était tombé en allant aux lieux.

La chose arriva précisément comme elles l'avaient prévu. Le matin, lorsqu'on trouva le cadavre, il s'éleva une grande rumeur dans la forteresse ; elles ne manquèrent pas de jeter de grands cris, et de pleurer la mort si malheureuse d'un père et d'un époux. Mais la jeune Béatrix avait le courage de la pudeur offensée, et non la prudence nécessaire dans la vie : dès le grand matin, elle avait donné à une femme qui blanchissait le linge dans la forteresse un drap taché de sang, lui disant de ne pas s'étonner d'une telle quantité de sang, parce que, toute la nuit, elle avait souffert d'une grande perte, de façon que, pour le moment, tout se passa bien.

On donna une sépulture honorable à François Cenci, et les femmes revinrent à Rome jouir de cette tranquillité qu'elles avaient désirée en vain depuis si longtemps. Elles se croyaient heureuses à jamais, parce qu'elles ne savaient pas ce qui se passait à Naples.

La justice de Dieu, qui ne voulait pas qu'un parricide si atroce restât sans punition, fit qu'aussitôt qu'on apprit en cette capitale ce qui s'était passé dans la forteresse de la Petrella, le principal juge eut des doutes, et envoya un commissaire royal pour visiter le corps et faire arrêter les gens soupçonnés.

Le commissaire royal fit arrêter tout ce qui habitait dans la forteresse. Tout ce monde fut conduit à Naples enchaîné ; et rien ne parut suspect dans les dépositions, si ce n'est que la blanchisseuse dit avoir reçu de Béatrix un drap ou des draps ensanglantés. On lui demanda si Béatrix avait cherché à expliquer ces grandes taches de sang : elle répondit que Béatrix avait parlé d'une indisposition naturelle. On lui demanda si des taches d'une telle grandeur pouvaient provenir d'une telle indisposition ; elle répondit que non, que les taches sur le drap étaient d'un rouge trop vif.

On envoya, sur-le-champ, ce renseignement à la justice de Rome, et cependant il se passa plusieurs mois avant que l'on songeât, parmi nous, à faire arrêter les enfants de François Cenci. Lucrèce, Béatrix et Giacomo eussent pu mille fois se sauver, soit en allant à Florence sous le prétexte de quelque pèlerinage, soit en s'embarquant à Civita-Vecchia ; mais Dieu leur refusa cette inspiration salutaire.

Monsignor Guerra, ayant eu avis de ce qui se passait à Naples, mit sur-le-champ en campagne des hommes qu'il chargea de tuer Marzio et Olimpio ; mais le seul Olimpio put être tué à Terni. La justice napolitaine avait fait arrêter Marzio, qui fut conduit à Naples, où sur-le-champ il avoua toutes choses.

Cette déposition terrible fut aussitôt envoyée à la justice de Rome, laquelle se détermina enfin à faire arrêter et conduire à la prison de *Corte Savella* Jacques et Bernard Cenci, les seuls fils survivants de François, ainsi que Lucrèce, sa veuve. Béatrix fut gardée dans le palais de son père par une grosse troupe de sbires. Marzio fut amené de Naples, et placé, lui aussi, dans la prison Savella ; là, on le confronta aux deux femmes qui nièrent tout avec constance, et Béatrix en particulier ne voulut jamais reconnaître le manteau galonné qu'elle avait donné à Marzio. Celui-ci, pénétré d'enthousiasme pour l'admirable beauté et l'éloquence étonnante de la jeune fille répondant au juge, nia tout ce qu'il avait avoué à Naples. On le mit à la question, il n'avoua rien et préféra mourir dans les tourments ; juste hommage à la beauté de Béatrix !

Après la mort de cet homme, le corps du délit n'étant point prouvé, les juges ne trouvèrent pas qu'il y eût raison suffisante pour mettre à la torture soit les deux fils de Cenci, soit les deux femmes. On les conduisit tous quatre au château Saint-Ange, où ils passèrent plusieurs mois fort tranquillement.

Tout semblait terminé, et personne ne doutait dans Rome que cette jeune fille si belle, si courageuse, et qui avait inspiré un si vif intérêt, ne fût bientôt mise en liberté, lorsque par malheur la justice vint à arrêter le brigand qui à Terni avait tué Olimpio ; conduit à Rome, cet homme avoua tout.

Monsignor Guerra, si étrangement compromis par l'aveu du brigand, fut cité à comparaître sous le moindre délai ; la prison était certaine et probablement la mort. Mais cet homme admirable à qui la destinée avait donné de savoir bien faire toutes choses, parvint à se sauver d'une façon qui tient du miracle. Il passait pour le plus bel homme de la cour du pape, et il était trop connu dans

Rome pour pouvoir espérer de se sauver ; d'ailleurs, on faisait bonne garde aux portes, et probablement dès le moment de la citation sa maison avait été surveillée. Il faut savoir qu'il était fort grand, il avait le visage d'une blancheur parfaite, une belle barbe blonde et des cheveux admirables de la même couleur.

Avec une rapidité inconcevable, il gagna un marchand de charbon, prit ses habits, se fit raser la tête et la barbe, se teignit le visage, acheta deux ânes, et se mit à courir les rues de Rome, et à vendre du charbon en boitant. Il prit admirablement un certain air grossier et hébété, et allait criant partout son charbon avec la bouche pleine de pain et d'oignons, tandis que des centaines de sbires le cherchaient non seulement dans Rome, mais encore sur toutes les routes. Enfin, quand sa figure fut bien connue de la plupart des sbires, il osa sortir de Rome, chassant toujours devant lui ses deux ânes chargés de charbon. Il rencontra plusieurs troupes de sbires qui n'eurent garde de l'arrêter. Depuis, on n'a jamais reçu de lui qu'une seule lettre ; sa mère lui a envoyé de l'argent à Marseille, et on suppose qu'il fait la guerre en France, comme soldat.

La confession de l'assassin de Terni et cette fuite de monsignor Guerra, qui produisit une sensation étonnante dans Rome, ranimèrent tellement les soupçons et même les indices contre les Cenci, qu'ils furent extraits du château Saint-Ange et ramenés à la prison Savella.

Les deux frères, mis à la torture, furent bien loin d'imiter la grandeur d'âme du brigand Marzio ; ils eurent la pusillanimité de tout avouer. La signora Lucrèce Petroni était tellement accoutumée à la mollesse et aux aisances du plus grand luxe, et d'ailleurs elle était d'une taille tellement forte, qu'elle ne put supporter la question de la *corde* ; elle dit tout ce qu'elle savait.

Mais il n'en fut pas de même de Béatrix Cenci, jeune fille pleine de vivacité et de courage. Les bonnes paroles ni les menaces du juge Moscati n'y firent rien. Elle supporta les tourments de la *corde* sans un moment d'altération et avec un courage parfait. Jamais le juge ne put l'induire à une réponse qui la compromît le moins du monde ; et, bien plus, par sa vivacité pleine d'esprit, elle confondit complètement ce célèbre Ulysse Moscati, juge chargé de l'interroger. Il fut tellement étonné des façons d'agir de cette jeune fille, qu'il crut devoir faire rapport du tout à Sa Sainteté le pape Clément VIII, heureusement régnant.

Sa Sainteté voulut voir les pièces du procès et l'étudier. Elle craignit que le juge Ulysse Moscati, si célèbre pour sa profonde science et la sagacité si supérieure de son esprit, n'eût été vaincu par la beauté de Béatrix, et ne la ménageât dans les interrogatoires. Il suivit de là que Sa Sainteté lui ôta la direction de ce procès, et la donna à un autre juge plus sévère. En effet, ce barbare eut le courage de *tourmenter* sans pitié un si beau corps *ad torturam capillorum* (c'est-à-dire qu'on donna la question à Béatrix Cenci en la suspendant par les cheveux[1]).

Pendant qu'elle était attachée à la corde, ce nouveau juge fit paraître devant Béatrix sa belle-mère et ses frères. Aussitôt que Giacomo et la signora Lucrèce la virent :

1. Voir le traité *De Suppliciis* du célèbre Farinacci, jurisconsulte contemporain. Il y a des détails horribles dont notre sensibilité du XIXe siècle ne supporterait pas la lecture et que supporta fort bien une jeune Romaine âgée de seize ans et abandonnée par son amant.

« Le péché est commis, lui crièrent-ils ; il faut faire aussi la pénitence, et ne pas se laisser déchirer le corps par une vaine obstination.

– Donc vous voulez couvrir de honte notre maison, répondit la jeune fille, et mourir avec ignominie ? Vous êtes dans une grande erreur ; mais puisque vous le voulez, qu'il en soit ainsi. »

Et, s'étant tournée vers les sbires :

« Détachez-moi, leur dit-elle, et qu'on me lise l'interrogatoire de ma mère, j'approuverai ce qui doit être approuvé, et je nierai ce qui doit être nié. »

Ainsi fut fait ; elle avoua tout ce qui était vrai[1]. Aussitôt on ôta les chaînes à tous, et parce qu'il y avait cinq mois qu'elle n'avait vu ses frères, elle voulut dîner avec eux, et ils passèrent tous quatre une journée fort gaie.

Mais le jour suivant ils furent séparés de nouveau ; les deux frères furent conduits à la prison de Tordinona, et les femmes restèrent à la prison Savella. Notre saint père le pape, ayant vu l'acte authentique contenant les aveux de tous, ordonna que sans délai ils fussent attachés à la queue de chevaux indomptés et ainsi mis à mort.

Rome entière frémit en apprenant cette décision rigoureuse. Un grand nombre de cardinaux et de princes allèrent se mettre à genoux devant le pape, le suppliant de permettre à ces malheureux de présenter leur défense.

« Et eux, ont-ils donné à leur vieux père le temps de présenter la sienne ? » répondit le pape indigné.

Enfin, par grâce spéciale, il voulut bien accorder un sursis de vingt-cinq jours. Aussitôt les premiers avocats

1. On trouve dans Farinacci plusieurs passages des aveux de Béatrix ; ils me semblent d'une simplicité touchante.

de Rome se mirent à *écrire* dans cette cause qui avait rempli la ville de trouble et de pitié. Le vingt-cinquième jour, ils parurent tous ensemble devant Sa Sainteté. Nicolo De'Angelis parla le premier ; mais il avait à peine lu deux lignes de sa défense, que Clément VIII l'interrompit :

« Donc, dans Rome, s'écria-t-il, on trouve des hommes qui tuent leur père, et ensuite des avocats pour défendre ces hommes ! »

Tous restaient muets, lorsque Farinacci osa élever la voix.

« Très saint-père, dit-il, nous ne sommes pas ici pour défendre le crime, mais pour prouver, si nous le pouvons, qu'un ou plusieurs de ces malheureux sont innocents du crime. »

Le pape lui fit signe de parler et il parla trois grandes heures, après quoi le pape prit leurs écritures à tous et les renvoya. Comme ils s'en allaient, l'Altieri marchait le dernier ; il eut peur de s'être compromis, et alla se mettre à genoux devant le pape, disant :

« Je ne pouvais pas faire moins que de paraître dans cette cause, étant avocat des pauvres. »

À quoi le pape répondit :

« Nous ne nous étonnons pas de vous, mais des autres. »

Le pape ne voulut point se mettre au lit, mais passa toute la nuit à lire les plaidoyers des avocats, se faisant aider en ce travail par le cardinal de Saint-Marcel ; Sa Sainteté parut tellement touchée, que plusieurs conçurent quelque espoir pour la vie de ces malheureux. Afin de sauver les fils, les avocats rejetaient tout le crime sur Béatrix. Comme il était prouvé dans le procès que plusieurs fois son père avait employé la force dans un dessein criminel, les avocats espéraient que le meurtre lui serait pardonné, à elle, comme se trouvant dans le cas de légitime défense ; s'il en était ainsi, l'auteur principal du crime obtenant la vie, comment ses frères qui avaient été séduits par elle, pouvaient-ils être punis de mort ?

Après cette nuit donnée à ses devoirs de juge, Clément VIII ordonna que les accusés fussent reconduits en prison, et *mis au secret*. Cette circonstance donna de grandes espérances à Rome, qui dans toute cette cause ne voyait que Béatrix. Il était avéré qu'elle avait aimé monsignor Guerra, mais n'avait jamais transgressé les règles de la vertu la plus sévère : on ne pouvait donc, en véritable justice, lui imputer les crimes d'un monstre, et on la punirait parce qu'elle avait usé du droit de se défendre ! Qu'eût-on fait si elle eût consenti ? Fallait-il que la justice humaine vînt augmenter l'infortune d'une créature si aimable, si digne de pitié et déjà si malheureuse ? Après une vie si triste qui avait accumulé sur elle tous les genres de malheurs, avant qu'elle eût seize ans, n'avait-elle pas droit enfin à quelques jours moins affreux ? Chacun dans Rome semblait chargé de sa défense. N'eût-elle pas été pardonnée si, la première fois que François Cenci tenta le crime, elle l'eût poignardé ?

Le pape Clément VIII était doux et miséricordieux. Nous commencions à espérer qu'un peu honteux de la boutade qui lui avait fait interrompre le plaidoyer des avocats, il pardonnerait à qui avait repoussé la force par la force, non pas, à la vérité, au moment du premier crime, mais lorsque l'on tentait de le commettre de nouveau. Rome tout entière était dans l'anxiété, lorsque le pape reçut la nouvelle de la mort violente de la marquise Constance Santa Croce. Son fils Paul Santa Croce venait de tuer à coups de poignard cette dame âgée de soixante ans, parce qu'elle ne voulait pas s'engager à le laisser héritier de tous ses biens. Le rapport ajoutait que Santa Croce avait pris la fuite, et que l'on ne pouvait conserver l'espoir de l'arrêter. Le pape se rappela le fratricide des Massimi, commis peu de temps auparavant. Désolée de la fréquence de ces assassinats commis sur de proches parents, Sa Sainteté ne crut pas qu'il lui fût permis de pardonner. En recevant ce fatal rapport sur Santa Croce, le pape se trouvait au palais de Monte-Cavallo, où il était allé le 6 septembre, pour être plus voisin, la matinée suivante, de l'église de Sainte-Marie-des-Anges, où il devait consacrer comme évêque un cardinal allemand.

Le vendredi à 22 heures (4 heures du soir), il fit appeler Ferrante Taverna[1], gouverneur de Rome, et lui dit ces propres paroles :

« *Nous vous remettons l'affaire des Cenci, afin que justice soit faite par vos soins et sans nul délai.* »

Le gouverneur revint à son palais fort touché de l'ordre qu'il venait de recevoir ; il expédia aussitôt la sentence de mort, et rassembla une congrégation pour délibérer sur le mode d'exécution.

Samedi matin, 11 septembre 1599, les premiers seigneurs de Rome, membres de la confrérie des *confortatori*, se rendirent aux deux prisons, à *Corte Savella*, où étaient Béatrix et sa belle-mère, et à *Tordinona* où se trouvaient Jacques et Bernard Cenci. Pendant toute la nuit du vendredi au samedi, les seigneurs romains qui avaient su ce qui se passait, ne firent autre chose que courir du palais de Monte-Cavallo à ceux des principaux cardinaux, afin d'obtenir au moins que les femmes

1. Depuis cardinal pour une singulière cause. (Note du manuscrit.)

fussent mises à mort dans l'intérieur de la prison, et non sur un infâme échafaud ; et que l'on fît grâce au jeune Bernard Cenci, qui, à peine âgé de quinze ans, n'avait pu être admis à aucune confidence. Le noble cardinal Sforza, s'est surtout distingué par son zèle dans le cours de cette nuit fatale, mais quoique prince si puissant, il n'a pu rien obtenir. Le crime de Santa Croce était un crime vil, commis pour avoir de l'argent, et le crime de Béatrix fut commis pour sauver l'honneur.

Pendant que les cardinaux les plus puissants faisaient tant de pas inutiles, Farinacci, notre grand jurisconsulte, a bien eu l'audace de pénétrer jusqu'au pape ; arrivé devant Sa Sainteté, cet homme étonnant a eu l'adresse d'intéresser sa conscience, et enfin il a arraché à force d'importunités la vie de Bernard Cenci.

Lorsque le pape prononça ce grand mot, il pouvait être 4 heures du matin (du samedi 11 septembre). Toute la nuit on avait travaillé sur la place du pont Saint-Ange aux préparatifs de cette cruelle tragédie. Cependant toutes les copies nécessaires de la sentence de mort ne purent être terminées qu'à 5 heures du matin, de façon que ce ne fut qu'à 6 heures que l'on put aller annoncer la fatale nouvelle à ces pauvres malheureux qui dormaient tranquillement.

La jeune fille, dans les premiers moments, ne pouvait même trouver des forces pour s'habiller. Elle jetait des cris perçants et continuels, et se livrait sans retenue au plus affreux désespoir.

« Comment est-il possible, ah ! Dieu, s'écriait-elle, qu'ainsi à l'improviste je doive mourir ? »

Lucrèce Petroni, au contraire, ne dit rien que de fort convenable ; d'abord elle pria à genoux, puis exhorta tranquillement sa fille à venir avec elle à la chapelle, où elles devaient toutes deux se préparer à ce grand passage de la vie à la mort.

Ce mot rendit toute sa tranquillité à Béatrix ; autant elle avait montré d'extravagance et d'emportement d'abord, autant elle fut sage et raisonnable dès que sa belle-mère eut rappelé cette grande âme à elle-même. Dès ce moment, elle a été un miroir de constance que Rome entière a admiré.

Elle a demandé un notaire pour faire son testament, ce qui lui a été accordé. Elle a prescrit que son corps fût porté à Saint-Pierre *in Montorio* ; elle a laissé trois cent mille francs aux *Stimate* (religieuses des Stigmates de Saint-François) ; cette somme doit servir à doter cinquante pauvres filles. Cet exemple a ému la signora Lucrèce, qui, elle aussi, a fait son testament et ordonné que son corps fût porté à Saint-Georges ; elle a laissé cinq cent mille francs d'aumône à cette église et fait d'autres legs pieux.

À 8 heures elles se confessèrent, entendirent la messe, et reçurent la sainte communion. Mais, avant d'aller à la messe, la signora Béatrix considéra qu'il n'était pas convenable de paraître sur l'échafaud, aux yeux de tout le peuple, avec les riches habillements qu'elles portaient. Elle ordonna deux robes, l'une pour elle, l'autre pour sa mère. Ces robes furent faites comme celles des religieuses, sans ornements à la poitrine et aux épaules, et seulement plissées avec des manches larges. La robe de la belle-mère fut de toile de coton noir ; celle de la jeune fille de taffetas bleu avec une grosse corde qui ceignait la ceinture.

Lorsqu'on apporta les robes, la signora Béatrix, qui était à genoux, se leva et dit à la signora Lucrèce :

« Madame ma mère, l'heure de notre passion approche ; il sera bien que nous nous préparions, que nous prenions ces autres habits, et que nous nous rendions pour la dernière fois le service réciproque de nous habiller. »

On avait dressé sur la place du pont Saint-Ange un grand échafaud avec un cep et une *mannaja* (sorte de guillotine). Sur les 13 heures (à 8 heures du matin), la compagnie de la Miséricorde apporta son grand crucifix à la porte de la prison. Giacomo Cenci sortit le premier de la prison ; il se mit à genoux dévotement sur le seuil de la porte, fit sa prière, et baisa les saintes plaies du crucifix. Il était suivi de Bernard Cenci, son jeune frère, qui, lui aussi, avait les mains liées et une petite planche devant les yeux. La foule était énorme, et il y eut du tumulte à cause d'un vase qui tomba d'une fenêtre, presque sur la tête d'un des pénitents qui tenait une torche allumée à côté de la bannière.

Tous regardaient les deux frères, lorsqu'à l'improviste s'avança le fiscal de Rome qui dit :

« Signor Bernardo, Notre-Seigneur vous fait grâce de la vie ; soumettez-vous à accompagner vos parents, et priez Dieu pour eux. »

À l'instant ses deux *confortatori* lui ôtèrent la petite planche qui était devant ses yeux. Le bourreau arrangeait sur la charrette Giacomo Cenci, et lui avait ôté son habit afin de pouvoir le *tenailler*. Quand le bourreau vint à Bernard, il vérifia la signature de la grâce, le délia, lui ôta les menottes, et comme il était sans habit devant être tenaillé, le bourreau le mit sur la charrette et l'enveloppa du riche manteau de drap galonné d'or (on a dit que c'était le même qui fut donné par Béatrix à Marzio après l'action dans la forteresse de Petrella.)

La foule immense qui était dans la rue, aux fenêtres et sur les toits, s'émut tout à coup ; on entendait un bruit sourd et profond, on commençait à dire que cet enfant avait sa grâce.

Les chants des psaumes commencèrent, et la procession s'achemina lentement par la place Navone vers la prison Savella. Arrivée à la porte de la prison, la bannière s'arrêta, les deux femmes sortirent, firent leur adoration aux pieds du saint crucifix, et ensuite s'acheminèrent à pied l'une à la suite de l'autre. Elles étaient vêtues ainsi qu'il a été dit, la tête couverte d'un grand voile de taffetas qui arrivait presque jusqu'à la ceinture.

La signora Lucrèce, en sa qualité de veuve, portait un voile noir, et des mules de velours noir sans talons, selon l'usage.

Le voile de la jeune fille était de taffetas bleu, comme sa robe ; elle avait de plus un grand voile de drap d'argent sur les épaules, une jupe de drap violet, et des mules de velours blanc, lacées avec élégance et retenues par des cordons cramoisis. Elle avait une grâce singulière en marchant, dans ce costume, et les larmes venaient dans tous les yeux à mesure qu'on l'apercevait s'avançant lentement dans les derniers rangs de la procession.

Les femmes avaient toutes les deux les mains libres, mais les bras liés au corps, de façon que chacune d'elles pouvait porter un crucifix ; elles le tenaient fort près des yeux. Les manches de leurs robes étaient fort larges, de façon qu'on voyait leurs bras, qui étaient couverts d'une chemise serrée aux poignets, comme c'est l'usage en ce pays.

La signora Lucrèce, qui avait le cœur moins ferme, pleurait presque continuellement ; la jeune Béatrix, au contraire, montrait un grand courage ; et, tournant les yeux vers chacune des églises devant lesquelles la procession passait, se mettait à genoux pour un instant, et disait d'une voix ferme : « *Adoramus te, Christe !* »

Pendant ce temps, le pauvre Giacomo Cenci était tenaillé sur sa charrette, et montrait beaucoup de constance.

La procession put à peine traverser le bas de la place du pont Saint-Ange, tant était grand le nombre des carrosses et la foule du peuple. On conduisit sur-le-champ les femmes dans la chapelle qui avait été préparée, on y amena ensuite Giacomo Cenci.

Le jeune Bernard, recouvert de son manteau galonné, fut conduit directement sur l'échafaud ; alors tous crurent qu'on allait le faire mourir, et qu'il n'avait pas sa grâce. Ce pauvre enfant eut une telle peur, qu'il tomba évanoui au second pas qu'il fit sur l'échafaud. On le fit revenir avec de l'eau fraîche et on le plaça assis vis-à-vis la *mannaja*.

Le bourreau alla chercher la signora Lucrèce Petroni ; ses mains étaient liées derrière le dos, elle n'avait plus de voile sur les épaules. Elle parut sur la place accompagnée par la bannière, la tête enveloppée dans le voile de taffetas noir ; là elle fit sa réconciliation avec Dieu et elle baisa les saintes plaies. On lui dit de laisser ses mules sur le pavé ; comme elle était fort grosse, elle eut quelque peine à monter. Quand elle fut sur l'échafaud et qu'on lui ôta le voile de taffetas noir, elle souffrit beaucoup d'être vue avec les épaules et la poitrine découverte ; elle se regarda, puis regarda la *mannaja*, et, en signe de résignation, leva lentement les épaules ; les larmes lui vinrent aux yeux, elle dit : « *Ô mon Dieu !... Et vous, mes frères, priez pour mon âme.* »

Ne sachant ce qu'elle avait à faire, elle demanda à Alexandre, premier bourreau, comment elle devait se comporter. Il lui dit de se placer à cheval sur la planche du cep. Mais ce mouvement lui parut offensant pour la pudeur, et elle mit beaucoup de temps à le faire. (Les détails qui suivent sont tolérables pour le public italien, qui tient à savoir toutes choses avec la dernière exactitude ; qu'il suffise au lecteur français de savoir que la pudeur de cette pauvre femme fit qu'elle se blessa à la poitrine ; le bourreau montra la tête au peuple et ensuite l'enveloppa dans le voile de taffetas noir.)

Pendant qu'on mettait en ordre la *mannaja* pour la jeune fille, un échafaud chargé de curieux tomba, et beaucoup de gens furent tués. Ils parurent ainsi devant Dieu avant Béatrix.

Quand Béatrix vit la bannière revenir vers la chapelle pour la prendre, elle dit avec vivacité.

« Madame ma mère est-elle bien morte ? »

On lui répondit que oui ; elle se jeta à genoux devant le crucifix, et pria avec ferveur pour son âme. Ensuite elle parla haut et pendant longtemps au crucifix,

« Seigneur, tu es retourné pour moi, et moi je te suivrai de bonne volonté, ne désespérant pas de ta miséricorde pour mon énorme péché, etc. »

Elle récita ensuite plusieurs psaumes et oraisons toujours à la louange de Dieu. Quand enfin le bourreau parut devant elle avec une corde, elle dit :

« Lie ce corps qui doit être châtié, et délie cette âme qui doit arriver à l'immortalité et à une gloire éternelle. »

Alors elle se leva, fit la prière, laissa ses mules au bas de l'escalier, et, montée sur l'échafaud, elle passa lestement la jambe sur la planche, posa le cou sous la *mannaja* et s'arrangea parfaitement bien elle-même pour éviter d'être touchée par le bourreau. Par la rapidité de ses mouvements, elle évita qu'au moment où son voile de taffetas lui fut ôté le public aperçût ses épaules et sa poitrine. Le coup fut longtemps à être donné, parce qu'il survint un embarras. Pendant ce temps, elle invoquait à haute voix le nom de Jésus-Christ et de la très Sainte Vierge[1]. Le corps fit un grand mouvement au moment fatal. Le pauvre Bernard Cenci, qui était toujours resté assis sur l'échafaud, tomba de nouveau évanoui, et il fallut plus d'une grosse demi-heure à ses *confortatori* pour le ranimer. Alors parut sur l'échafaud Jacques Cenci, mais il faut encore ici passer sur des détails trop atroces. Jacques Cenci fut assommé (*mazzolato*).

Sur-le-champ, on reconduisit Bernard en prison ; il avait une forte fièvre, on le saigna.

Quant aux pauvres femmes, chacune fut accommodée dans sa bière, et déposée à quelques pas de l'échafaud, auprès de la statue de saint Paul qui est la première à droite sur le pont Saint-Ange. Elles restèrent là jusqu'à quatre heures et un quart après midi. Autour de chaque bière brûlaient quatre cierges de cire blanche.

Ensuite, avec ce qui restait de Jacques Cenci, elles furent portées au palais du consul de Florence. À 9 heures et un quart du soir[2], le corps de la jeune fille,

1. Un auteur contemporain raconte que Clément VIII était fort inquiet pour le salut de l'âme de Béatrix ; comme il savait qu'elle se trouvait injustement condamnée, il craignait un mouvement d'impatience. Au moment où elle eut placé la tête sur la *mannaja*, le fort Saint-Ange, d'où la *mannaja* se voyait fort bien, tira un coup de canon. Le pape, qui était en prières à Montecavallo, attendant ce signal, donna aussitôt à la jeune fille l'absolution papale *majeure, in articulo mortis*. De là le retard dans ce cruel moment dont parle le chroniqueur.

2. C'est l'heure réservée à Rome aux obsèques des princes. Le convoi du bourgeois a lieu au coucher du soleil ; la petite noblesse est portée à l'église à 1 heure de nuit, les cardinaux et les princes

recouvert de ses habits et couronné de fleurs avec profusion, fut porté à Saint-Pierre *in Montorio*. Elle était d'une ravissante beauté ; on eût dit qu'elle dormait. Elle fut enterrée devant le grand autel et *La Transfiguration* de Raphaël d'Urbain. Elle était accompagnée de cinquante gros cierges allumés et de tous les religieux franciscains de Rome.

Lucrèce Petroni fut portée, à 10 heures du soir, à l'église de Saint-Georges. Pendant cette tragédie, la foule fut innombrable ; aussi loin que le regard pouvait s'étendre, on voyait les rues remplies de carrosses et de peuple, les échafaudages, les fenêtres et les toits couverts de curieux. Le soleil était d'une telle ardeur ce jour-là, que beaucoup de gens perdirent connaissance. Un nombre infini prit la fièvre ; et lorsque tout fut terminé, à 19 heures (2 heures moins un quart), et que la foule se dispersa, beaucoup de personnes furent étouffées, d'autres écrasées par les chevaux. Le nombre des morts fut très considérable.

La signora Lucrèce Petroni était plutôt petite que grande, et quoique âgée de cinquante ans, elle était encore fort bien. Elle avait de fort beaux traits, le nez petit, les yeux noirs, le visage très blanc avec de belles couleurs ; elle avait peu de cheveux, et ils étaient châtains.

Béatrix Cenci, qui inspirera des regrets éternels, avait justement seize ans ; elle était petite ; elle avait un joli embonpoint et des fossettes au milieu des joues, de façon que morte et couronnée de fleurs, on eût dit qu'elle dormait et même qu'elle riait, comme il lui

à 2 heures et demie de nuit, qui, le 11 septembre, correspondait à 9 heures et trois quarts.

arrivait fort souvent quand elle était en vie. Elle avait la bouche petite, les cheveux blonds et naturellement bouclés. En allant à la mort, ces cheveux blonds et bouclés lui retombaient sur les yeux, ce qui donnait une certaine grâce et portait à la compassion.

Giacomo Cenci était de petite taille, gros, le visage blanc et la barbe noire ; il avait vingt-six ans à peu près quand il mourut.

Bernard Cenci ressemblait tout à fait à sa sœur, et comme il portait les cheveux longs comme elle, beaucoup de gens, lorsqu'il parut sur l'échafaud, le prirent pour elle.

Le soleil avait été si ardent, que plusieurs des spectateurs de cette tragédie moururent dans la nuit, et parmi eux Ubaldino Ubaldini, jeune homme d'une rare beauté et qui jouissait auparavant d'une parfaite santé. Il était frère du signor Renzi, si connu dans Rome. Ainsi les ombres des Cenci s'en allèrent bien accompagnées.

Hier, qui fut mardi 14 septembre 1599, les pénitents de San Marcello, à l'occasion de la fête de Sainte-Croix, usèrent de leur privilège pour délivrer de la prison le signor Bernard Cenci, qui s'est obligé de payer dans un an quatre cent mille francs à la très sainte Trinité du *pont Sixte*.

(Ajouté d'une autre main.)

C'est de lui que descendent François et Bernard Cenci qui vivent aujourd'hui.

Le célèbre Farinacci, qui, par son obstination, sauva la vie du jeune Cenci, a publié ses plaidoyers. Il donne seulement un extrait du plaidoyer numéro 66, qu'il prononça devant Clément VIII en faveur des Cenci. Ce plaidoyer, en langue latine, formerait six grandes pages, et je ne puis le placer ici, ce dont j'ai du regret ; il peint les façons de penser de 1599 ; il me semble fort raisonnable. Bien des années après l'an 1599, Farinacci, en envoyant ses plaidoyers à l'impression, ajouta une note à celui qu'il avait prononcé en faveur des Cenci : *Omnes fuerunt ultimo supplicio effecti, excepto Bernardo qui ad triremes cum bonorum confiscatione condemnatus fuit, ac etiam ad interessendum aliorum morti prout interfuit**. La fin de cette note latine est touchante, mais je suppose que le lecteur est las d'une si longue histoire.

* « Tous furent soumis au supplice suprême, excepté Bernardo qui fut condamné aux galères et eut ses biens confisqués, ainsi qu'au spectacle de la mort des autres, et il y assista. »

La Duchesse De Palliano[1]

1. Un de nos amis, qui voyage depuis plusieurs années en Italie, et qui a pu fouiller à loisir dans les bibliothèques publiques et particulières, nous envoie quelques manuscrits qui sont le résultat de ses recherches, et que nous publierons successivement. *La Duchesse de Palliano* est le premier récit de cette série. (*N. du D.*)

Palerme, le 22 juillet 1838.

Je ne suis point naturaliste, je ne sais le grec que fort médiocrement, mon principal but en venant voyager en Sicile, n'a pas été d'observer les phénomènes de l'Etna, ni de jeter quelque clarté pour moi ou pour les autres, sur tout ce que les vieux auteurs grecs ont dit de la Sicile. Je cherchais d'abord le plaisir des yeux, qui est grand en ce pays singulier. Il ressemble, dit-on, à l'Afrique ; mais ce qui, pour moi, est de toute certitude, c'est qu'il ne ressemble à l'Italie que par les passions dévorantes. C'est bien des Siciliens que l'on peut dire que le mot *impossible* n'existe pas pour eux dès qu'ils sont enflammés par l'amour ou la haine, et la haine en ce beau pays ne provient jamais d'un intérêt d'argent.

Je remarque qu'en Angleterre, et surtout en France, on parle souvent de la *passion italienne*, de la passion effrénée que l'on trouvait en Italie aux XVIe et XVIIe siècles. De nos jours cette belle passion est morte, tout à fait morte, dans les classes qui ont été atteintes par l'imitation des mœurs françaises et des façons d'agir à la mode à Paris ou à Londres.

Je sais bien que l'on peut dire que dès l'époque de Charles Quint (1530), Naples, Florence, et même Rome, imitèrent un peu les mœurs espagnoles ; mais ces habitudes sociales si nobles, n'étaient-elles pas fondées sur le respect infini que tout homme digne de ce nom doit avoir pour les mouvements de son âme ? Bien loin d'exclure l'énergie, elles l'exagéraient, tandis que la première maxime des fats qui imitaient le duc de Richelieu vers 1760, était de ne sembler *émus de rien.* La maxime des *dandies* anglais, que l'on copie maintenant à Naples de préférence aux fats français, n'est-elle pas de sembler ennuyé de tout, supérieur à tout ?

Ainsi la *passion italienne* ne se trouve plus depuis un siècle dans la bonne compagnie de ce pays-là.

Pour me faire quelque idée de cette *passion italienne*, dont nos romanciers parlent avec tant d'assurance, j'ai été obligé d'interroger l'histoire, et encore la grande histoire faite par des gens à talent et souvent trop majestueuse, ne dit presque rien de ces détails. Elle ne daigne tenir note des folies qu'autant qu'elles sont faites par des rois ou des princes. J'ai eu recours à l'histoire particulière de chaque ville ; mais j'ai été effrayé par l'abondance des matériaux. Telle petite ville vous présente fièrement son histoire en trois ou quatre volumes in-quarto imprimés, et sept ou huit volumes manuscrits ; ceux-ci, presque indéchiffrables, jonchés d'abréviations, donnant aux lettres une forme singulière, et dans les moments les plus intéressants remplis de façons de parler en usage dans le pays, mais inintelligibles vingt lieues plus loin. Car dans toute cette belle Italie, où l'amour a semé tant d'événements tragiques, trois villes seulement, Florence, Sienne et Rome, parlent à peu près comme elles écrivent ; partout ailleurs la langue écrite est à cent lieues de la langue parlée.

Ce qu'on appelle la *passion italienne*, c'est-à-dire la passion qui cherche à se satisfaire, et non pas *à donner au voisin une idée magnifique de notre individu*, commence à la renaissance de la société, au XIIe siècle, et s'éteint du moins dans la bonne compagnie vers l'an 1734. À cette époque les Bourbons viennent régner à Naples dans la personne de don Carlos, fils d'une Farnèse, mariée, en secondes noces, à Philippe V, ce triste petit-fils de Louis XIV, si intrépide au milieu des boulets, si ennuyé, et si passionné pour la musique. On sait que pendant vingt-quatre ans le sublime castrat Farinelli lui chanta tous les jours trois airs favoris, toujours les mêmes.

Un esprit philosophique peut trouver curieux les détails d'une passion sentie à Rome ou à Naples, mais j'avouerai que rien ne me semble plus absurde que ces romans qui donnent des noms italiens à leurs personnages. Ne sommes-nous pas convenus que les passions varient toutes les fois qu'on s'avance de cent lieues vers le nord ? L'amour est-il le même à Marseille et à Paris ? Tout au plus peut-on dire que les pays, soumis depuis longtemps au même genre de gouvernement, offrent dans les habitudes sociales une sorte de ressemblance extérieure.

Les paysages, comme les passions, comme la musique, changent aussi dès qu'on s'avance de trois ou quatre degrés vers le nord. Un paysage napolitain paraîtrait absurde à Venise, si l'on n'était pas convenu, même en Italie, d'admirer la belle nature de Naples. À Paris nous faisons mieux, nous croyons que l'aspect des forêts et des plaines cultivées est absolument le même à Naples et à Venise, et nous voudrions que le

Canaletto, par exemple, eût absolument la même couleur que Salvator Rosa.

Le comble du ridicule, n'est-ce pas une dame anglaise douée de toutes les perfections de son île, mais regardée comme hors d'état de peindre la *haine* et l'*amour* même dans cette île : Mme Anne Radcliffe donnant des noms italiens et de grandes passions aux personnages de son célèbre roman : *Le Confessionnal des pénitents noirs* ?

Je ne chercherai point à donner des grâces à la simplicité, à la rudesse quelquefois choquantes du récit trop véritable que je soumets à l'indulgence du lecteur ; par exemple, je traduis exactement la réponse de la duchesse de Palliano à la déclaration d'amour de son cousin Marcel Capecce. Cette monographie d'une famille se trouve, je ne sais pourquoi, à la fin du second volume d'une histoire manuscrite de Palerme sur laquelle je ne puis donner aucun détail.

Ce récit, que j'abrège beaucoup, à mon grand regret (je supprime une foule de circonstances caractéristiques), comprend les dernières aventures de la malheureuse famille Carafa, plutôt que l'histoire intéressante d'une seule passion. La vanité littéraire me dit que peut-être il ne m'eût pas été impossible d'augmenter l'intérêt de plusieurs situations, en développant davantage, c'est-à-dire en devinant et racontant au lecteur, avec détails, ce que sentaient les personnages. Mais moi, jeune Français, né au nord de Paris, suis-je bien sûr de deviner ce qu'éprouvaient ces âmes italiennes de l'an 1559 ? Je puis tout au plus espérer de deviner ce qui peut paraître élégant et piquant aux lecteurs français de 1838.

Cette façon passionnée de sentir qui régnait en Italie vers 1559 voulait des actions et non des paroles. On trouvera donc fort peu de conversations dans les récits suivants. C'est un désavantage pour cette traduction, accoutumés que nous sommes aux longues conversations de nos personnages de roman ; pour eux une conversation est une bataille. L'histoire pour laquelle je réclame toute l'indulgence du lecteur montre une particularité singulière introduite par les Espagnols dans les mœurs d'Italie. Je ne suis point sorti du rôle de traducteur. Le calque fidèle des façons de sentir du XVIe siècle, et même des façons de raconter de l'historien qui, suivant toute apparence, était un gentilhomme appartenant à la malheureuse duchesse de Palliano, fait, selon moi, le principal mérite de cette histoire tragique, si toutefois mérite il y a.

L'étiquette espagnole la plus sévère régnait à la *cour* du duc de Palliano. Remarquez que chaque cardinal, que chaque prince romain avait une cour semblable, et vous pourrez vous faire une idée du spectacle que présentait en 1559 la civilisation de la ville de Rome. N'oubliez pas que c'était le temps où le roi Philippe II, ayant besoin pour une de ses intrigues du suffrage de deux cardinaux, donnait à chacun d'eux deux cent mille livres de rente en bénéfices ecclésiastiques. Rome, quoique sans armée redoutable, était la capitale du monde. Paris, en 1559, était une ville de barbares assez gentils.

TRADUCTION EXACTE D'UN VIEUX RÉCIT ÉCRIT VERS 1566

Jean Pierre Carafa, quoique issu d'une des plus nobles familles du royaume de Naples, eut des façons d'agir âpres, rudes, violentes et dignes tout à fait d'un gardeur de troupeaux. Il prit *l'habit long* (la soutane) et s'en alla jeune à Rome, où il fut aidé par la faveur de son cousin, Olivier Carafa, cardinal et archevêque de Naples. Alexandre VI, ce grand homme, qui savait tout et pouvait tout, le fit son *cameriere* (à peu près ce que nous appellerions, dans nos mœurs, un officier d'ordonnance). Jules II le nomma archevêque de Chieti ; le pape Paul le fit cardinal, et enfin, le 23 de mai 1555, après des brigues et des disputes terribles parmi les cardinaux enfermés au conclave, il fut créé pape sous le nom de Paul IV : il avait alors soixante-dix-huit ans. Ceux mêmes qui venaient de l'appeler au trône de saint Pierre frémirent bientôt en pensant à la dureté et à la piété farouche, inexorable, du maître qu'ils venaient de se donner.

La nouvelle de cette nomination inattendue fit révolution à Naples et à Palerme. En peu de jours Rome vit arriver un grand nombre de membres de l'illustre famille Carafa. Tous furent placés ; mais, comme il est naturel, le pape distingua particulièrement ses trois neveux, fils du comte de Montorio, son frère.

Don Juan l'aîné, déjà marié, fut fait duc de Palliano. Ce duché, enlevé à Marc-Antoine Colonna, auquel il appartenait, comprenait un grand nombre de villages et de petites villes. Don Carlos, le second des neveux de Sa Sainteté, était chevalier de Malte et avait fait la guerre ; il fut créé cardinal, légat de Bologne et Premier ministre. C'était un homme plein de résolution ; fidèle aux traditions de sa famille il osa haïr le roi le plus puissant du monde (Philippe II, roi d'Espagne et des Indes), et lui donna des preuves de sa haine. Quant au troisième neveu du nouveau pape, don Antonio Carafa, comme il était marié, le pape le fit marquis de Montebello. Enfin il entreprit de donner pour femme à François, dauphin de France et fils du roi Henri II, une fille que son frère avait eue d'un second mariage ; Paul IV prétendait lui assigner pour dot le royaume de Naples, qu'on aurait enlevé à Philippe II, roi d'Espagne. La famille Carafa haïssait ce roi puissant, lequel, aidé des fautes de cette famille, parvint à l'exterminer, comme vous le verrez.

Depuis qu'il était monté sur le trône de saint Pierre, le plus puissant du monde, et qui, à cette époque, éclipsait même l'illustre monarque des Espagnes, Paul IV, ainsi qu'on l'a vu chez la plupart de ses successeurs, donnait l'exemple de toutes les vertus. Ce fut un grand pape et un grand saint ; il s'appliquait à réformer les abus dans l'Église et à éloigner par ce moyen le concile général, qu'on demandait de toutes parts à la cour de Rome, et qu'une sage politique ne permettait pas d'accorder.

Suivant l'usage de ce temps trop oublié du nôtre, et qui ne permettait pas à un souverain d'avoir confiance en des gens qui pouvaient avoir un autre intérêt que le sien, les États de Sa Sainteté étaient gouvernés despotiquement par ses trois neveux. Le cardinal était Premier ministre et disposait des volontés de son oncle ; le duc de Palliano avait été créé général des troupes de la sainte Église ; et le marquis de Montebello, capitaine des gardes du palais, n'y laissait pénétrer que les personnes qui lui convenaient. Bientôt ces jeunes gens commirent les plus grands excès ; ils commencèrent par s'approprier les biens des familles contraires à leur gouvernement. Les peuples ne savaient à qui avoir recours pour obtenir justice. Non seulement ils devaient craindre pour leurs biens, mais, chose horrible à dire dans la patrie de la chaste Lucrèce, l'honneur de leurs femmes et de leurs filles n'était pas en sûreté. Le duc de Palliano et ses frères enlevaient les plus belles femmes ; il suffisait d'avoir le malheur de leur plaire. On les vit, avec stupeur, n'avoir aucun égard à la noblesse du sang, et, bien plus, il ne furent nullement retenus par la clôture sacrée des saints monastères. Les peuples, réduits au désespoir, ne savaient à qui faire parvenir leurs plaintes, tant était grande la terreur que les trois frères avaient inspirée à tout ce qui approchait du pape ; ils étaient insolents même envers les ambassadeurs.

Le duc avait épousé, avant la grandeur de son oncle, Violante de Cardone, d'une famille originaire d'Espagne, et qui, à Naples, appartenait à la première noblesse.

Elle comptait dans le *Seggio di nido*.

Violante, célèbre par sa rare beauté et par les grâces qu'elle savait se donner quand elle cherchait à plaire, l'était encore davantage par son orgueil insensé. Mais il faut être juste, il eût été difficile d'avoir un génie plus élevé, ce qu'elle montra bien au monde en n'avouant rien, avant de mourir, au frère capucin qui la confessa. Elle savait par cœur et récitait avec une grâce infinie l'admirable *Orlando* de *messer* Arioste, la plupart des sonnets du divin Pétrarque, les contes du *Pecorone*, etc., etc. Mais elle était encore plus séduisante quand elle daignait entretenir sa compagnie des idées singulières que lui suggérait son esprit.

Elle eut un fils qui fut appelé le duc de Cavi. Son frère D. Ferrand. comte d'Alife, vint à Rome, attiré par la haute fortune de ses beaux-frères.

Le duc de Palliano tenait une cour splendide ; les jeunes gens des premières familles de Naples briguaient l'honneur d'en faire partie. Parmi ceux qui lui étaient le plus chers, Rome distingua, par son admiration, Marcel Capecce (du *Seggio di nido*), jeune cavalier célèbre à

Naples par son esprit, non moins que par la beauté divine qu'il avait reçue du ciel.

La duchesse avait pour favorite Diane Brancaccio, âgée alors de trente ans, proche parente de la marquise de Montebello, sa belle-sœur. On disait dans Rome que, pour cette favorite, elle n'avait plus d'orgueil ; elle lui confiait tous ses secrets. Mais ces secrets n'avaient rapport qu'à la politique ; la duchesse faisait naître des passions, mais n'en partageait aucune.

Par les conseils du cardinal Carafa, le pape fit la guerre au roi d'Espagne, et le roi de France envoya au secours du pape une armée commandée par le duc de Guise.

Mais il faut nous en tenir aux évènements intérieurs de la cour du duc de Palliano.

Capecce était depuis longtemps comme fou, on lui voyait commettre les actions les plus étranges ; le fait est que le pauvre jeune homme était devenu passionnément amoureux de la duchesse sa *maîtresse*, mais il n'osait se découvrir à elle. Toutefois il ne désespérait pas absolument de parvenir à son but, il voyait la duchesse profondément irritée contre un mari qui la négligeait. Le duc de Palliano était tout-puissant dans Rome, et la duchesse savait, à n'en pas douter, que presque tous les jours, les dames romaines les plus célèbres par leur beauté venaient voir son mari dans son propre palais, et c'était un affront auquel elle ne pouvait s'accoutumer.

Parmi les chapelains du saint pape Paul IV se trouvait un respectable religieux avec lequel il récitait son bréviaire. Ce personnage, au risque de se perdre, et peut-être poussé par l'ambassadeur d'Espagne, osa bien un jour découvrir au pape toutes les scélératesses de ses neveux. Le saint pontife fut malade de chagrin ; il voulut douter ; mais les certitudes accablantes arrivaient de tous côtés. Ce fut le premier jour de l'an 1559 qu'eut lieu l'événement qui confirma le pape dans tous ses soupçons, et peut-être décida Sa Sainteté. Ce fut donc le propre jour de la Circoncision de Notre-Seigneur, circonstance qui aggrava beaucoup la faute aux yeux d'un souverain aussi pieux, qu'André Lanfranchi, secrétaire du duc de Palliano, donna un souper magnifique au cardinal Carafa, et voulant qu'aux excitations de la gourmandise ne manquassent pas celles de la luxure, il fit venir à ce souper la *Martuccia*, l'une des plus belles, des plus célèbres et des plus riches courtisanes de la noble ville de Rome. La fatalité voulut que Capecce, le favori du duc, celui-là même qui en secret était amoureux de la duchesse, et qui passait pour le plus bel homme de la capitale du monde, se fût attaché depuis quelque temps à la *Martuccia*. Ce soir-là, il la chercha dans tous les lieux où il pouvait espérer la rencontrer. Ne la trouvant nulle part, et ayant appris qu'il y avait un souper dans la maison Lanfranchi, il eut soupçon de ce qui se passait, et sur les minuit se présenta chez Lanfranchi, accompagné de beaucoup d'hommes armés.

La porte lui fut ouverte, on l'engagea à s'asseoir et à prendre part au festin, mais après quelques paroles assez contraintes, il fit signe à la Martuccia de se lever et de sortir avec lui. Pendant qu'elle hésitait toute confuse et prévoyant ce qui allait arriver, Capecce se leva du lieu où il était assis, et s'approchant de la jeune fille, il la prit par la main, essayant de l'entraîner avec lui. Le cardinal, en l'honneur duquel elle était venue, s'opposa vivement à son départ ; Capecce persista, s'efforçant de l'entraîner hors de la salle.

Le cardinal Premier ministre qui ce soir-là avait pris un habit tout différent de celui qui annonçait sa haute dignité, mit l'épée à la main, et s'opposa avec la vigueur et le courage que Rome entière lui connaissait au départ de la jeune fille. Marcel, ivre de colère, fit entrer ses gens, mais ils étaient napolitains pour la plupart, et quand ils reconnurent d'abord le secrétaire du duc et ensuite le cardinal que le singulier habit qu'il portait leur avait d'abord caché, ils remirent leurs épées dans le fourreau, ne voulurent point se battre, et s'interposèrent pour apaiser la querelle.

Pendant ce tumulte, Martuccia qu'on entourait et que Marcel Capecce retenait de la main gauche, fut assez adroite pour s'échapper. Dès que Marcel s'aperçut de son absence il courut après elle, et tout son monde le suivit.

Mais l'obscurité de la nuit autorisait les récits les plus étranges, et dans la matinée du 2 janvier, la capitale fut inondée des récits du combat périlleux qui aurait eu lieu, disait-on, entre le cardinal neveu et Marcel Capecce. Le duc de Palliano, général en chef de l'armée de l'Église, crut la chose bien plus grave qu'elle n'était, et comme il n'était pas en de très bons termes avec son frère le ministre, dans la nuit même il fit arrêter Lanfranchi, et, le lendemain de bonne heure, Marcel lui-même fut mis en prison. Puis on s'aperçut que personne n'avait perdu la vie, et que ces emprisonnements ne faisaient qu'augmenter le scandale, qui retombait tout entier sur le cardinal. On se hâta de mettre en liberté les prisonniers, et l'immense pouvoir des trois frères se réunit pour chercher à étouffer l'affaire. Ils espérèrent d'abord y réussir ; mais, le troisième jour, le récit du tout vint aux oreilles du pape. Il fit appeler ses deux neveux, et leur parla comme pouvait le faire un prince aussi pieux et aussi profondément offensé.

Le cinquième jour de janvier, qui réunissait un grand nombre de cardinaux dans la congrégation du *Saint-Office*, le saint pape parla le premier de cette horrible affaire ; il demanda aux cardinaux présents comment ils avaient osé ne pas la porter à sa connaissance : « Vous vous taisez ! et pourtant le scandale touche à la dignité sublime dont vous êtes revêtus ! Le cardinal Carafa a osé paraître sur la voie publique couvert d'un habit séculier et l'épée nue à la main. Et dans quel but ? Pour se saisir d'une infâme courtisane ? »

On peut juger du silence de mort qui régnait parmi tous ces courtisans durant cette sortie contre le Premier ministre. C'était un vieillard de quatre-vingts ans qui se fâchait contre un neveu chéri, maître jusque-là de toutes ses volontés. Dans son indignation le pape parla d'ôter le chapeau à son neveu,

La colère du pape fut entretenue par l'ambassadeur du grand-duc de Toscane qui alla se plaindre à lui d'une insolence récente du cardinal Premier ministre. Ce cardinal naguère si puissant, se présenta chez Sa Sainteté pour son travail accoutumé, le pape le laissa quatre heures entières dans l'antichambre, attendant aux yeux de tous, puis le renvoya sans vouloir l'admettre à l'audience. On peut juger de ce qu'eut à souffrir l'orgueil immodéré du ministre. Le cardinal était irrité mais non soumis ; il pensait qu'un vieillard accablé par l'âge, dominé toute sa vie par l'amour qu'il portait à sa famille, et qui enfin était peu habitué à l'expédition des affaires temporelles, serait obligé d'avoir recours à son activité. La vertu du saint pape l'emporta, il convoqua les cardinaux et les ayant longtemps regardés sans parler, à la fin il fondit en larmes, et n'hésita point à faire une sorte d'amende honorable : « La faiblesse de l'âge, leur dit-il, et les soins que je donne aux choses de la religion, dans lesquelles comme vous savez je prétends détruire tous les abus, m'ont porté à confier mon autorité temporelle à mes trois neveux, ils en ont abusé et je les chasse à jamais. »

On lut ensuite un bref par lequel les neveux étaient dépouillés de toutes leurs dignités, et confinés dans de misérables villages. Le cardinal Premier ministre fut exilé à Civita Lavinia, le duc de Palliano à Soriano, et le marquis à Montebello ; par ce bref le duc était dépouillé de ses appointements réguliers qui s'élevaient à soixante-douze mille piastres (plus d'un million de 1838).

Il ne pouvait pas être question de désobéir à ces ordres sévères : les Carafa avaient pour ennemis et pour surveillants le peuple de Rome tout entier qui les détestait.

Le duc de Palliano, suivi du comte d'Alife, son beau-frère, et de Léonard del Cardine, alla s'établir au petit village de Soriano, tandis que la duchesse et sa belle-mère vinrent habiter Gallese, misérable hameau à deux petites lieues de Soriano.

Ces localités sont charmantes ; mais c'était un exil, et l'on était chassé de Rome où naguère on régnait avec insolence.

Marcel Capecce avait suivi *sa maîtresse* avec les autres courtisans dans le pauvre village où elle était exilée. Au lieu des hommages de Rome entière, cette femme, si puissante quelques jours auparavant, et qui jouissait de son rang avec tout l'emportement de l'orgueil, ne se voyait plus environnée que de simples paysans dont l'étonnement même lui rappelait sa chute. Elle n'avait aucune consolation ; son oncle était si âgé que probablement il serait surpris par la mort, avant de rappeler ses neveux, et pour comble de misère les trois frères se détestaient entre eux. On allait jusqu'à dire que le duc et le marquis qui ne partageaient point les passions fougueuses du cardinal, effrayés par ses excès, étaient allés jusqu'à les dénoncer au pape leur oncle.

Au milieu de l'horreur de cette profonde disgrâce, il arriva une chose qui, pour le malheur de la duchesse et de Capecce lui-même, montra bien que, dans Rome, ce n'était pas une passion véritable qui l'avait entraîné sur les pas de la Martuccia.

Un jour que la duchesse l'avait fait appeler pour lui donner un ordre, il se trouva seul avec elle, chose qui n'arrivait peut-être pas deux fois dans toute une année. Quand il vit qu'il n'y avait personne dans la salle où la duchesse le recevait, Capecce resta immobile et silencieux. Il alla vers la porte pour voir s'il y avait quelqu'un qui pût les écouter dans la salle voisine, puis il osa parler ainsi :

« Madame, ne vous troublez point et ne prenez pas avec colère les paroles étranges que je vais avoir la témérité de prononcer. Depuis longtemps je vous aime plus que la vie. Si, avec trop d'imprudence, j'ai osé regarder comme amant vos divines beautés, vous ne devez pas en imputer la faute à moi, mais à la force surnaturelle qui me pousse et m'agite. Je suis au supplice, je brûle ; je ne demande pas du soulagement pour la flamme qui me consume, mais seulement que votre générosité ait pitié d'un serviteur rempli de défiance et d'humilité. »

La duchesse parut surprise et surtout irritée :

« Marcel, qu'as-tu donc vu en moi, lui dit-elle, qui te donne la hardiesse de me requérir d'amour ? Est-ce que ma vie, est-ce que ma conversation se sont tellement éloignées des règles de la décence, que tu aies pu t'en autoriser pour une telle insolence ? Comment as-tu pu avoir la hardiesse de croire que je pouvais me donner à toi ou à tout autre homme, mon mari et seigneur excepté ? Je te pardonne ce que tu m'as dit, parce que je pense que tu es un frénétique ; mais garde-toi de tomber de nouveau dans une pareille faute, ou je te jure que je te ferai punir à la fois pour la première et pour la seconde insolence. »

La duchesse s'éloigna transportée de colère, et réellement Capecce avait manqué aux lois de la prudence ; il fallait faire deviner et non pas dire. Il resta confondu, craignant beaucoup que la duchesse ne racontât la chose à son mari.

Mais la suite fut bien différente de ce qu'il appréhendait. Dans la solitude de ce village, la fière duchesse de Palliano ne put s'empêcher de faire confidence de ce qu'on avait osé lui dire à sa dame d'honneur favorite, Diane Brancaccio. Celle-ci était une femme de trente ans, dévorée par des passions ardentes. Elle avait les cheveux rouges (l'historien revient plusieurs fois sur cette circonstance qui lui semble expliquer toutes les folies de Diane Brancaccio). Elle aimait avec fureur Domitien Fornari, gentilhomme attaché au marquis de Montebello. Elle voulait le prendre pour époux ; mais le marquis et sa femme, auxquels elle avait l'honneur d'appartenir par les liens du sang, consentiraient-ils jamais à la voir épouser un homme actuellement à leur service ? Cet obstacle était insurmontable, du moins en apparence.

Il n'y avait qu'une chance de succès : il aurait fallu obtenir un effort de crédit de la part du duc de Palliano, frère aîné du marquis, et Diane n'était pas sans espoir de ce côté. Le duc la traitait en parente plus qu'en domestique. C'était un homme qui avait de la simplicité dans le cœur et de la bonté, et il tenait infiniment moins que ses frères aux choses de pure étiquette. Quoique le duc profitât en vrai jeune homme de tous les avantages de sa haute position, et ne fût rien moins que fidèle à sa femme, il l'aimait tendrement, et, suivant les apparences, ne pourrait lui refuser une grâce si celle-ci la lui demandait avec une certaine persistance.

L'aveu que Capecce avait osé faire à la duchesse, parut un bonheur inespéré à la sombre Diane. Sa maîtresse avait été jusque-là d'une sagesse désespérante ; si elle pouvait ressentir une passion, si elle commettait une faute, à chaque instant elle aurait besoin de Diane et celle-ci pourrait tout espérer d'une femme dont elle connaîtrait les secrets.

Loin d'entretenir la duchesse d'abord de ce qu'elle se devait à elle-même, et ensuite des dangers effroyables auxquels elle s'exposerait au milieu d'une cour aussi clairvoyante, Diane, entraînée par la fougue de sa passion, parla de Marcel Capecce à sa maîtresse, comme elle se parlait à elle-même de Domitien Fornari. Dans les longs entretiens de cette solitude, elle trouvait moyen, chaque jour, de rappeler au souvenir de la duchesse les grâces et la beauté de ce pauvre Marcel qui semblait si triste ; il appartenait, comme la duchesse, aux premières familles de Naples, ses manières étaient aussi nobles que son sang, et il ne lui manquait que ces biens, qu'un caprice de la fortune pouvait lui donner chaque jour, pour être sous tous les rapports l'égal de la femme qu'il osait aimer.

Diane s'aperçut avec joie que le premier effet de ces discours était de redoubler la confiance que la duchesse lui accordait.

Elle ne manqua pas de donner avis de ce qui se passait à Marcel Capecce. Durant les chaleurs brûlantes de cet été, la duchesse se promenait souvent dans les bois qui entourent Gallese. À la chute du jour, elle venait attendre la brise de mer sur les collines charmantes qui s'élèvent au milieu de ces bois et du sommet desquelles on aperçoit la mer à moins de deux lieues de distance.

Sans s'écarter des lois sévères de l'étiquette, Marcel pouvait se trouver dans ces bois : il s'y cachait, dit-on, et avait soin de ne se montrer aux regards de la duchesse que lorsqu'elle était bien disposée par les discours de Diane Brancaccio. Celle-ci faisait un signal à Marcel.

Diane, voyant sa maîtresse sur le point d'écouter la passion fatale qu'elle avait fait naître dans son cœur, céda elle-même à l'amour violent que Domitien Fornari lui avait inspiré. Désormais elle se tenait sûre de pouvoir l'épouser. Mais Domitien était un jeune homme sage, d'un caractère froid et réservé ; les emportements de sa fougueuse maîtresse, loin de l'attacher, lui semblèrent bientôt désagréables. Diane Brancaccio était proche parente des Carafa ; il se tenait sûr d'être poignardé, au moindre rapport qui parviendrait sur ses amours, au terrible cardinal Carafa qui, bien que cadet du duc de Palliano, était, dans le fait, le véritable chef de la famille.

La duchesse avait cédé depuis quelque temps à la passion de Capecce, lorsqu'un beau jour on ne trouva plus Domitien Fornari dans le village où était reléguée la cour du marquis de Montebello. Il avait disparu : on sut plus tard qu'il s'était embaqué dans le petit port de Nettuno ; sans doute il avait changé de nom, et jamais depuis on n'eut de ses nouvelles.

Qui pourrait peindre le désespoir de Diane ? Après avoir écouté avec bonté ses plaintes contre le destin, un jour la duchesse de Palliano lui laissa deviner que ce sujet de discours lui semblait épuisé. Diane se voyait méprisée par son amant, son cœur était en proie aux mouvements les plus cruels, elle tira la plus étrange conséquence de l'instant d'ennui que la duchesse avait éprouvé en entendant la répétition de ses plaintes. Diane se persuada que c'était la duchesse qui avait engagé Domitien Fornari à la quitter pour toujours, et qui de plus lui avait fourni les moyens de voyager. Cette idée folle n'était appuyée que sur quelques remontrances que jadis la duchesse lui avait adressées. Le soupçon fut bientôt suivi de la vengeance. Elle demanda une audience au duc et lui raconta tout ce qui se passait entre sa femme et Marcel. Le duc refusa d'y ajouter foi. « Songez, lui dit-il, que depuis quinze ans je n'ai pas eu le moindre reproche à faire à la duchesse, elle a résisté aux séductions de la cour et à l'entraînement de la position brillante que nous avions à Rome ; les princes les plus aimables, et le duc de Guise lui-même, général de l'armée française, y ont perdu leurs pas, et vous voulez qu'elle cède à un simple écuyer ? »

Le malheur voulut que le duc, s'ennuyant beaucoup à Soriano, village où il était relégué, et qui n'était qu'à deux petites lieues de celui qu'habitait sa femme, Diane put en obtenir un grand nombre d'audiences, sans que celles-ci vinssent à la connaissance de la duchesse. Diane avait un génie étonnant ; la passion la rendait éloquente. Elle donnait au duc une foule de détails ; la vengeance était devenue son seul plaisir. Elle lui répétait que presque tous les soirs Capecce s'introduisait dans la chambre de la duchesse sur les onze heures, et n'en sortait qu'à deux ou trois heures du matin. Ces discours firent d'abord si peu d'impression sur le duc, qu'il ne voulut pas se donner la peine de faire deux lieues à minuit pour venir à Gallese, et entrer à l'improviste dans la chambre de sa femme.

Mais un soir qu'il se trouvait à Gallese, le soleil était couché, et pourtant il faisait encore jour, Diane pénétra tout échevelée dans le salon où était le duc. Tout le monde s'éloigna ; elle lui dit que Marcel Capecce venait de s'introduire dans la chambre de la duchesse. Le duc, sans doute mal disposé en ce moment, prit son poignard et courut à la chambre de sa femme, où il entra par une porte dérobée. Il y trouva Marcel Capecce. À la vérité, les deux amants changèrent de couleur en le voyant entrer ; mais, du reste, il n'y avait rien de répréhensible dans la position où ils se trouvaient. La duchesse était dans son lit occupée à noter une petite dépense qu'elle venait de faire ; une camériste était dans la chambre ; Marcel se trouvait debout à trois pas du lit.

Le duc furieux saisit Marcel à la gorge, l'entraîna dans un cabinet voisin, où il lui commanda de jeter à terre la dague et le poignard dont il était armé. Après quoi le duc appela des hommes de sa garde, par lesquels Marcel fut immédiatement conduit dans les prisons de Soriano.

La duchesse fut laissée dans son palais, mais étroitement gardée.

Le duc n'était point cruel ; il paraît qu'il eut la pensée de cacher l'ignominie de la chose pour n'être pas obligé d'en venir aux mesures extrêmes que l'honneur exigerait de lui. Il voulut faire croire que Marcel était retenu en prison pour une tout autre cause, et prenant prétexte de quelques crapauds énormes que Marcel avait achetés à grand prix, deux ou trois mois auparavant, il fit dire que ce jeune homme avait tenté de l'empoisonner. Mais le véritable crime était trop bien connu, et le cardinal, son frère, lui fit demander quand il songerait à laver dans le sang des coupables l'affront qu'on avait osé faire à leur famille.

Le duc s'adjoignit le comte d'Alife, frère de sa femme, et Antoine Torando, ami de la maison. Tous trois, formant comme une sorte de tribunal, mirent en jugement Marcel Capecce, accusé d'adultère avec la duchesse.

L'instabilité des choses humaines voulut que le pape Pie IV, qui succéda à Paul IV, appartînt à la faction d'Espagne. Il n'avait rien à refuser au roi Philippe II, qui exigea de lui la mort du cardinal et du duc de Palliano. Les deux frères furent accusés devant les tribunaux du pays, et les minutes du procès qu'ils eurent à subir nous apprennent toutes les circonstances de la mort de Marcel Capecce.

Un des nombreux témoins entendus dépose en ces termes :

« Nous étions à Soriano ; le duc, mon maître, eut un long entretien avec le comte d'Alife..... Le soir, fort tard, on descendit dans un cellier au rez-de-chaussée, où le duc avait fait préparer les cordes nécessaires pour donner la question au coupable. Là se trouvaient le duc, le comte d'Alife, le seigneur Antoine Torando et moi. »

Le premier témoin appelé fut le capitaine Camille Grifone, ami intime et confident de Capecce. Le duc lui parla ainsi :

« “Dis la vérité, mon ami. Que sais-tu de ce que Marcel a fait dans la chambre de la duchesse ?

– Je ne sais rien ; depuis plus de vingt jours je suis brouillé avec Marcel.”

« Comme il s’obstinait à ne rien dire de plus, le seigneur duc appela du dehors quelques-uns de ses gardes. Grifone fut lié à la corde par le podestat de Soriano. Les gardes tirèrent les cordes, et par ce moyen enlevèrent le coupable à quatre doigts de terre. Après que le capitaine eut été ainsi suspendu un bon quart d’heure, il dit : “Descendez-moi, je vais dire ce que je sais.” Quand on l’eut remis à terre, les gardes s’éloignèrent, et nous restâmes seuls avec lui. “Il est vrai que plusieurs fois j’ai accompagné Marcel jusqu’à la chambre de la duchesse, dit le capitaine ; mais je ne sais rien de plus, parce que je l’attendais dans une cour voisine jusque vers les 1 heure du matin.”

« Aussitôt on rappela les gardes qui, sur l’ordre du duc, relevèrent de nouveau, de façon que ses pieds ne touchaient pas la terre. Bientôt le capitaine s’écria : “Descendez-moi ; je veux dire la vérité. Il est vrai, continua-t-il, que depuis plusieurs mois je me suis aperçu que Marcel fait l’amour avec la duchesse, et je voulais en donner avis à Votre Excellence ou à D. Léonard. La duchesse envoyait tous les matins savoir des nouvelles de Marcel ; elle lui faisait tenir de petits cadeaux, et entre autres choses des confitures préparées avec beaucoup de soin et fort chères ; j’ai vu à Marcel de petites chaînes d’or d’un travail merveilleux qu’il tenait évidemment de la duchesse.”

« Après cette déposition, le capitaine fut renvoyé en prison. On amena le portier de la duchesse, qui dit ne rien savoir ; on le lia à la corde, et il fut élevé en l’air.

Après une demi-heure il dit : “Descendez-moi, je dirai ce que je sais.” Une fois à terre, il prétendit ne rien savoir ; on l’éleva de nouveau. Après une demi-heure on le descendit ; il expliqua qu’il y avait peu de temps qu’il était attaché au service particulier de la duchesse. Comme il était possible que cet homme ne sût rien, on le renvoya en prison. Toutes ces choses avaient pris beaucoup de temps à cause des gardes que l’on faisait sortir à chaque fois. On voulait que les gardes crussent qu’il s’agissait d’une tentative d’empoisonnement avec le venin extrait des crapauds.

« La nuit était déjà fort avancée quand le duc fit venir Marcel Capecce. Les gardes sortis et la porte dûment fermée à clef :

« “Qu’avez-vous à faire, lui dit-il, dans la chambre de la duchesse, que vous y restez jusqu’à 1 heure, 2 heures et quelquefois 4 heures du matin ?”

« Marcel nia tout ; on appela les gardes, et il fut suspendu ; la corde lui disloquait les bras ; ne pouvant supporter la douleur, il demanda à être descendu ; on le plaça sur une chaise ; mais une fois là, il s’embarrassa dans son discours, et proprement ne savait ce qu’il disait. On appela les gardes qui le suspendirent de nouveau ; après un long temps, il demanda à être descendu.

« “Il est vrai, dit-il, que je suis entré dans l’appartement de la duchesse à ces heures indues ; mais je faisais l’amour avec la signora Diane Brancaccio, une des dames de son excellence, à laquelle j’avais donné la foi de mariage, et qui m’a tout accordé, excepté les choses contre l’honneur.”

« Marcel fut reconduit à sa prison, où on le confronta avec le capitaine et avec Diane, qui nia tout.

« Ensuite on ramena Marcel dans la salle basse ; quand nous fûmes près de la porte : “Monsieur le duc, dit Marcel, Votre Excellence se rappellera qu'elle m'a promis la vie sauve si je dis toute la vérité. Il n'est pas nécessaire de me donner la corde de nouveau ; je vais tout vous dire.” » Alors il s'approcha du duc, et, d'une voix tremblante et à peine articulée, il lui dit qu'il était vrai qu'il avait obtenu les faveurs de la duchesse. À ces paroles le duc se jeta sur Marcel et le mordit à la joue ; puis il tira son poignard et je vis qu'il allait en donner des coups au coupable. Je dis alors qu'il était bien que Marcel écrivît de sa main ce qu'il venait d'avouer, et que cette pièce servirait à justifier Son Excellence. On entra dans la salle basse, où se trouvait ce qu'il fallait pour écrire ; mais la corde avait tellement blessé Marcel au bras et à la main, qu'il ne put écrire que ce peu de mots : *Oui, j'ai trahi mon seigneur ; oui, je lui ai ôté l'honneur !*

« Le duc lisait à mesure que Marcel écrivait. À ce moment il se jeta sur Marcel et lui donna trois coups de poignard qui lui ôtèrent la vie. Diane Brancaccio était là, à trois pas, plus morte que vive, et qui, sans doute, se repentait mille et mille fois de ce qu'elle avait fait. “Femme indigne d'être née d'une noble famille, s'écria le duc, et cause unique de mon déshonneur, auquel tu as travaillé pour servir à tes plaisirs déshonnêtes, il faut que je te donne la récompense de toutes tes trahisons.” En disant ces paroles, il la prit par les cheveux et lui scia le cou avec un couteau. Cette malheureuse répandit un déluge de sang et enfin tomba morte.

« Le duc fit jeter les deux cadavres dans une cloaque voisine de la prison.

« Le jeune cardinal Alphonse Carafa, fils du marquis de Montebello, le seul de toute la famille que Paul IV eût gardé auprès de lui, crut devoir lui raconter cet événement. Le pape ne répondit que par ces paroles : “Et de la duchesse, qu’en a-t-on fait ?”

« On pensa généralement, dans Rome, que ces paroles devaient amener la mort de cette malheureuse femme. Mais le duc ne pouvait se résoudre à ce grand sacrifice, soit parce qu’elle était enceinte, soit à cause de l’extrême tendresse que jadis il avait eue pour elle.

« Trois mois après le grand acte de vertu qu’avait accompli le saint pape Paul IV en se séparant de toute sa famille, il tomba malade, et, après trois autres mois de maladie, il expira le 18 août 1559.

« Le cardinal écrivait lettres sur lettres au duc de Palliano, lui répétant sans cesse que leur honneur exigeait la mort de la duchesse. Voyant leur oncle mort, et ne sachant pas quelle pourrait être la pensée du pape qui serait élu, il voulait que tout fût fini dans le plus bref délai.

« Le duc, homme simple, bon et beaucoup moins scrupuleux que le cardinal sur les choses qui tenaient au point d’honneur, ne pouvait se résoudre à la terrible extrémité qu’on exigeait de lui. Il se disait que lui-même avait fait de nombreuses infidélités à la duchesse, et sans se donner la moindre peine pour les lui cacher, et que ces infidélités pouvaient avoir porté à la vengeance une femme aussi hautaine. Au moment même d’entrer au conclave, après avoir entendu la messe et reçu la sainte communion, le cardinal lui écrivit encore qu’il se sentait bourrelé par ces remises continuelles, et que, si le duc ne se résolvait pas enfin à ce qu’exigeait l’honneur de leur maison, il protestait qu’il ne se mêlerait plus de ses affaires et ne chercherait jamais à lui être utile, soit dans le conclave, soit auprès du nouveau pape. Une raison étrangère au point d'honneur put contribuer à déterminer le duc. Quoique la duchesse fût sévèrement gardée, elle trouva, dit-on, le moyen de taire dire à Marc-Antoine Colonna, ennemi capital du duc à cause de son duché de Palliano, que celui-ci s'était fait donner, que si Marc-Antoine trouvait moyen de lui sauver la vie et de la délivrer, elle, de son côté, le mettrait en possession de la forteresse de Palliano, où commandait un homme qui lui était dévoué.

Le 28 août 1559, le duc envoya à Gallese deux compagnies de soldats. Le 30, D. Léonard del Cardine, parent du duc, et D. Ferrant, comte d'Alife, frère de la duchesse, arrivèrent à Gallese, et vinrent dans les appartements de la duchesse pour lui ôter la vie. Ils lui annoncèrent la mort ; elle apprit cette nouvelle sans la moindre altération. Elle voulut d'abord se confesser et entendre la sainte messe. Puis, ces deux seigneurs s'approchant d'elle, elle remarqua qu'ils n'étaient pas d'accord entre eux. Elle demanda s'il y avait un ordre du duc son mari pour la faire mourir. « Oui, madame, répondit D. Léonard. » La duchesse demanda à le voir ; D. Ferrant le lui montra.

(Je trouve dans le procès du duc de Palliano la déposition des moines qui assistèrent à ce terrible événement. Ces dépositions sont très supérieures à celles des autres témoins, ce qui provient, ce me semble, de ce que les moines étaient exempts de crainte en parlant devant la justice, tandis que tous les autres témoins avaient été plus ou moins complices de leur maître.)

Le frère Antoine de Pavie, capucin, dépose en ces termes :

« Après la messe où elle avait reçu dévotement la sainte communion, et tandis que nous la confortions, le comte d'Alife, frère de Mme la duchesse, entra dans la chambre avec une corde et une baguette de coudrier grosse comme le pouce et qui pouvait avoir une demi-aune de longueur. Il couvrit les yeux de la duchesse d'un mouchoir, et elle, d'un grand sang-froid, le faisait descendre davantage sur ses yeux, pour ne pas le voir. Le comte lui mit la corde au cou ; mais, comme elle n'allait pas bien, le comte la lui ôta et s'éloigna de quelques pas, la duchesse l'entendant marcher, s'ôta le mouchoir de dessus les yeux, et dit : "Eh bien donc ! que faisons-nous ?" Le comte répondit : "La corde n'allait pas bien, je vais en prendre une autre pour ne pas vous faire souffrir."

« Disant ces paroles, il sortit ; peu après il rentra dans la chambre avec une autre corde, il lui arrangea de nouveau le mouchoir sur les yeux, il lui remit la corde au cou, et faisant pénétrer la baguette dans le nœud, il la fit tourner et l'étrangla. La chose se passa, de la part de la duchesse, absolument sur le ton d'une conversation ordinaire. »

Le frère Antoine de Salazar, autre capucin, termine sa déposition par ces paroles :

« Je voulais me retirer du pavillon par scrupule de conscience, pour ne pas la voir mourir, mais la duchesse me dit : – *Ne t'éloigne pas d'ici, pour l'amour de Dieu* (ici le moine raconte les circonstances de la mort, absolument comme nous venons de les rapporter), il ajoute : Elle mourut comme une bonne chrétienne, répétant souvent : *Je crois, je crois.* »

Les deux moines, qui apparemment avaient obtenu de leurs supérieurs l'autorisation nécessaire, répètent dans leurs dépositions que la duchesse a toujours protesté de son innocence parfaite, dans tous ses entretiens avec eux, dans toutes ses confessions, et particulièrement dans celle qui précéda la messe où elle reçut la sainte communion. Si elle était coupable, par ce trait d'orgueil elle se précipitait en enfer.

Dans la confrontation du frère Antoine de Pavie, capucin, avec D. Léonard del Cardine, le frère dit : « Mon compagnon dit au comte qu'il serait bien d'attendre que la duchesse accouchât ; elle est grosse de six mois, ajouta-t-il, il ne faut pas perdre l'âme du pauvre petit malheureux qu'elle porte dans son sein, il faut pouvoir le baptiser. À quoi le comte d'Aliffe répondit :

« "Vous savez que je dois aller à Rome, et je ne veux pas y paraître avec ce masque sur le visage (avec cet affront non vengé)." »

À peine la duchesse fut-elle morte, que les deux capucins insistèrent pour qu'on l'ouvrît sans retard, afin de pouvoir donner le baptême à l'enfant ; mais le comte et D. Léonard n'écoutèrent pas leurs prières.

Le lendemain, la duchesse fut enterrée dans l'église du lieu, avec une sorte de pompe (j'ai lu le procès-verbal). Cet événement, dont la nouvelle se répandit aussitôt, fit peu d'impression, on s'y attendait depuis longtemps ; on avait plusieurs fois annoncé la nouvelle de cette mort à Gallese et à Rome, et d'ailleurs un assassinat hors de la ville et dans un moment de siège vacant, n'avait rien d'extraordinaire. Le conclave qui suivit la mort de Paul IV fut très orageux, il ne dura pas moins de quatre mois.

Le 26 décembre 1559, le pauvre cardinal Carlo Carafa fut obligé de concourir à l'élection d'un cardinal porté par l'Espagne et qui par conséquent ne pourrait se refuser à aucune des rigueurs que Philippe II demanderait contre lui cardinal Carafa. Le nouvel élu prit le nom de Pie IV.

Si le cardinal n'avait pas été exilé au moment de la mort de son oncle, il eût été maître de l'élection, ou du moins aurait été en mesure d'empêcher la nomination d'un ennemi.

Peu après on arrêta le cardinal ainsi que le duc ; l'ordre de Philippe II était évidemment de les faire périr. Ils eurent à répondre sur quatorze chefs d'accusation. On interrogea tous ceux qui pouvaient donner des lumières sur ces quatorze chefs. Ce procès, fort bien fait, se compose de deux volumes in-folio, que j'ai lus avec beaucoup d'intérêt parce qu'on y rencontre à chaque page des détails de mœurs que les historiens n'ont point trouvés dignes de la majesté de l'histoire. J'y ai remarqué des détails fort pittoresques sur une tentative d'assassinat dirigée, par le parti espagnol, contre le cardinal Carafa, alors ministre tout-puissant.

Du reste, lui et son frère furent condamnés pour des crimes qui n'en auraient pas été pour tout autre, par exemple, avoir donné la mort à l'amant d'une femme infidèle et à cette femme elle-même. Quelques années plus tard le prince Orsini épousa la sœur du grand-duc de Toscane, il la crut infidèle et la fit empoisonner en Toscane même, du consentement du grand-duc son frère, et jamais la chose ne lui a été imputée à crime. Plusieurs princesses de la maison de Médicis sont mortes ainsi.

Quand le procès des deux Carafa fut terminé, on en fit un long sommaire, qui, à diverses reprises, fut examiné par des congrégations de cardinaux. Il est trop évident qu'une fois qu'on était convenu de punir de mort le meurtre qui vengeait l'adultère, genre de crime dont la justice ne s'occupait jamais, le cardinal était coupable d'avoir persécuté son frère pour que le crime fût commis, comme le duc était coupable de l'avoir fait exécuter.

Le 3 de mars 1561, le pape Pie IV tint un consistoire qui dura huit heures, et à la fin duquel il prononça la sentence des Carafa en ces termes : *Prout in schedulâ* (Qu'il en soit fait comme il est requis).

La nuit du jour suivant, le fiscal envoya au château Saint-Ange le barigel pour faire exécuter la sentence de mort sur les deux frères Charles, cardinal Carafa, et Jean, duc de Palliano ; ainsi fut fait. On s'occupa d'abord du duc. Il fut transféré du château Saint-Ange aux prisons de Tordinone où tout était préparé ; ce fut là que le duc, le comte d'Alife et D. Léonard del Cardine, eurent la tête tranchée.

Le duc soutint ce terrible moment non seulement comme un cavalier de haute naissance, mais encore comme un chrétien prêt à tout endurer pour l'amour de Dieu. Il adressa de belles paroles à ses deux compagnons pour les exhorter à la mort ; puis écrivit à son fils[1].

Le barigel revint au château Saint-Ange, il annonça la mort au cardinal Carafa, ne lui donnant qu'une heure pour se préparer. Le cardinal montra une grandeur d'âme supérieure à celle de son frère, d'autant qu'il dit moins de paroles ; les paroles sont toujours une force que l'on cherche hors de soi. On ne lui entendit

1. Le savant M. Sismondi embrouille toute cette histoire. Voir l'article Carafa de la *biographie Michaud* ; il prétend que ce fut le comte de Montorio qui eut la tête tranchée le jour de la mort du cardinal. Le comte était père du cardinal et du duc de Palliano. Le savant historien prend le père pour le fils.

prononcer à voix basse que ces mots à l'annonce de la terrible nouvelle :

« Moi mourir ! Ô pape Pie ! Ô roi Philippe ! »

Il se confessa ; il récita les sept psaumes de la pénitence, puis il s'assit sur une chaise et dit au bourreau : *Faites*.

Le bourreau l'étrangla avec un cordon de soie, qui se rompit ; il fallut y revenir à deux fois. Le cardinal regarda le bourreau sans daigner prononcer un mot.

(Note ajoutée.)

Peu d'années après le saint pape Pie V fit revoir le procès, qui fut cassé ; le cardinal et son frère furent rétablis dans tous leurs honneurs, et le procureur général, qui avait le plus contribué à leur mort, fut pendu. Pie V ordonna la suppression du procès ; toutes les copies qui existaient dans les bibliothèques furent brûlées ; il fut défendu d'en conserver sous peine d'excommunication ; mais le pape ne pensa pas qu'il avait une copie du procès dans sa propre bibliothèque, et c'est sur cette copie qu'ont été faites toutes celles que l'on voit aujourd'hui.*

* Le texte est signé du pseudonyme F. de Lagenevais.

L'Abbesse
De Castro

I

Le mélodrame nous a montré si souvent les brigands italiens du XVIe siècle, et tant de gens en ont parlé sans les connaître, que nous en avons maintenant les idées les plus fausses. On peut dire en général que ces brigands furent *l'opposition* contre les gouvernements atroces qui, en Italie, succédèrent aux républiques du Moyen Âge. Le nouveau tyran fut d'ordinaire le citoyen le plus riche de la défunte république, et pour séduire le bas peuple il ornait la ville d'églises magnifiques et de beaux tableaux. Tels furent les Polentini de Ravenne, les Manfredi de Faenza, les Riario d'Imola, les Cane de Vérone, les Bentivoglio de Bologne, les Visconti de Milan, et, enfin, les moins belliqueux et les plus hypocrites de tous, les Médicis de Florence. Parmi les historiens de ces petits États, aucun n'a osé raconter les empoisonnements et assassinats sans nombre ordonnés par la peur qui tourmentait ces petits tyrans ; ces graves historiens étaient à leur solde. Considérez que chacun de ces tyrans connaissait personnellement chacun des républicains dont il savait être exécré (le grand-duc de Toscane Côme, par exemple, connaissait Strozzi), que plusieurs de ces tyrans périrent par l'assassinat, et vous comprendrez les haines profondes, les méfiances éternelles qui donnèrent tant d'esprit et de courage aux Italiens du XVIe siècle et tant de génie à leurs artistes. Vous verrez ces passions profondes empêcher la naissance de ce préjugé assez ridicule qu'on appelait *l'honneur*, du temps de Mme de Sévigné, et qui consiste surtout à sacrifier sa vie pour servir le maître dont on est né le sujet et pour plaire aux dames. Au XVIe siècle, l'activité d'un homme et son mérite réel ne pouvaient se montrer en France, et conquérir l'admiration, que par la bravoure sur le champ de bataille ou dans les duels ; et, comme les femmes aiment la bravoure et surtout l'audace, elles devinrent les juges suprêmes du mérite d'un homme. Alors naquit *l'esprit de galanterie* qui prépara l'anéantissement successif de toutes les passions et même de l'amour, au profit de ce tyran cruel auquel nous obéissons tous : la vanité. Les rois protégèrent la vanité et avec grande raison ; de là l'empire des rubans.

En Italie, un homme se distinguait par *tous les genres* de mérite, par les grands coups d'épée comme par les découvertes dans les anciens manuscrits : voyez Pétrarque, l'idole de son temps ; et une femme du XVIe siècle aimait un homme savant en grec autant et plus qu'elle n'eût aimé un homme célèbre par la bravoure militaire. Alors on vit des passions et non pas l'habitude de la galanterie. Voilà la grande différence entre l'Italie et la France, voilà pourquoi l'Italie a vu naître les Raphaël, les Giorgione, les Titien, les Corrège, tandis que la France produisait tous ces braves capitaines du XVIe siècle, si inconnus aujourd'hui et dont chacun avait tué un si grand nombre d'ennemis.

Je demande pardon pour ces rudes vérités. Quoi qu'il en soit, les vengeances atroces et *nécessaires* des petits tyrans italiens du Moyen Âge concilièrent aux brigands le cœur des peuples. On haïssait les brigands quand ils volaient des chevaux, du blé, de l'argent, en un mot, tout ce qui leur était nécessaire pour vivre ; mais au fond le cœur des peuples était pour eux ; et les filles du village préféraient à tous les autres le jeune garçon qui, une fois dans la vie, avait été forcé d'*andar alla machia*, c'est-à-dire de fuir dans les bois et de prendre refuge auprès des brigands à la suite de quelque action trop imprudente.

De nos jours encore tout le monde assurément redoute la rencontre des brigands ; mais subissent-ils des châtiments, chacun les plaint. C'est que ce peuple si fin, si moqueur, qui rit de tous les écrits publiés sous la censure de ses maîtres, fait sa lecture habituelle de petits poèmes qui racontent avec chaleur la vie des brigands les plus renommés. Ce qu'il trouve d'héroïque dans ces histoires, ravit la fibre artiste qui vit toujours *dans les basses classes*, et, d'ailleurs, il est tellement las des louanges officielles données à certaines gens, que tout ce qui n'est pas officiel en ce genre va droit à son cœur. Il faut savoir que le bas peuple, en Italie, souffre de certaines choses que le voyageur n'apercevrait jamais, vécût-il dix ans dans le pays. Par exemple, il y a quinze ans, avant que la sagesse des gouvernements n'eût supprimé les brigands[1], il n'était pas rare de voir certains de leurs exploits punir les iniquités des *gouverneurs* de

1. Gasparone, le dernier brigand, traita avec le gouvernement en 1826 ; il est enfermé dans la citadelle de Civita-Vecchia avec trente-deux de ses hommes. Ce fut le manque d'eau sur les sommets

petites villes. Ces gouverneurs, magistrats absolus dont la paie ne s'élève pas à plus de vingt écus par mois, sont naturellement aux ordres de la famille la plus considérable du pays, qui, par ce moyen bien simple, opprime ses ennemis. Si les brigands ne réussissaient pas toujours à punir ces petits gouverneurs despotes, du moins ils se moquaient d'eux et les bravaient, ce qui n'est pas peu de chose aux yeux de ce peuple spirituel. Un sonnet satirique le console de tous ses maux, et jamais il n'oublia une offense. Voilà une autre des différences capitales entre l'Italien et le Français.

Au XVIe siècle, le gouverneur d'un bourg avait-il condamné à mort un pauvre habitant en butte à la haine de la famille prépondérante, souvent on voyait les brigands attaquer la prison et essayer de délivrer l'opprimé. De son côté, la famille puissante, ne se fiant pas trop aux huit ou dix soldats du gouvernement chargés de garder la prison, levait à ses frais une troupe de soldats temporaires. Ceux-ci, qu'on appelait des *bravi*, bivouaquaient dans les alentours de la prison, et se chargeaient d'escorter jusqu'au lieu du supplice le pauvre diable dont la mort avait été achetée. Si cette famille puissante comptait un jeune homme dans son sein, il se mettait à la tête de ces soldats improvisés. Cet état de la civilisation fait gémir la morale, j'en conviens ; de nos jours on a le duel, l'ennui, et les juges ne se vendent pas ; mais ces usages du XVIe siècle étaient merveilleusement propres à créer des hommes dignes de ce nom.

Beaucoup d'historiens, loués encore aujourd'hui par la littérature routinière des académies, ont cherché à

---

des Apennins, où il s'était réfugié, qui l'obligea à traiter. C'est un homme d'esprit, d'une figure assez revenante.

dissimuler cet état de choses qui, vers 1550, forma de si grands caractères. De leur temps, leurs prudents mensonges furent récompensés par tous les honneurs dont pouvaient disposer les Médicis de Florence, les d'Este de Ferrare, les vice-rois de Naples, etc. Un pauvre historien, nommé *Gianone*, a voulu soulever un coin du voile ; mais, comme il n'a osé dire qu'une très petite partie de la vérité, et encore en employant des formes dubitatives et obscures, il est resté fort ennuyeux, ce qui ne l'a pas empêché de mourir en prison à quatre-vingt-deux ans, le 7 mars 1758.

La première chose à faire, lorsque l'on veut connaître l'histoire d'Italie, c'est donc de ne point lire les auteurs généralement approuvés ; nulle part on n'a mieux connu le prix du mensonge, nulle part il ne fut mieux payé[1].

Les premières histoires qu'on ait écrites en Italie, après la grande barbarie du IXe siècle, font déjà mention des brigands, et en parlent comme s'ils eussent existé de temps immémorial. Voyez le recueil de Muratori. Lorsque, par malheur pour la félicité publique, pour la justice, pour le bon gouvernement, mais par bonheur pour les arts, les républiques du Moyen Âge furent opprimées, les républicains les plus énergiques, ceux qui aimaient la liberté plus que la majorité de leurs concitoyens, se réfugièrent dans les bois. Naturellement le peuple vexé par les Baglioni, par les Malatesti, par les Bentivoglio, par les Médicis, etc., aimait et respectait

1. Paul Jove, évêque de Côme, l'*Arétin* et cent autres moins amusants, et que l'ennui qu'ils distribuent a sauvés de l'infamie. Robertson, Roscoe, sont remplis de mensonges. Guichardin se vendit à Côme Ier, qui se moqua de lui. De nos jours, Coletta et Pignotti ont dit la vérité, ce dernier avec la peur constante d'être destitué, quoique ne voulant être imprimé qu'après sa mort.

leurs ennemis. Les cruautés des petits tyrans qui succédèrent aux premiers usurpateurs, par exemple les cruautés de Côme, premier grand-duc de Florence, qui faisait assassiner les républicains réfugiés jusque dans Venise, jusque dans Paris, envoyèrent des recrues à ces brigands. Pour ne parler que des temps voisins de ceux où vécut notre héroïne, vers l'an 1550, Alphonse Piccolomini, duc de Monte-Mariano, et Marco Sciarra dirigèrent avec succès des bandes armées qui, dans les environs d'Albano, bravaient les soldats du pape alors fort braves. La ligne d'opération de ces fameux chefs que le peuple admire encore s'étendait depuis le Pô et les marais de Ravenne jusqu'aux bois qui alors couvraient le Vésuve. La forêt de la Faggiola, si célèbre par leurs exploits, située à cinq lieues de Rome, sur la route de Naples, était le quartier général de Sciarra, qui, sous le pontificat de Grégoire XIII, réunit quelquefois plusieurs milliers de soldats. L'histoire détaillée de cet illustre brigand serait incroyable aux yeux de la génération présente, en ce sens que jamais on ne voudrait comprendre les motifs de ses actes. Il ne fut vaincu qu'en 1592. Lorsqu'il vit ses affaires dans un état désespéré, il traita avec la république de Venise et passa à son service avec ses soldats les plus dévoués ou les plus coupables, comme on voudra. Sur les réclamations du gouvernement romain, Venise, qui avait signé un traité avec Sciarra, le fit assassiner, et envoya ses braves soldats défendre l'île de Candie contre les Turcs. Mais la sagesse vénitienne savait bien qu'une peste meurtrière régnait à Candie, et en quelques jours les cinq cents soldats que Sciarra avait amenés au service de la république furent réduits à soixante-sept.

Cette forêt de la Faggiola, dont les arbres gigantesques couvrent un ancien volcan, fut le dernier théâtre des exploits de Marco Sciarra. Tous les voyageurs vous diront que c'est le site le plus magnifique de cette admirable campagne de Rome, dont l'aspect sombre semble fait pour la tragédie. Elle couronne de sa noire verdure les sommets du mont Albano.

C'est à une ancienne éruption volcanique antérieure de bien des siècles à la fondation de Rome que nous devons cette magnifique montagne. À une époque qui a précédé toutes les histoires, elle surgit au milieu de la vaste plaine qui s'étendait jadis entre les Apennins et la mer. Le Monte-Cavi, qui s'élève entouré par les sombres ombrages de la Faggiola, en est le point culminant ; on l'aperçoit de partout, de Terracine et d'Ostie comme de Rome et de Tivoli, et c'est la montagne d'Albano, maintenant couverte de palais, qui, vers midi, termine cet horizon de Rome si célèbre parmi les voyageurs. Un couvent de moines noirs a remplacé, au sommet du Monte-Cavi, le temple de Jupiter Férétrien, où les peuples latins venaient sacrifier en commun et resserrer les liens d'une sorte de fédération religieuse. Protégé par l'ombrage de châtaigniers magnifiques, le voyageur parvient, en quelques heures, aux blocs énormes que présentent les ruines du temple de Jupiter ; mais sous ces ombrages sombres, si délicieux dans ce climat, même aujourd'hui, le voyageur regarde avec inquiétude au fond de la forêt ; il a peur des brigands. Arrivé au sommet du Monte-Cavi, on allume du feu dans les ruines du temple pour préparer les aliments. De ce point qui domine toute la campagne de Rome, on aperçoit, au couchant, la mer qui semble à deux pas, quoique à trois ou quatre lieues ; on distingue les moindres bateaux ; avec la plus faible lunette, on compte les hommes qui passent à Naples sur le bateau à vapeur. De tous les autres côtés, la vue s'étend sur une plaine magnifique qui se termine, au levant, par l'Apennin, au-dessus de Palestrine, et au nord, par Saint-Pierre et les autres grands édifices de Rome. Le Monte-Cavi n'étant pas trop élevé, l'œil distingue les moindres détails de ce pays sublime qui pourrait se passer d'illustration historique, et cependant chaque bouquet de bois, chaque pan de mur en ruine, aperçu dans la plaine ou sur les pentes de la montagne, rappelle une de ces batailles si admirables par le patriotisme et la bravoure que raconte Tite-Live.

Encore de nos jours l'on peut suivre, pour arriver aux blocs énormes, restes du temple de Jupiter Férétrien, et qui servent de mur au jardin des moines noirs, la *route triomphale* parcourue jadis par les premiers rois de Rome. Elle est pavée de pierres taillées fort régulièrement ; et, au milieu de la forêt de la Faggiola, on en trouve de longs fragments.

Au bord du cratère éteint qui, rempli maintenant d'une eau limpide, est devenu le joli lac d'Albano de cinq à six milles de tour, si profondément encaissé dans le rocher de lave, était située Albe, la mère de Rome, et que la politique romaine détruisit dès le temps des premiers rois. Toutefois ses ruines existent encore. Quelques siècles plus tard, à un quart de lieue d'Albe, sur le versant de la montagne qui regarde la mer, s'est élevée Albano, la ville moderne ; mais elle est séparée du lac par un rideau de rochers qui cachent le lac à la ville et la ville au lac. Lorsqu'on l'aperçoit de la plaine, ses édifices blancs se détachent sur la verdure noire et profonde de la forêt si chère aux brigands et si souvent nommée, qui couronne de toutes parts la montagne volcanique.

Albano, qui compte aujourd'hui cinq ou six mille habitants, n'en avait pas trois mille en 1540, lorsque florissait, dans les premiers rangs de sa noblesse, la puissante famille Campireali dont nous allons raconter les malheurs.

Je traduis cette histoire de deux manuscrits volumineux, l'un romain, et l'autre de Florence. À mon grand péril, j'ai osé reproduire leur style, qui est presque celui de nos vieilles légendes. Le style si fin et si mesuré de l'époque actuelle eût été, ce me semble, trop peu d'accord avec les actions racontées et surtout avec les réflexions des auteurs. Ils écrivaient vers l'an 1598. Je sollicite l'indulgence du lecteur et pour eux et pour moi.

II

« Après avoir écrit tant d'histoires tragiques, dit l'auteur du manuscrit florentin, je finirai par celle de toutes qui me fait le plus de peine à raconter. Je vais parler de cette fameuse abbesse du couvent de la Visitation à Castro, Hélène de Campireali, dont le procès et la mort donnèrent tant à parler à la haute société de Rome et de l'Italie. Déjà, vers 1555, les brigands régnaient dans les environs de Rome, les magistrats étaient vendus aux familles puissantes. En l'année 1572, qui fut celle du procès, Grégoire XIII Buoncompagni monta sur le trône de saint Pierre. Ce saint pontife réunissait toutes les vertus apostoliques ; mais on a pu reprocher quelque faiblesse à son gouvernement civil, il ne sut ni choisir des juges honnêtes, ni réprimer les brigands ; il s'affligeait des crimes et ne savait pas les punir. Il lui semblait qu'en infligeant la peine de mort, il prenait sur lui une responsabilité terrible. Le résultat de cette manière de voir fut de peupler d'un nombre presque infini de brigands les routes qui conduisent à la Ville éternelle. Pour voyager avec quelque sûreté, il fallait être ami des brigands. La forêt de la Faggiola, à cheval sur la route de Naples par Albano, était depuis longtemps le quartier général d'un gouvernement ennemi de celui de Sa Sainteté, et plusieurs fois Rome fut obligée de traiter, comme de puissance à puissance, avec Marco Sciarra, l'un des rois de la forêt. Ce qui faisait la force de ces brigands, c'est qu'ils étaient aimés des paysans leurs voisins.

« Cette jolie ville d'Albano, si voisine du quartier général des brigands, vit naître, en 1542, Hélène de Campireali. Son père passait pour le patricien le plus riche du pays, et, en cette qualité, il avait épousé Victoire Carafa, qui possédait de grandes terres dans le royaume de Naples. Je pourrais citer quelques vieillards qui vivent encore, et ont fort bien connu Victoire Carafa et sa fille. Victoire fut un modèle de prudence et d'esprit ; mais, malgré tout son génie, elle ne put prévenir la ruine de sa famille. Chose singulière ! les malheurs affreux qui vont former le triste sujet de mon récit, ne peuvent, ce me semble, être attribués, en particulier, à aucun des acteurs que je vais présenter au lecteur : je vois des malheureux, mais, en vérité, je ne puis trouver des coupables. L'extrême beauté et l'âme si tendre de la jeune Hélène étaient deux grands périls pour elle, et font l'excuse de Jules Branciforte, son amant, tout comme le manque absolu d'esprit de monsignor Cittadini, évêque de Castro, peut aussi l'excuser jusqu'à un certain point.

Il avait dû son avancement rapide dans la carrière des honneurs ecclésiastiques à l'honnêteté de sa conduite, et surtout à la mine la plus noble et à la figure la plus régulièrement belle que l'on pût rencontrer. Je trouve écrit de lui qu'on ne pouvait le voir sans l'aimer.

« Comme je ne veux flatter personne, je ne dissimulerai point qu'un saint moine du couvent de Monte-Cavi, qui souvent avait été surpris dans sa cellule, élevé à plusieurs pieds au-dessus du soi, comme saint Paul, sans que rien autre que la grâce divine pût le soutenir dans cette position extraordinaire[1], avait prédit au seigneur de Campireali que sa famille s'éteindrait avec lui, et qu'il n'aurait que deux enfants, qui tous deux périraient de mort violente. Ce fut à cause de cette prédiction qu'il ne put trouver à se marier dans le pays, et qu'il alla chercher fortune à Naples, où il eut le bonheur de trouver de grands biens et une femme capable, par son génie, de changer sa mauvaise destinée, si toutefois une telle chose eût été possible. Ce seigneur de Campireali passait pour fort honnête homme et faisait de grandes charités, mais il n'avait nul esprit, ce qui fit que peu à peu il se retira du séjour de Rome, et finit par passer presque toute l'année dans son palais d'Albano. Il s'adonnait à la culture de ses terres situées dans cette plaine si riche, qui s'étend entre la ville et la mer. Par les conseils de

1. Encore aujourd'hui, cette position singulière est regardée, par le peuple de la campagne de Rome, comme un signe certain de sainteté. Vers l'an 1825, un moine d'Albano fut aperçu plusieurs fois soulevé de terre par la grâce divine. On lui attribua de nombreux miracles ; on accourait de vingt lieues à la ronde pour recevoir sa bénédiction ; des femmes appartenant aux premières classes de la société l'avaient vu se tenant, dans sa cellule, à trois pieds de terre. Tout à coup il disparut.

sa femme, il fit donner l'éducation la plus magnifique à son fils Fabio, jeune homme très fier de sa naissance, et à sa fille Hélène, qui fut un miracle de beauté, ainsi qu'on peut le voir encore par son portrait qui existe dans la collection Farnèse. Depuis que j'ai commencé à écrire son histoire, je suis allé au palais Farnèse pour considérer l'enveloppe mortelle que le ciel avait donnée à cette femme, dont la fatale destinée fit tant de bruit de son temps, et occupe même encore la mémoire des hommes. La forme de la tête est un ovale allongé, le front est très grand, les cheveux sont d'un blond foncé. L'air de sa physionomie est plutôt gai ; elle avait de grands yeux d'une expression profonde, et des sourcils châtains formant un arc parfaitement dessiné. Les lèvres sont fort minces, et l'on dirait que les contours de la bouche ont été dessinés par le fameux peintre Corrège. Considérée au milieu des portraits qui l'entourent à la galerie Farnèse, elle a l'air d'une reine. Il est bien rare que l'air gai soit joint à la majesté.

« Après avoir passé huit années entières comme pensionnaire au couvent de la Visitation de la ville de Castro, maintenant détruite, où l'on envoyait, dans ce temps-là, les filles de la plupart des princes romains, Hélène revint dans sa patrie, mais ne quitta point le couvent, sans faire offrande d'un calice magnifique au grand autel de l'église. À peine de retour dans Albano, son père fit venir de Rome, moyennant une pension considérable, le célèbre poète *Cechino*, alors fort âgé ; il orna la mémoire d'Hélène des plus beaux vers du divin Virgile ; de Pétrarque, de l'Arioste et du Dante, ses fameux élèves. »

Ici le traducteur est obligé de passer une longue dissertation sur les diverses parts de gloire que le XVIe siècle faisait à ces grands poètes. Il paraîtrait qu'Hélène savait le latin. Les vers qu'on lui faisait apprendre parlaient d'amour, et d'un amour qui nous semblerait bien ridicule, si nous le rencontrions en 1838 ; je veux dire l'amour passionné qui se nourrit de grands sacrifices, ne peut subsister qu'environné de mystère, et se trouve toujours voisin des plus affreux malheurs.

Tel était l'amour que sut inspirer à Hélène, à peine âgée de dix-sept ans, Jules Branciforte. C'était un de ses voisins fort pauvre ; il habitait une chétive maison bâtie dans la montagne, à un quart de lieue de la ville, au milieu des ruines d'Albe et sur les bords du précipice de cent cinquante pieds, tapissé de verdure, qui entoure le lac. Cette maison, qui touchait aux sombres et magnifiques ombrages de la forêt de la Faggiola, a depuis été démolie, lorsqu'on a bâti le couvent de Palazzuola. Ce pauvre jeune homme n'avait pour lui que son air vif et leste et l'insouciance non jouée avec laquelle il supportait sa mauvaise fortune. Tout ce que l'on pouvait dire de mieux en sa faveur, c'est que sa figure était expressive sans être belle. Mais il passait pour avoir bravement combattu sous les ordres du prince Colonne et parmi ses *bravi*, dans deux ou trois entreprises fort dangereuses. Malgré sa pauvreté, malgré l'absence de beauté, il n'en possédait pas moins, aux yeux de toutes les jeunes filles d'Albano, le cœur qu'il eût été le plus flatteur de conquérir. Bien accueilli partout, Jules Branciforte n'avait eu que des amours faciles, jusqu'au moment où Hélène revint du couvent de Castro. « Lorsque, peu après, le grand poète Cechino se transporta de Rome au palais Campireali, pour enseigner les belles-lettres à cette jeune fille, Jules, qui le connaissait, lui adressa une pièce de vers latins sur le bonheur qu'avait sa vieillesse de voir de si beaux yeux s'attacher sur les siens, et une âme si pure être parfaitement heureuse quand il daignait approuver ses pensées. La jalousie et le dépit des jeunes filles auxquelles Jules faisait attention avant le retour d'Hélène, rendirent bientôt inutiles toutes les précautions qu'il employait pour cacher une passion naissante, et j'avouerai que cet amour entre un jeune homme de vingt-deux ans et une fille de dix-sept fut conduit d'abord d'une façon que la prudence ne saurait approuver. Trois mois ne s'étaient pas écoulés lorsque le seigneur de Campireali s'aperçut que Jules Branciforte passait trop souvent sous les fenêtres de son palais (que l'on voit encore vers le milieu de la grande rue qui monte vers le lac). »

La franchise et la rudesse, suites naturelles de la liberté que souffrent les républiques, et l'habitude des passions franches non encore réprimées par les mœurs de la monarchie, se montrent à découvert dans la première démarche du seigneur de Campireali. Le jour même où il fut choqué des fréquentes apparitions du jeune Branciforte, il l'apostropha en ces termes :

« Comment oses-tu bien passer ainsi sans cesse devant ma maison, et lancer des regards impertinents sur les fenêtres de ma fille, toi qui n'as pas même d'habits pour te couvrir ? Si je ne craignais que ma démarche ne fût mal interprétée des voisins, je te donnerais trois sequins d'or et tu irais à Rome acheter une tunique plus convenable. Au moins ma vue et celle de ma fille ne seraient plus si souvent offensées par l'aspect de tes haillons. »

Le père d'Hélène exagérait sans doute : les habits du jeune Branciforte n'étaient point des haillons, ils étaient faits avec des matériaux fort simples ; mais, quoique fort propres et souvent brossés, il faut avouer que leur aspect annonçait un long usage. Jules eut l'âme si profondément navrée par les reproches du seigneur de Campireali, qu'il ne parut plus de jour devant sa maison.

Comme nous l'avons dit, les deux arcades, débris d'un aqueduc antique, qui servaient de murs principaux à la maison bâtie par le père de Branciforte, et par lui laissée à son fils, n'étaient qu'à cinq ou six cents pas d'Albano. Pour descendre de ce lieu élevé à la ville moderne, Jules était obligé de passer devant le palais Campireali ; Hélène remarqua bientôt l'absence de ce jeune homme singulier qui, au dire de ses amies, avait abandonné toute autre relation pour se consacrer en entier au bonheur qu'il semblait trouver à la regarder.

Un soir d'été, vers minuit, la fenêtre d'Hélène était ouverte, la jeune fille respirait la brise de mer qui se fait fort bien sentir sur la colline d'Albano, quoique cette ville soit séparée de la mer par une plaine de trois lieues. La nuit était sombre, le silence profond ; on eût entendu tomber une feuille. Hélène, appuyée sur sa fenêtre, pensait peut-être à Jules, lorsqu'elle entrevit quelque chose comme l'aile silencieuse d'un oiseau de nuit qui passait doucement tout contre sa fenêtre. Elle se retira effrayée. L'idée ne lui vint point que cet objet pût être présenté par quelque passant ; le second étage du palais où se trouvait sa fenêtre était à plus de cinquante pieds de terre. Tout à coup elle crut reconnaître un bouquet dans cette chose singulière qui, au milieu d'un profond silence, passait et repassait devant la fenêtre sur laquelle elle était appuyée ; son cœur battit avec violence. Ce bouquet lui sembla fixé à l'extrémité de deux ou trois de ces *cannes*, espèce de grands joncs, assez semblables au bambou, qui croissent dans la campagne de Rome et donnent des tiges de vingt à trente pieds. La faiblesse des cannes et la brise assez forte faisaient que Jules avait quelque difficulté à maintenir son bouquet exactement vis-à-vis la fenêtre où il supposait qu'Hélène pouvait se trouver, et d'ailleurs la nuit était tellement sombre, que de la rue l'on ne pouvait rien apercevoir à une telle hauteur. Immobile devant sa fenêtre, Hélène était profondément agitée. Prendre ce bouquet, n'était-ce pas un aveu ? Elle n'éprouvait d'ailleurs aucun des sentiments qu'une aventure de ce genre ferait naître, de nos jours, chez une jeune fille de la haute société, préparée à la vie par une belle éducation. Comme son père et son frère Fabio étaient dans la maison, sa première pensée fut que le moindre bruit serait suivi d'un coup d'arquebuse dirigé sur Jules ; elle eut pitié du danger que courait ce pauvre jeune homme. Sa seconde pensée fut que, quoiqu'elle le connût encore bien peu, il était pourtant l'être au monde qu'elle aimait le mieux après sa famille. Enfin, après quelques minutes d'hésitation, elle prit le bouquet, et, en touchant les fleurs dans l'obscurité profonde, elle sentit qu'un billet était attaché à la tige d'une fleur ; elle courut sur le grand escalier pour lire ce billet à la lueur de la lampe qui veillait devant l'image de la Madone. Imprudente ! se dit-elle lorsque les premières lignes l'eurent fait rougir de bonheur, si l'on me voit, je suis perdue, et ma famille persécutera à jamais ce pauvre jeune homme. Elle revint dans sa chambre et alluma sa lampe. Ce moment fut délicieux pour Jules qui, honteux de sa démarche et comme pour se cacher même dans la profonde nuit, s'était collé au tronc énorme d'un de ces chênes verts, aux formes bizarres, qui existent encore aujourd'hui vis-à-vis le palais Campireali.

Dans sa lettre, Jules racontait avec la plus parfaite simplicité la réprimande humiliante qui lui avait été adressée par le père d'Hélène. « Je suis pauvre, il est vrai, continuait-il, et vous vous figureriez difficilement tout l'excès de ma pauvreté. Je n'ai que ma maison que vous avez peut-être remarquée sous les ruines de l'aqueduc d'Albe ; autour de la maison se trouve un jardin que je cultive moi-même, et dont les herbes me nourrissent. Je possède encore une vigne qui est affermée trente écus par an. Je ne sais, en vérité, pourquoi je vous aime ; certainement je ne puis pas vous proposer de venir partager ma misère. Et cependant, si vous ne m'aimez point, la vie n'a plus aucun prix pour moi ; il est inutile de vous dire que je la donnerais mille fois pour vous. Et cependant, avant votre retour du couvent, cette vie n'était point infortunée : au contraire, elle était remplie des rêveries les plus brillantes. Ainsi, je puis dire que la vue du bonheur m'a rendu malheureux. Certes, alors personne au monde n'eût osé m'adresser les propos dont votre père m'a flétri ; mon poignard m'eût fait prompte justice. Alors, avec mon courage et mes armes, je m'estimais l'égal de tout le monde ; rien ne me manquait. Maintenant tout est bien changé : je connais la crainte. C'est trop écrire ; peut-être me méprisez-vous. Si, au contraire, vous avez quelque pitié de moi, malgré les pauvres habits qui me couvrent, vous remarquerez que tous les soirs, lorsque minuit sonne au couvent des Capucins, au sommet de la colline, je suis caché sous le grand chêne, vis-à-vis la fenêtre que je regarde sans cesse, parce que je suppose qu'elle est celle de votre chambre. Si vous ne me méprisez pas comme le fait votre père, jetez-moi une des fleurs du bouquet, mais prenez garde qu'elle ne soit entraînée sur une des corniches ou sur un des balcons de votre palais. »

Cette lettre fut lue plusieurs fois ; peu à peu les yeux d'Hélène se remplirent de larmes ; elle considérait avec attendrissement ce magnifique bouquet dont les fleurs étaient liées avec un fil de soie très fort. Elle essaya d'arracher une fleur, mais ne put en venir à bout ; puis elle fut saisie d'un remords. Parmi les jeunes filles de Rome, arracher une fleur, mutiler d'une façon quelconque un bouquet donné par l'amour, c'est s'exposer à faire mourir cet amour. Elle craignait que Jules ne s'impatientât, elle courut à sa fenêtre ; mais, en y arrivant, elle songea tout à coup qu'elle était trop bien vue, la lampe remplissait la chambre de lumière. Hélène ne savait plus quel signe elle pouvait se permettre ; il lui semblait qu'il n'en était aucun qui ne dît beaucoup trop.

Honteuse, elle rentra dans sa chambre en courant. Mais le temps se passait ; tout à coup il lui vint une idée qui la jeta dans un trouble inexprimable : Jules allait croire que comme son père elle méprisait sa pauvreté ! Elle vit un petit échantillon de marbre précieux déposé sur sa table, elle le noua dans son mouchoir, et jeta ce mouchoir au pied du chêne vis-à-vis sa fenêtre. Ensuite, elle fit signe qu'on s'éloignât ; elle entendit Jules lui obéir ; car, en s'en allant, il ne cherchait plus à dérober le bruit de ses pas. Quand il eut atteint le sommet de la ceinture de rochers qui sépare le lac des dernières maisons d'Albano, elle l'entendit chanter des paroles d'amour ; elle lui fit des signes d'adieu, cette fois moins timides, puis se mit à relire sa lettre.

Le lendemain et les jours suivants, il y eut des lettres et des entrevues semblables ; mais, comme tout se remarque dans un village italien, et qu'Hélène était de bien loin le parti le plus riche du pays, le seigneur de Campireali fut averti que tous les soirs, après minuit, on apercevait de la lumière dans la chambre de sa fille, et, chose bien autrement extraordinaire, la fenêtre était ouverte, et même Hélène s'y tenait comme si elle n'eût éprouvé aucune crainte des *zinzare* (sorte de cousins extrêmement incommodes et qui gâtent fort les belles soirées de la campagne de Rome. Ici je dois de nouveau solliciter l'indulgence du lecteur. Lorsque l'on est tenté de connaître les usages des pays étrangers, il faut s'attendre à des idées bien saugrenues, bien différentes des nôtres). Le seigneur de Campireali prépara son arquebuse et celle de son fils. Le soir, comme onze heures trois quarts sonnaient, il avertit Fabio, et tous les deux se glissèrent, en faisant le moins de bruit possible, sur un grand balcon de pierre qui se trouvait au premier étage du palais, précisément sous la fenêtre d'Hélène. Les piliers massifs de la balustrade en pierre les mettaient à couvert jusqu'à la ceinture des coups d'arquebuse qu'on pourrait leur tirer du dehors. Minuit sonna ; le père et le fils entendirent bien quelque petit bruit sous les arbres qui bordaient la rue vis-à-vis leur palais, mais, ce qui les remplit d'étonnement, il ne parut pas de lumière à la fenêtre d'Hélène. Cette fille, si simple jusqu'ici et qui semblait un enfant à la vivacité de ses mouvements, avait changé de caractère depuis qu'elle aimait. Elle savait que la moindre imprudence compromettait la vie de son amant : si un seigneur de l'importance de son père tuait un pauvre homme tel que Jules Branciforte, il en serait quitte pour disparaître pendant trois mois, qu'il irait passer à Naples ; pendant ce temps ses amis de Rome arrangeraient l'affaire, et tout se terminerait par l'offrande d'une lampe d'argent de quelques centaines d'écus à l'autel de la Madone alors à la mode. Le matin, au déjeuner, Hélène avait vu à la physionomie de son père qu'il avait un grand sujet de colère, et, à l'air dont il la regardait quand il croyait n'être pas remarqué, elle pensa qu'elle entrait pour beaucoup dans cette colère. Aussitôt elle alla jeter un peu de poussière sur les bois des cinq arquebuses magnifiques que son père tenait suspendues auprès de son lit. Elle couvrit également d'une légère couche de poussière ses poignards et ses épées. Toute la journée elle fut d'une gaieté folle, elle parcourait sans cesse la maison du haut en bas ; à chaque instant elle s'approchait des fenêtres, bien résolue de faire à Jules un signe négatif, si elle avait le bonheur de l'apercevoir. Mais elle n'avait garde : le pauvre garçon avait été si profondément humilié par l'apostrophe du riche seigneur de Campireali, que de jour il ne paraissait jamais dans Albano ; le devoir seul l'y amenait le dimanche pour la messe de la paroisse. La mère d'Hélène, qui l'adorait et ne savait lui rien refuser, sortit trois fois avec elle ce jour-là, mais ce fut en vain ; Hélène n'aperçut point Jules. Elle était au désespoir. Que devint-elle lorsque, allant visiter sur le soir les armes de son père, elle vit que deux arquebuses avaient été chargées, et que presque tous les poignards et épées avaient été maniés. Elle ne fut distraite de sa mortelle inquiétude que par l'extrême attention qu'elle donnait au soin de paraître ne se douter de rien. En se retirant à dix heures du soir, elle ferma à clé la porte de sa chambre qui donnait dans l'antichambre de sa mère, puis elle se tint collée à sa fenêtre et couchée sur le sol, de façon à ne pouvoir pas être aperçue du dehors. Qu'on juge de l'anxiété avec laquelle elle entendit sonner les heures ; il n'était plus question des reproches qu'elle se faisait souvent sur la rapidité avec laquelle elle s'était attachée à Jules, ce qui pouvait la rendre moins digne d'amour à ses yeux. Cette journée-là avança plus les affaires du jeune homme que six mois de constance et de protestations. À quoi bon mentir ? se disait Hélène. Est-ce que je ne l'aime pas de toute mon âme ?

À 11 heures et demie, elle vit fort bien son père et son frère se placer en embuscade sur le grand balcon de pierre au-dessous de sa fenêtre. Deux minutes après que minuit eut sonné au couvent des Capucins, elle entendit fort bien aussi les pas de son amant qui s'arrêta sous le grand chêne ; elle remarqua avec joie que son père et son frère semblaient n'avoir rien entendu : il fallait l'anxiété de l'amour pour distinguer un bruit aussi léger.

Maintenant, se dit-elle, ils vont me tuer, mais il faut à tout prix qu'ils ne surprennent pas la lettre de ce soir ; ils persécuteraient à jamais ce pauvre Jules. Elle fit un signe de croix, et, se retenant d'une main au balcon de fer de sa fenêtre, elle se pencha au-dehors, s'avançant autant que possible dans la rue. Un quart de minute ne s'était pas écoulé lorsque le bouquet, attaché comme de coutume à la longue canne, vint frapper sur son bras. Elle saisit le bouquet ; mais, en l'arrachant vivement à la canne sur l'extrémité de laquelle il était fixé, elle fit frapper cette canne contre le balcon en pierre. À l'instant partirent deux coups d'arquebuse suivis d'un silence parfait. Son frère Fabio, ne sachant pas trop, dans l'obscurité, si ce qui frappait violemment le balcon n'était pas une corde à l'aide de laquelle Jules descendait de chez sa sœur, avait fait feu sur son balcon ; le lendemain, elle trouva la marque de la balle qui s'était aplatie sur le fer. Le seigneur de Campireali avait tiré dans la rue, au bas du balcon de pierre, car Jules avait fait quelque bruit en retenant la canne prête à tomber. Jules de son côté, entendant du bruit au-dessus de sa tête, avait deviné ce qui allait suivre et s'était mis à l'abri sous la saillie du balcon.

Fabio rechargea rapidement son arquebuse, et, quoi que son père pût lui dire, courut au jardin de la maison, ouvrit sans bruit une petite porte qui donnait sur une rue voisine, et ensuite s'en vint, à pas de loup, examiner un peu les gens qui se promenaient sous le balcon du palais. À ce moment, Jules, qui ce soir-là était bien accompagné, se trouvait à vingt pas de lui, collé contre un arbre. Hélène, penchée sur son balcon et tremblante pour son amant, entama aussitôt une conversation à très haute voix avec son frère qu'elle entendait dans la rue ; elle lui demanda s'il avait tué les voleurs.

« Ne croyez pas que je sois dupe de votre ruse scélérate », lui cria celui-ci de la rue qu'il arpentait en tous sens, « mais préparez vos larmes, je vais tuer l'insolent qui ose s'attaquer à votre fenêtre. » Ces paroles étaient à peine prononcées qu'Hélène entendit sa mère frapper à la porte de sa chambre.

Hélène se hâta d'ouvrir, en disant qu'elle ne concevait pas comment cette porte se trouvait fermée.

« Pas de comédie avec moi, mon cher ange, lui dit sa mère, ton père est furieux et te tuera peut-être : viens te placer avec moi dans mon lit ; et, si tu as une lettre, donne-la-moi, je la cacherai. »

Hélène lui dit : « Voilà le bouquet, la lettre est cachée entre les fleurs. » À peine la mère et la fille étaient-elles au lit, que le seigneur de Campireali rentra dans la chambre de sa femme ; il revenait de son oratoire qu'il était allé visiter et où il avait tout renversé. Ce qui frappa Hélène, c'est que son père, pâle comme un spectre, agissait avec lenteur et comme un homme qui a parfaitement pris son parti. Je suis morte, se dit Hélène.

« Nous nous réjouissons d'avoir des enfants », dit son père, en passant près du lit de sa femme pour aller à la chambre de sa fille, tremblant de fureur, mais affectant un sang-froid parfait. « Nous nous réjouissons d'avoir des enfants, nous devrions répandre des larmes de sang plutôt quand ces enfants sont des filles. Grand Dieu ! est-il bien possible ! leur légèreté peut enlever l'honneur à tel homme qui depuis soixante ans n'a pas donné la moindre prise sur lui. »

En disant ces mots, il passa dans la chambre de sa fille.

« Je suis perdue, dit Hélène à sa mère, les lettres sont sous le piédestal du crucifix, à côté de la fenêtre. » Aussitôt la mère sauta hors du lit, et courut après son mari ; elle se mit à lui crier les plus mauvaises raisons possibles, afin de faire éclater sa colère : elle y réussit complètement. Le vieillard devint furieux, il brisait tout dans la chambre de sa fille ; mais la mère put enlever les lettres sans être aperçue. Une heure après, quand le seigneur de Campireali fut rentré dans sa chambre à côté de celle de sa femme, et tout étant tranquille dans la maison, la mère dit à sa fille :

« Voilà tes lettres, je ne veux pas les lire, tu vois ce qu'elles ont failli nous coûter ! À la place je les brûlerais. Adieu, embrasse-moi. »

Hélène rentra dans sa chambre fondant en larmes ; il lui semblait que, depuis ces paroles de sa mère, elle n'aimait plus Jules. Puis elle se prépara à brûler ses lettres ; mais, avant de les anéantir, elle ne put s'empêcher de les relire. Elle les relut tant et si bien, que le soleil était déjà haut dans le ciel quand enfin elle se détermina à suivre un conseil salutaire.

Le lendemain, qui était un dimanche, Hélène s'achemina vers la paroisse avec sa mère ; par bonheur, son père ne les suivit pas. La première personne qu'elle aperçut dans l'église, ce fut Jules Branciforte. D'un regard elle s'assura qu'il n'était point blessé. Son bonheur fut au comble ; les événements de la nuit étaient à mille lieues de sa mémoire. Elle avait préparé cinq ou six petits billets tracés sur des chiffons de vieux papier souillés avec de la terre détrempée d'eau, et tels qu'on peut en trouver sur les dalles d'une église ; ces billets contenaient tous le même avertissement :

« *Ils avaient tout découvert, excepté son nom. Qu'il ne reparaisse plus dans la rue ; on viendra ici souvent.* »

Hélène laissa tomber un de ces lambeaux de papier ; un regard avertit Jules, qui ramassa et disparut. En rentrant chez elle, une heure après, elle trouva sur le grand escalier du palais un fragment de papier qui attira ses regards par sa ressemblance exacte avec ceux dont elle s'était servie le matin. Elle s'en empara, sans que sa mère elle-même s'aperçût de rien ; elle y lut :

« *Dans trois jours il reviendra de Rome, où il est forcé d'aller. On chantera en plein jour, les jours de marché, au milieu du tapage des paysans, vers 10 heures.* »

Ce départ pour Rome parut singulier à Hélène. Est-ce qu'il craint les coups d'arquebuse de mon frère ? se disait-elle tristement. L'amour pardonne tout, excepté l'absence volontaire ; c'est qu'elle est le pire des supplices. Au lieu de se passer dans une douce rêverie et d'être tout occupée à peser les raisons qu'on a d'aimer son amant, la vie est agitée par des doutes cruels. Mais, après tout, puis-je croire qu'il ne m'aime plus ? se disait Hélène pendant les trois longues journées que dura l'absence de Branciforte. Tout à coup ses chagrins furent remplacés par une joie folle : le troisième jour, elle le vit paraître en plein midi, se promenant dans la rue, devant le palais de son père. Il avait des habillements neufs et presque magnifiques. Jamais la noblesse de sa démarche et la naïveté gaie et courageuse de sa physionomie n'avaient éclaté avec plus d'avantage ; jamais aussi, avant ce jour-là, on n'avait parlé si souvent dans Albano de la pauvreté de Jules. C'étaient les hommes et surtout les jeunes gens qui répétaient ce mot cruel ; les femmes et surtout les jeunes filles ne tarissaient pas en éloges de sa bonne mine.

Jules passa toute la journée à se promener par la ville ; il semblait se dédommager des mois de réclusion auxquels sa pauvreté l'avait condamné. Comme il convient à un homme amoureux, Jules était bien armé sous sa tunique neuve. Outre sa dague et son poignard, il avait mis son *giacco* (sorte de gilet long en mailles de fil de fer, fort incommode à porter, mais qui guérissait ces cœurs italiens d'une triste maladie, dont en ce siècle-là on éprouvait sans cesse les atteintes poignantes, je veux parler de la crainte d'être tué au détour de la rue par un des ennemis qu'on se connaissait). Ce jour-là, Jules espérait entrevoir Hélène, et d'ailleurs il avait quelque répugnance à se trouver seul avec lui-même dans sa maison solitaire : voici pourquoi. Ranuce, un ancien soldat de son père, après avoir fait dix campagnes avec lui dans les troupes de divers *condottieri*, et, en dernier lieu, dans celles de Marco Sciarra, avait suivi son capitaine lorsque ses blessures forcèrent celui-ci à se retirer. Le capitaine Branciforte avait des raisons pour ne pas vivre à Rome ; il était exposé à y rencontrer les fils d'hommes qu'il avait tués ; même dans Albano, il ne se souciait pas de se mettre tout à fait à la merci de l'autorité régulière. Au lieu d'acheter ou de louer une maison dans la ville, il aima mieux en bâtir une située de façon à voir venir de loin les visiteurs. Il trouva dans les ruines d'Albe une position admirable : on pouvait, sans être aperçu par les visiteurs indiscrets, se réfugier dans la forêt où régnait son ancien ami et patron, le prince Fabrice Colonne. Le capitaine Branciforte se moquait fort de l'avenir de son fils. Lorsqu'il se retira du service, âgé de cinquante ans seulement, mais criblé de blessures, il calcula qu'il pourrait vivre encore quelque dix ans, et, sa maison bâtie, dépensa chaque année le dixième de ce qu'il avait amassé dans les pillages des villes et villages auxquels il avait eu l'honneur d'assister.

Il acheta la vigne qui rendait trente écus de rente à son fils, pour répondre à la mauvaise plaisanterie d'un bourgeois d'Albano, qui lui avait dit, un jour qu'il disputait avec emportement sur les intérêts et l'honneur de la ville, qu'il appartenait, en effet, à un aussi riche propriétaire que lui de donner des conseils aux *anciens* d'Albano. Le capitaine acheta la vigne, et annonça qu'il en achèterait bien d'autres ; puis, rencontrant le mauvais plaisant dans un lieu solitaire, il le tua d'un coup de pistolet.

Après huit années de ce genre de vie, le capitaine mourut ; son aide de camp Ranuce adorait Jules ; toutefois, fatigué de l'oisiveté, il reprit du service dans la troupe du prince Colonne. Souvent il venait voir *son fils Jules*, c'était le nom qu'il lui donnait, et, à la veille d'un assaut périlleux que le prince devait soutenir dans sa forteresse de la Petrella, il avait emmené Jules combattre avec lui. Le voyant fort brave :

« Il faut que tu sois fou, lui dit-il, et de plus bien dupe, pour vivre auprès d'Albano comme le dernier et le plus pauvre de ses habitants, tandis qu'avec ce que je te vois faire et le nom de ton père, tu pourrais être parmi nous un brillant *soldat d'aventure*, et de plus faire ta fortune. » Jules fut tourmenté par ces paroles ; il savait le latin montré par un prêtre, mais son père s'étant toujours moqué de tout ce que disait le prêtre au-delà du latin, il n'avait absolument aucune instruction. En revanche, méprisé pour sa pauvreté, isolé dans sa maison solitaire, il s'était fait un certain bon sens qui, par sa hardiesse, aurait étonné les savants. Par exemple, avant d'aimer Hélène, et sans savoir pourquoi, il adorait la guerre, mais il avait de la répugnance pour le pillage qui, aux yeux de son père le capitaine et de Ranuce, était comme la petite pièce destinée à faire rire, qui suit la noble tragédie. Depuis qu'il aimait Hélène, ce bon sens acquis par ses réflexions solitaires faisait le supplice de Jules. Cette âme, si insouciante jadis, n'osait consulter personne sur ses doutes, elle était remplie de passion et de misère. Que ne dirait pas le seigneur de Campireali s'il le savait *soldat d'aventure* ? Ce serait pour le coup qu'il lui adresserait des reproches fondés ! Jules avait toujours compté sur le métier de soldat, comme sur une ressource assurée pour le temps où il aurait dépensé le prix des chaînes d'or et autres bijoux qu'il avait trouvés dans la caisse de fer de son père. Si Jules n'avait aucun scrupule à enlever, lui si pauvre, la fille du riche seigneur de Campireali, c'est qu'en ce temps-là les pères disposaient de leurs biens après eux comme bon leur semblait, et le seigneur de Campireali pouvait fort bien laisser mille écus à sa fille pour toute fortune. Un autre problème tenait l'imagination de Jules profondément occupée : 1. dans quelle ville établirait-il la jeune Hélène, après l'avoir épousée et enlevée à son père ; 2. avec quel argent la ferait-il vivre ?

Lorsque le seigneur de Campireali lui adressa le reproche sanglant auquel il avait été tellement sensible, Jules fut pendant deux jours en proie à la rage et à la douleur la plus vive : il ne pouvait se résoudre ni à tuer le vieillard insolent, ni à le laisser vivre. Il passait les nuits entières à pleurer ; enfin il résolut de consulter Ranuce, le seul ami qu'il eût au monde : mais cet ami le comprendrait-il ? Ce fut en vain qu'il chercha Ranuce dans toute la forêt de la Faggiola, il fut obligé d'aller sur la route de Naples, au-delà de Vellettri, où Ranuce commandait une embuscade : il y attendait, en nombreuse compagnie, Ruiz d'Avalos, général espagnol, qui se rendait à Rome par terre, sans se rappeler que naguère, en nombreuse compagnie, il avait parlé avec mépris des soldats d'aventure de la compagnie Colonne. Son aumônier lui rappela fort à propos cette petite circonstance, et Ruiz d'Avalos prit le parti de faire armer une barque et de venir à Rome par mer.

Dès que le capitaine Ranuce eut entendu le récit de Jules : « Décris-moi exactement, lui dit-il, la personne de ce seigneur de Campireali, afin que son impudence ne coûte pas la vie à quelque bon habitant d'Albano. Dès que l'affaire qui nous retient ici sera terminée par oui ou par non, tu te rendras à Rome, où tu auras soin de te montrer dans les hôtelleries et autres lieux publics, à toutes les heures de la journée ; il ne faut pas que l'on puisse te soupçonner à cause de ton amour pour la fille. »

Jules eut beaucoup de peine à calmer la colère de l'ancien compagnon de son père. Il fut obligé de se fâcher.

« Crois-tu que je demande ton épée ? lui dit-il enfin. Apparemment que, moi aussi, j'ai une épée ! Je te demande un conseil sage. »

Ranuce finissait tous ses discours par ces paroles : « Tu es jeune, tu n'as pas de blessures ; l'insulte a été publique : or, un homme déshonoré est méprisé même des femmes. »

Jules lui dit qu'il désirait réfléchir encore sur ce que voulait son cœur, et malgré les instances de Ranuce, qui prétendait absolument qu'il prît part à l'attaque de l'escorte du général espagnol, où, disait-il, il y aurait de l'honneur à acquérir, sans compter les doublons, Jules revint seul à sa petite maison. C'est là que, la veille du jour où le seigneur de Campireali lui tira un coup d'arquebuse, il avait reçu Ranuce et son caporal, de retour des environs de Vellettri. Ranuce employa la force pour voir la petite caisse de fer où son patron, le capitaine Branciforte, enfermait jadis les chaînes d'or et autres bijoux dont il ne jugeait pas à propos de dépenser la valeur aussitôt après une expédition. Ranuce y trouva deux écus.

« Je te conseille de te faire moine, dit-il à Jules, tu en as toutes les vertus : l'amour de la pauvreté, en voici la preuve ; l'humilité, tu te laisses vilipender en pleine rue par un richard d'Albano ; il ne te manque plus que l'hypocrisie et la gourmandise. »

Ranuce mit de force cinquante doublons dans la cassette de fer. « Je te donne ma parole, dit-il à Jules, que si d'ici à un mois le seigneur de Campireali n'est pas enterré avec tous les honneurs dus à sa noblesse et à son opulence, mon caporal ici présent viendra avec trente hommes démolir ta petite maison et brûler tes pauvres meubles. Il ne faut pas que le fils du capitaine Branciforte fasse une mauvaise figure en ce monde, sous prétexte d'amour. »

Lorsque le seigneur de Campireali et son fils tirèrent les deux coups d'arquebuse, Ranuce et le caporal avaient pris position sous le balcon de pierre, et Jules eut toutes les peines du monde à les empêcher de tuer Fabio, ou du moins de l'enlever, lorsque celui-ci fit une sortie imprudente en passant par le jardin, comme nous l'avons raconté en son lieu. La raison qui calma Ranuce fut celle-ci : il ne faut pas tuer un jeune homme qui peut devenir quelque chose et se rendre utile, tandis qu'il y a un vieux pécheur plus coupable que lui, et qui n'est plus bon qu'à enterrer.

Le lendemain de cette aventure, Ranuce s'enfonça dans la forêt, et Jules partit pour Rome. La joie qu'il eut d'acheter de beaux habits avec les doublons que Ranuce lui avait donnés était cruellement altérée par cette idée, bien extraordinaire pour son siècle, et qui annonçait les hautes destinées auxquelles il parvint dans la suite ; il se disait : *Il faut qu'Hélène connaisse qui je suis*. Tout autre homme de son âge et de son temps n'eût songé qu'à jouir de son amour et à enlever Hélène, sans penser en aucune façon à ce qu'elle deviendrait six mois après, pas plus qu'à l'opinion qu'elle pourrait garder de lui.

De retour dans Albano, et l'après-midi même du jour où Jules étalait à tous les yeux les beaux habits qu'il avait rapportés de Rome, il sut par le vieux Scotti, son ami, que Fabio était sorti de la ville à cheval, pour aller à trois lieues de là à une terre que son père possédait dans la plaine, sur le bord de la mer. Plus tard, il vit le seigneur Campireali prendre, en compagnie de deux prêtres, le chemin de la magnifique allée de chênes verts qui couronne le bord du cratère au fond duquel s'étend le lac d'Albano. Dix minutes après, une vieille femme s'introduisait hardiment dans le palais de Campireali, sous prétexte de vendre de beaux fruits ; la première personne qu'elle rencontra fut la petite camériste Marietta, confidente intime de sa maîtresse Hélène, laquelle rougit jusqu'au blanc des yeux en recevant un beau bouquet. La lettre que cachait le bouquet était d'une longueur démesurée : Jules racontait tout ce qu'il avait éprouvé depuis la nuit des coups d'arquebuse ; mais, par une pudeur bien singulière, il n'osait pas avouer ce dont tout autre jeune homme de son temps eût été si fier, savoir : qu'il était fils d'un capitaine célèbre par ses aventures, et que lui-même avait déjà marqué par sa bravoure dans plus d'un combat. Il croyait toujours entendre les réflexions que ces faits inspireraient au vieux Campireali. Il faut savoir qu'au XVe siècle, les jeunes filles, plus voisines du bon sens républicain, estimaient beaucoup plus un homme pour ce qu'il avait fait lui-même, que pour les richesses amassées par ses pères ou pour les actions célèbres de ceux-ci. Mais c'étaient surtout les jeunes filles du peuple qui avaient ces pensées. Celles qui appartenaient à la classe riche ou noble avaient peur des brigands, et, comme il est naturel, tenaient en grande estime la noblesse et l'opulence. Jules finissait sa lettre par ces mots : « Je ne sais si les habits convenables que j'ai rapportés de Rome vous auront fait oublier la cruelle injure qu'une personne que vous respectez m'adressa naguère, à l'occasion de ma chétive apparence ; j'ai pu me venger, je l'aurais dû, mon honneur le commandait ; je ne l'ai point fait en considération des larmes que ma vengeance aurait coûtées à des yeux que j'adore. Ceci peut vous prouver, si, pour mon malheur, vous en doutiez encore, qu'on peut être très pauvre et avoir des sentiments nobles. Au reste, j'ai à vous révéler un secret terrible ; je n'aurais assurément aucune peine à le dire à toute autre femme ; mais je ne sais pourquoi je frémis en pensant à vous l'apprendre. Il peut détruire, en un instant, l'amour que vous avez pour moi ; aucune protestation ne me satisferait de votre part. Je veux lire dans vos yeux l'effet que produira cet aveu. Un de ces jours, à la tombée de la nuit, je vous verrai dans le jardin situé derrière le palais. Ce jour-là, Fabio et votre père seront absents : lorsque j'aurai acquis la certitude que, malgré leur mépris pour un pauvre jeune homme mal vêtu, ils ne pourront nous enlever trois quarts d'heure ou une heure d'entretien, un homme paraîtra sous les fenêtres de votre palais, qui fera voir aux enfants du pays un renard apprivoisé. Plus tard, lorsque l'*Ave Maria* sonnera, vous entendrez tirer un coup d'arquebuse dans le lointain ; à ce moment approchez-vous du mur de votre jardin, et, si vous n'êtes pas seule, chantez. S'il y a du silence, votre esclave paraîtra tout tremblant à vos pieds, et vous racontera des choses qui peut-être vous feront horreur. En attendant ce jour décisif, et terrible pour moi, je ne me hasarderai plus à vous présenter de bouquet à minuit ; mais vers les deux heures de nuit je passerai en chantant, et peut-être, placée au grand balcon de pierre, vous laisserez tomber une fleur cueillie par vous dans votre jardin. Ce sont peut-être les dernières marques d'affection que vous donnerez au malheureux Jules. »

Trois jours après, le père et le frère d'Hélène étaient allés à cheval à la terre qu'ils possédaient sur le bord de la mer ; ils devaient en partir un peu avant le coucher du soleil, de façon à être de retour chez eux vers les 2 heures de nuit. Mais, au moment de se mettre en route, non seulement leurs deux chevaux, mais tous ceux qui étaient dans la ferme, avaient disparu. Fort étonnés de ce vol audacieux, ils cherchèrent leurs chevaux qu'on ne retrouva que le lendemain dans la forêt de haute futaie qui borde la mer. Les deux Campireali, père et fils, furent obligés de regagner Albano dans une voiture champêtre tirée par des bœufs.

Ce soir-là, lorsque Jules fut aux genoux d'Hélène, il était presque tout à fait nuit, et la pauvre fille fut bien heureuse de cette obscurité ; elle paraissait pour la première fois devant cet homme qu'elle aimait tendrement, qui le savait fort bien, mais enfin auquel elle n'avait jamais parlé.

Une remarque qu'elle fit lui rendit un peu de courage ; Jules était plus pâle et plus tremblant qu'elle. Elle le voyait à ses genoux : « En vérité, je suis hors d'état de parler », lui dit-il. Il y eut quelques instants apparemment fort heureux ; ils se regardaient, mais sans pouvoir articuler un mot, immobiles comme un groupe de marbre assez expressif. Jules était à genoux, tenant une main d'Hélène ; celle-ci, la tête penchée, le considérait avec attention.

Jules savait bien que, suivant les conseils de ses amis, les jeunes débauchés de Rome, il aurait dû tenter quelque chose ; mais il eut horreur de cette idée. Il fut réveillé de cet état d'extase et peut-être du plus vif bonheur que puisse donner l'amour par cette idée : le temps s'envole rapidement ; les Campireali s'approchent de leur palais. Il comprit qu'avec une âme scrupuleuse comme la sienne il ne pouvait trouver de bonheur durable, tant qu'il n'aurait pas fait à sa maîtresse cet aveu terrible qui eût semblé une si lourde sottise à ses amis de Rome.

« Je vous ai parlé d'un aveu que peut-être je ne devrais pas vous faire », dit-il enfin à Hélène. Jules devint fort pâle ; il ajouta avec peine et comme si la respiration lui manquait : « Peut-être je vais voir disparaître ces sentiments dont l'espérance fait ma vie. Vous me croyez pauvre ; ce n'est pas tout, *je suis brigand et fils de brigand.* »

À ces mots, Hélène, fille d'un homme riche et qui avait toutes les peurs de sa caste, sentit qu'elle allait se trouver mal ; elle craignit de tomber. Quel chagrin ne sera-ce pas pour ce pauvre Jules ? pensait-elle ; il se croira méprisé. Il était à ses genoux. Pour ne pas tomber, elle s'appuya sur lui, et, peu après, tomba dans ses bras comme sans connaissance. Comme on voit, au XVIe siècle, on aimait l'exactitude dans les histoires d'amour. C'est que l'esprit ne jugeait pas ces histoires-là, l'imagination les sentait, et la passion du lecteur s'identifiait avec celle des héros. Les deux manuscrits que nous suivons, et surtout celui qui présente quelques tournures de phrases particulières au dialecte florentin, donnent dans le plus grand détail l'histoire de tous les rendez-vous qui suivirent celui-ci. Le péril ôtait les remords à la jeune fille. Souvent les périls furent extrêmes ; mais ils ne firent qu'enflammer ces deux cœurs pour qui toutes les sensations provenant de leur amour étaient du bonheur. Plusieurs fois Fabio et son père furent sur le point de les surprendre. Ils étaient furieux, se croyant bravés : le bruit public leur apprenait que Jules était l'amant d'Hélène, et cependant ils ne pouvaient rien voir. Fabio, jeune homme impétueux et fier de sa naissance, proposait à son père de faire tuer Jules.

« Tant qu'il sera dans ce monde, lui disait-il, les jours de ma sœur courent les plus grands dangers. Qui nous dit qu'au premier moment notre honneur ne nous obligera pas à tremper les mains dans le sang de cette obstinée ? Elle est arrivée à ce point d'audace, qu'elle ne nie plus son amour ; vous l'avez vue ne répondre à vos reproches que par un silence morne ; eh bien ! ce silence est l'arrêt de mort de Jules Branciforte.

– Songez quel a été son père, répondait le seigneur de Campireali. Assurément il ne nous est pas difficile d'aller passer six mois à Rome, et, pendant ce temps, ce Branciforte disparaîtra. Mais qui nous dit que son père qui, au milieu de tous ses crimes, fut brave et généreux, généreux au point d'enrichir plusieurs de ses soldats et de rester pauvre lui-même, qui nous dit que son père n'a pas encore des amis, soit dans la compagnie du duc de Monte-Mariano, soit dans la compagnie Colonna, qui occupe souvent les bois de la Faggiola, à une demi-lieue de chez nous ? En ce cas, nous sommes tous massacrés sans rémission, vous, moi et peut-être aussi votre malheureuse mère. »

Ces entretiens du père et du fils, souvent renouvelés, n'étaient cachés qu'en partie à Victoire Carafa, mère d'Hélène, et la mettaient au désespoir. Le résultat des discussions entre Fabio et son père fut qu'il était inconvenant pour leur honneur de souffrir paisiblement la continuation des bruits qui régnaient dans Albano. Puisqu'il n'était pas prudent de faire disparaître ce jeune Branciforte qui, tous les jours, paraissait plus insolent, et de plus, maintenant revêtu d'habits magnifiques, poussait la suffisance jusqu'à adresser la parole dans les lieux publics, soit à Fabio, soit au seigneur de Campireali lui-même, il y avait lieu de prendre l'un des deux partis suivants, ou peut-être même tous les deux : il fallait que la famille entière revînt habiter Rome ; il fallait ramener Hélène au couvent de la Visitation de Castro, où elle resterait jusqu'à ce qu'on lui eût trouvé un parti convenable.

Jamais Hélène n'avait avoué son amour à sa mère : la fille et la mère s'aimaient tendrement, elles passaient leur vie ensemble, et pourtant jamais un seul mot sur ce sujet, qui les intéressait presque également toutes les deux, n'avait été prononcé. Pour la première fois le sujet presque unique de leurs pensées se trahit par des paroles, lorsque la mère fit entendre à sa fille qu'il était question de transporter à Rome l'établissement de la famille, et peut-être même de la renvoyer passer quelques années au couvent de Castro.

Cette conversation était imprudente de la part de Victoire Carafa, et ne peut être excusée que par la tendresse folle qu'elle avait pour sa fille. Hélène, éperdue d'amour, voulut prouver à son amant qu'elle n'avait pas honte de sa pauvreté et que sa confiance en son honneur était sans bornes. « Qui le croirait ! s'écrie l'auteur florentin, après tant de rendez-vous hardis et voisins d'une mort horrible, donnés dans le jardin et même une fois ou deux dans sa propre chambre, Hélène était pure ! Forte de sa vertu, elle proposa à son amant de sortir du palais, vers minuit, par le jardin, et d'aller passer le reste de la nuit dans sa petite maison construite sur les ruines d'Albe, à plus d'un quart de lieue de là. Ils se déguisèrent en moines de saint François. Hélène était d'une taille élancée, et ainsi vêtue semblait un jeune frère novice de dix-huit ou vingt ans. Ce qui est incroyable, et marque bien le doigt de Dieu, c'est que dans l'étroit chemin taillé dans le roc, et qui passe encore contre le mur du couvent des Capucins, Jules et sa maîtresse, déguisés en moines, rencontrèrent le seigneur de Campireali et son fils Fabio, qui, suivis de quatre domestiques bien armés et précédés d'un page portant une torche allumée, revenaient de Castel Gandolfo, bourg situé sur les bords du lac assez près de là. Pour laisser passer les deux amants, les Campireali et leurs domestiques se placèrent à droite et à gauche de ce chemin taillé dans le roc et qui peut avoir huit pieds de large. Combien n'eût-il pas été plus heureux pour Hélène d'être reconnue en ce moment ! Elle eût été tuée d'un coup de pistolet par son père ou son frère, et son supplice n'eût duré qu'un instant ; mais le ciel en avait ordonné autrement (*superis aliter visum*).

« On ajoute encore une circonstance sur cette singulière rencontre, et que la signora de Campireali, parvenue à une extrême vieillesse et presque centenaire, racontait encore quelquefois à Rome devant des personnages graves qui, bien vieux eux-mêmes, me l'ont redite lorsque mon insatiable curiosité les interrogeait sur ce sujet-là et sur bien d'autres.

« Fabio de Campireali, qui était un jeune homme fier de son courage et plein de hauteur, remarquant que le moine le plus âgé ne saluait ni son père, ni lui, en passant si près d'eux, s'écria : "Voilà un fripon de moine bien fier ! Dieu sait ce qu'il va faire hors du couvent, lui et son compagnon, à cette heure indue ! Je ne sais ce qui me tient de lever leurs capuchons ; nous verrons leurs mines." À ces mots, Jules saisit sa dague sous sa robe de moine et se plaça entre Fabio et Hélène. En ce moment il n'était pas à plus d'un pied de distance de Fabio ; mais le ciel en ordonna autrement, et calma par un miracle la fureur de ces deux jeunes gens qui bientôt devaient se voir de si près. »

Dans le procès que par la suite on intenta à Hélène de Campireali, on voulut présenter cette promenade nocturne comme une preuve de corruption. C'était le délire d'un jeune cœur enflammé d'un fol amour, mais ce cœur était pur.

III

Il faut savoir que les Orsini, éternels rivaux des Colonna, et tout-puissants alors dans les villages les plus voisins de Rome, avaient fait condamner à mort, depuis peu, par les tribunaux du gouvernement, un riche cultivateur nommé Balthazar Bandini, né à la Petrella. Il serait trop long de rapporter ici les diverses actions que l'on reprochait à Bandini : la plupart seraient des crimes aujourd'hui, mais ne pouvaient pas être considérées d'une façon aussi sévère en 1559. Bandini était en prison dans un château appartenant aux Orsini, et situé dans la montagne du côté de Valmontone, à six lieues d'Albano. Le Barigel de Rome, suivi de cent cinquante de ses sbires, passa une nuit sur la grande route ; il venait chercher Bandini pour le conduire à Rome dans les prisons de Tordinona ; Bandini avait appelé à Rome de la sentence qui le condamnait à mort. Mais, comme nous l'avons dit, il était natif de la Petrella, forteresse appartenant aux Colonna ; la femme de Bandini vint dire publiquement à Fabrice Colonna, qui se trouvait à la Petrella : « Laisserez-vous mourir un de vos fidèles serviteurs ? » Colonna répondit : « À Dieu ne plaise que je m'écarte jamais du respect que je dois aux décisions des tribunaux du pape mon seigneur ! » Aussitôt ses soldats reçurent des ordres, et il fit donner avis de se tenir prêts à tous ses partisans. Le rendez-vous était indiqué dans les environs de Valmontone, petite ville bâtie au sommet d'un rocher peu élevé, mais qui a pour rempart un précipice continu et presque vertical de soixante à quatre-vingts pieds de haut. C'est dans cette ville appartenant au pape que les partisans des Orsini et les sbires du gouvernement avaient réussi à transporter Bandini. Parmi les partisans les plus zélés du pouvoir, on comptait le seigneur de Campireali et Fabio, son fils, d'ailleurs un peu parents des Orsini. De tout temps, au contraire, Jules Branciforte et son père avaient été attachés aux Colonna.

Dans les circonstances où il ne convenait pas aux Colonna d'agir ouvertement, ils avaient recours à une précaution fort simple : la plupart des riches paysans romains, alors comme aujourd'hui, faisaient partie de quelque compagnie de pénitents. Les pénitents ne paraissent jamais en public que la tête couverte d'un morceau de toile qui cache leur figure et se trouve percé de deux trous vis-à-vis les yeux. Quand les Colonna ne voulaient pas avouer une entreprise, ils invitaient leurs partisans à prendre leur habit de pénitent pour venir les joindre.

Après de longs préparatifs, la translation de Bandini, qui depuis quinze jours faisait la nouvelle du pays, fut indiquée pour un dimanche. Ce jour-là, à deux heures du matin, le gouverneur de Valmontone fit sonner le tocsin dans tous les villages de la forêt de la Faggiola. On vit des paysans sortir en assez grand nombre de chaque village. (Les mœurs des républiques du Moyen Âge, du temps desquelles on se battait pour obtenir une certaine chose que l'on désirait, avaient conservé beaucoup de bravoure dans le cœur des paysans : de nos jours, personne ne bougerait.)

Ce jour-là on put remarquer une chose assez singulière : à mesure que la petite troupe de paysans armés sortie de chaque village s'enfonçait dans la foret, elle diminuait de moitié ; les partisans des Colonna se dirigeaient vers le lieu du rendez-vous désigné par Fabrice. Leurs chefs paraissaient persuadés qu'on ne se battrait pas ce jour-là : ils avaient eu ordre le matin de répandre ce bruit. Fabrice parcourait la forêt avec l'élite de ses partisans, qu'il avait montés sur les jeunes chevaux à demi sauvages de son haras. Il passait une sorte de revue des divers détachements de paysans ; mais il ne leur parlait point, toute parole pouvant compromettre. Fabrice était un grand homme maigre, d'une agilité et d'une force incroyables : quoiqu'à peine âgé de quarante-cinq ans, ses cheveux et sa moustache étaient d'une blancheur éclatante, ce qui le contrariait fort ; à ce signe on pouvait le reconnaître en des lieux où il eût mieux aimé passer incognito. À mesure que les paysans le voyaient, ils criaient : *Vive Colonna !* et mettaient leurs capuchons de toile. Le prince lui-même avait son capuchon sur la poitrine, de façon à pouvoir le passer dès qu'on apercevrait l'ennemi.

Celui-ci ne se fit point attendre : le soleil se levait à peine lorsqu'un millier d'hommes à peu près, appartenant au parti des Orsini, et venant du côté de Valmontone, pénétrèrent dans la foret et vinrent passer à trois cents pas environ des partisans de Fabrice Colonna, que celui-ci avait fait mettre ventre à terre. Quelques minutes après que les derniers des Orsini formant cette avant-garde eurent défilé, le prince mit ses hommes en mouvement : il avait résolu d'attaquer l'escorte de Bandini un quart d'heure après qu'elle serait entrée dans le bois. En cet endroit, la forêt est semée de petites roches hautes de quinze ou vingt pieds ; ce sont des coulées de lave plus ou moins antiques, sur lesquelles les châtaigniers viennent admirablement et interceptent presque entièrement le jour. Comme ces coulées, plus ou moins attaquées par le temps, rendent le sol fort inégal, pour épargner à la grande route une foule de petites montées et descentes inutiles, on a creusé dans la lave, et fort souvent la route est à trois ou quatre pieds en contre-bas de la forêt.

Vers le lieu de l'attaque projetée par Fabrice se trouvait une clairière couverte d'herbes et traversée à l'une de ses extrémités par la grande route. Ensuite la route rentrait dans la forêt, qui, en cet endroit, remplie de ronces et d'arbustes entre les troncs des arbres, était tout à fait impénétrable. C'est à cent pas dans la forêt et sur les deux bords de la route que Fabrice plaçait ses fantassins. À un signe du prince, chaque paysan arrangea son capuchon, et prit poste avec son arquebuse derrière un châtaignier ; les soldats du prince se placèrent derrière les arbres les plus voisins de la route. Les paysans avaient l'ordre précis de ne tirer qu'après les soldats, et ceux-ci ne devaient faire feu que lorsque l'ennemi serait à vingt pas. Fabrice fit couper à la hâte une vingtaine d'arbres, qui, précipités avec leurs branches sur la route, assez étroite en ce lieu-là et en contre-bas de trois pieds, l'interceptaient entièrement. Le capitaine Ranuce, avec cinq cents hommes, suivit l'avant-garde ; il avait l'ordre de ne l'attaquer que lorsqu'il entendrait les premiers coups d'arquebuse qui seraient tirés de l'abatis qui interceptait la route. Lorsque Fabrice Colonna vit ses soldats et ses partisans bien placés chacun derrière son arbre et pleins de résolution, il partit au galop avec tous ceux des siens qui étaient montés, et parmi lesquels on remarquait

Jules Branciforte. Le prince prit un sentier à droite de la grande route et qui le conduisait à l'extrémité de la clairière la plus éloignée de la route.

Le prince s'était à peine éloigné depuis quelques minutes, lorsqu'on vit venir de loin, par la route de Valmontone, une troupe nombreuse d'hommes à cheval ; c'étaient les sbires et le Barigel, escortant Bandini, et tous les cavaliers des Orsini. Au milieu d'eux se trouvait Balthazar Bandini, entouré de quatre bourreaux vêtus de rouge ; ils avaient l'ordre d'exécuter la sentence des premiers juges, et de mettre Bandini à mort, s'ils voyaient les partisans des Colonna sur le point de le délivrer.

La cavalerie de Colonna arrivait à peine à l'extrémité de la clairière ou prairie la plus éloignée de la route, lorsqu'il entendit les premiers coups d'arquebuse de l'embuscade par lui placée sur la grande route en avant de l'abatis. Aussitôt il mit sa cavalerie au galop et dirigea sa charge sur les quatre bourreaux vêtus de rouge qui entouraient Bandini.

Nous ne suivrons point le récit de cette petite affaire qui ne dura pas trois quarts d'heure ; les partisans des Orsini surpris s'enfuirent dans tous les sens ; mais, à l'avant-garde, le brave capitaine Ranuce fut tué, événement qui eut une influence funeste sur la destinée de Branciforte. À peine celui-ci avait donné quelques coups de sabre, toujours en se rapprochant des hommes vêtus de rouge, qu'il se trouva vis-à-vis de Fabio Campireali.

Monté sur un cheval bouillant d'ardeur, et revêtu d'un *giacco* doré (cotte de mailles), Fabio s'écriait :

« Quels sont ces misérables masqués ? Coupons leurs masques d'un coup de sabre ; voyez la façon dont je m'y prends ! »

…même instant, Jules Branciforte reçut de …e sabre horizontal sur le front. Ce coup …cé avec tant d'adresse, que la toile qui lui …isage tomba en même temps qu'il se sentit …euglés par le sang qui coulait de cette bles…eurs fort peu grave. Jules éloigna son cheval … le temps de respirer et de s'essuyer le visage. …, à tout prix, ne point se battre avec le frère …, et son cheval était déjà à quatre pas de Fabio, …l reçut sur la poitrine un furieux coup de sabre … pénétra point, grâce à son giacco, mais lui ôta la …spiration pour un moment. Presque au même instant, il s'entendit crier aux oreilles :

« *Ti conosco, porco* ; canaille, je te connais ! C'est comme cela que tu gagnes de l'argent pour remplacer tes haillons. »

Jules, vivement piqué, oublia sa première résolution et revint sur Fabio :

« *Ed in mal ponto tu venisti*[1] *!* » s'écria-t-il.

À la suite de quelques coups de sabre précipités, le vêtement qui couvrait leur cotte de mailles tombait de toutes parts. La cotte de mailles de Fabio était dorée et magnifique, celle de Jules des plus communes.

« Dans quel égout as-tu ramassé ton *giacco* ? » lui cria Fabio.

Au même moment, Jules trouva l'occasion qu'il cherchait depuis une demi-minute : la superbe cotte de mailles de Fabio ne serrait pas assez le cou, et Jules lui porta au cou, un peu découvert, un coup de pointe qui réussit. L'épée de Jules entra d'un demi-pied dans la gorge de Fabio et en fit jaillir un énorme jet de sang.

1. Malheur à toi ! Tu arrives dans un moment fatal !

« Insolent ! » s'écria Jules ; et il gal… rs les hommes habillés de rouge dont deux étaie… cheval à cent pas de lui. Comme il approcha… troisième tomba ; mais, au moment où Jules arri… à près du quatrième bourreau, celui-ci, se voyan… ronné de plus de dix cavaliers, déchargea un pist… bout portant sur le malheureux Balthazar Bandini, … tomba.

« Mes chers seigneurs, nous n'avons plus que fai… ici, s'écria Branciforte, sabrons ces coquins de sbires qui s'enfuient de toutes parts. » Tout le monde le suivit.

Lorsque, une demi-heure après, Jules revint auprès de Fabrice Colonna, ce seigneur lui adressa la parole pour la première fois de sa vie. Jules le trouva ivre de colère ; il croyait le voir transporté de joie, à cause de la victoire qui était complète et due tout entière à ses bonnes dispositions ; car les Orsini avaient près de trois mille hommes, et Fabrice à cette affaire n'en avait pas réuni plus de quinze cents.

« Nous avons perdu votre brave ami Ranuce, s'écria le prince en parlant à Jules, je viens moi-même de toucher son corps ; il est déjà froid. Le pauvre Balthazar Bandini est mortellement blessé. Ainsi, au fond, nous n'avons pas réussi. Mais l'ombre du brave capitaine Ranuce paraîtra bien accompagnée devant Pluton. J'ai donné l'ordre que l'on pende aux branches des arbres tous ces coquins de prisonniers. N'y manquez pas, messieurs », s'écria-t-il en haussant la voix. Et il repartit au galop pour l'endroit où avait eu lieu le combat d'avant-garde. Jules commandait à peu près en second la compagnie de Ranuce ; il suivit le prince qui, arrivé près du cadavre de ce brave soldat qui gisait entouré de plus de cinquante cadavres ennemis, descendit une seconde fois de cheval pour prendre la main de Ranuce. Jules l'imita, il pleurait.

« Tu es bien jeune, dit le prince à Jules, mais je te vois couvert de sang, et ton père fut un brave homme, qui avait reçu plus de vingt blessures au service des Colonna. Prends le commandement de ce qui reste de la compagnie de Ranuce et conduis son cadavre à notre église de la Petrella ; songe que tu seras peut-être attaqué sur la route. »

Jules ne fut point attaqué, mais il tua d'un coup d'épée un de ses soldats qui lui disait qu'il était trop jeune pour commander. Cette imprudence réussit, parce que Jules était encore tout couvert du sang de Fabio. Tout le long de la route, il trouvait les arbres chargés d'hommes que l'on pendait. Ce spectacle hideux, joint à la mort de Ranuce et surtout à celle de Fabio, le rendait presque fou. Son seul espoir était que l'on ne saurait pas le nom du vainqueur de Fabio.

Nous sautons les détails militaires. Trois jours après celui du combat, il put revenir passer quelques heures à Albano ; il racontait à ses connaissances qu'une fièvre violente l'avait retenu dans Rome où il avait été obligé de garder le lit toute la semaine.

Mais on le traitait partout avec un respect marqué ; les gens les plus considérables de la ville le saluaient les premiers ; quelques imprudents allèrent même jusqu'à l'appeler *seigneur capitaine*. Il avait passé plusieurs fois devant le palais Campireali, qu'il trouva entièrement fermé, et, comme le nouveau capitaine était fort timide lorsqu'il s'agissait de faire certaines questions, ce ne fut qu'au milieu de la journée qu'il put prendre sur lui de dire à Scotti, vieillard qui l'avait toujours traité avec bonté :

« Mais où sont donc les Campireali ? je vois leur palais fermé.

– Mon ami, répondit Scotti avec une tristesse subite, c'est là un nom que vous ne devez jamais prononcer. Vos amis sont bien convaincus que c'est lui qui vous a cherché, et ils le diront partout ; mais enfin il était le principal obstacle à votre mariage, mais enfin sa mort laisse une sœur immensément riche, et qui vous aime. On peut même ajouter, et l'indiscrétion devient vertu en ce moment, on peut même ajouter qu'elle vous aime au point d'aller vous rendre visite la nuit dans votre petite maison d'Albe. Ainsi l'on peut dire, dans votre intérêt, que vous étiez mari et femme avant le fatal combat des *Ciampi* (c'est le nom qu'on donnait dans le pays au combat que nous avons décrit). » Le vieillard s'interrompit parce qu'il s'aperçut que Jules fondait en larmes.

« Montons à l'auberge », dit Jules. Scotti le suivit ; on leur donna une chambre où ils s'enfermèrent à clé, et Jules demanda au vieillard la permission de lui raconter tout ce qui s'était passé depuis huit jours. Ce long récit terminé :

« Je vois bien à vos larmes, dit le vieillard, que rien n'a été prémédité dans votre conduite ; mais la mort de Fabio n'en est pas moins un événement bien cruel pour vous. Il faut absolument qu'Hélène déclare à sa mère que vous êtes son époux depuis longtemps. »

Jules ne répondit pas, ce que le vieillard attribua à une louable discrétion. Absorbé dans une profonde rêverie, Jules se demandait si Hélène, irritée par la mort d'un frère, rendrait justice à sa délicatesse ; il se repentit de ce qui s'était passé autrefois. Ensuite, à sa demande, le vieillard lui parla franchement de tout ce qui avait eu lieu dans Albano le jour du combat. Fabio ayant été tué sur les 6 heures et demie du matin, à plus de six lieues d'Albano, chose incroyable ! dès 9 heures on avait commencé à parler de cette mort. Vers midi on avait vu le vieux Campireali, fondant en larmes et soutenu par ses domestiques, se rendre au couvent des Capucins. Peu après, trois de ces bons pères, montés sur les meilleurs chevaux de Campireali, et suivis de beaucoup de domestiques, avaient pris la route du village des *Ciampi*, près duquel le combat avait eu lieu. Le vieux Campireali voulait absolument les suivre ; mais on l'en avait dissuadé, par la raison que Fabrice Colonna était furieux (on ne savait trop pourquoi), et pourrait bien lui faire un mauvais parti s'il était fait prisonnier.

Le soir, vers minuit, la forêt de la Faggiola avait semblé en feu : c'étaient tous les moines et tous les pauvres d'Albano qui, portant chacun un gros cierge allumé, allaient à la rencontre du corps du jeune Fabio.

« Je ne vous cacherai point, continua le vieillard en baissant la voix comme s'il eût craint d'être entendu, que la route qui conduit à Valmontone et aux *Ciampi*...

– Eh bien ? dit Jules.

– Eh bien ! cette route passe devant votre maison, et l'on dit que lorsque le cadavre de Fabio est arrivé à ce point, le sang a jailli d'une plaie horrible qu'il avait au cou.

– Quelle horreur ! s'écria Jules en se levant.

– Calmez-vous, mon ami, dit le vieillard, vous voyez bien qu'il faut que vous sachiez tout. Et maintenant je puis vous dire que votre présence ici, aujourd'hui, a semblé un peu prématurée. Si vous me faisiez l'honneur de me consulter, j'ajouterais, capitaine, qu'il n'est pas convenable que d'ici à un mois vous paraissiez dans Albano. Je n'ai pas besoin de vous avertir qu'il ne serait pas prudent de vous montrer à Rome. On ne sait point encore quel parti le Saint-Père va prendre envers les Colonna ; on pense qu'il ajoutera foi à la déclaration de Fabrice qui prétend n'avoir appris le combat des Ciampi que par la voix publique ; mais le gouverneur de Rome, qui est tout Orsini, enrage et serait enchanté de faire pendre quelqu'un des braves soldats de Fabrice, ce dont celui-ci ne pourrait se plaindre raisonnablement, puisqu'il jure n'avoir point assisté au combat. J'irai plus loin, et, quoique vous ne me le demandiez pas, je prendrai la liberté de vous donner un avis militaire : vous êtes aimé dans Albano, autrement vous n'y seriez pas en sûreté. Songez que vous vous promenez par la ville depuis plusieurs heures, que l'un des partisans des Orsini peut se croire bravé, ou tout au moins songer à la facilité de gagner une belle récompense. Le vieux Campireali a répété mille fois qu'il donnera sa plus belle terre à qui vous aura tué. Vous auriez dû faire descendre dans Albano quelques-uns des soldats que vous avez dans votre maison.

– Je n'ai point de soldats dans ma maison.

– En ce cas, vous êtes fou, capitaine. Cette auberge a un jardin, nous allons sortir par le jardin, et nous échapper à travers les vignes. Je vous accompagnerai ; je suis vieux et sans armes ; mais, si nous rencontrons des mal intentionnés, je leur parlerai, et je pourrai du moins vous faire gagner du temps. »

Jules eut l'âme navrée. Oserons-nous dire quelle était sa folie ? Dès qu'il avait appris que le palais Campireali était fermé et tous ses habitants partis pour Rome, il avait formé le projet d'aller revoir ce jardin où si souvent il avait eu des entrevues avec Hélène. Il espérait même revoir sa chambre, où il avait été reçu quand sa mère était absente. Il avait besoin de se rassurer contre sa colère, par la vue des lieux où il l'avait vue si tendre pour lui.

Branciforte et le généreux vieillard ne firent aucune mauvaise rencontre en suivant les petits sentiers qui traversent les vignes et montent vers le lac.

Jules se fit raconter de nouveau les détails des obsèques du jeune Fabio. Le corps de ce brave jeune homme, escorté par beaucoup de prêtres, avait été conduit à Rome, et enseveli dans la chapelle de sa famille, au couvent de Saint-Onuphre, au sommet du Janicule. On avait remarqué, comme une circonstance fort singulière, que, la veille de la cérémonie, Hélène avait été reconduite par son père au couvent de la Visitation, à Castro ; ce qui avait confirmé le bruit public qui voulait qu'elle fût mariée secrètement avec le soldat d'aventure qui avait eu le malheur de tuer son frère.

Quand il fut près de sa maison, Jules trouva le caporal de sa compagnie et quatre de ses soldats ; ils lui dirent que jamais leur ancien capitaine ne sortait de la forêt sans avoir auprès de lui quelques-uns de ses hommes. Le prince avait dit plusieurs fois que, lorsqu'on voulait se faire tuer par imprudence, il fallait auparavant donner sa démission, afin de ne pas lui jeter sur les bras une mort à venger.

Jules Branciforte comprit la justesse de ces idées, auxquelles jusqu'ici il avait été parfaitement étranger. Il avait cru, ainsi que les peuples enfants, que la guerre ne consiste qu'à se battre avec courage. Il obéit sur-le-champ aux intentions du prince ; il ne se donna que le temps d'embrasser le sage vieillard qui avait eu la générosité de l'accompagner jusqu'à sa maison.

Mais peu de jours après, Jules, à demi fou de mélancolie, revint voir le palais Campireali. À la nuit tombante, lui et trois de ses soldats, déguisés en marchands napolitains, pénétrèrent dans Albano. Il se présenta seul dans la maison de Scotti ; il apprit qu'Hélène était toujours reléguée au couvent de Castro. Son père, qui la croyait mariée à celui qu'il appelait l'assassin de son fils, avait juré de ne jamais la revoir. Il ne l'avait pas vue même en la ramenant au couvent. La tendresse de sa mère semblait, au contraire, redoubler, et souvent elle quittait Rome, pour aller passer un jour ou deux avec sa fille.

IV

« Si je ne me justifie pas auprès d'Hélène, se dit Jules en regagnant, pendant la nuit, le quartier que sa compagnie occupait dans la forêt, elle finira par me croire un assassin. Dieu sait les histoires qu'on lui aura faites sur ce fatal combat ! »

Il alla prendre les ordres du prince dans son château-fort de la Petrella, et lui demanda la permission d'aller à Castro. Fabrice Colonna fronça le sourcil :

« L'affaire du petit combat n'est point encore arrangée avec Sa Sainteté. Vous devez savoir que j'ai déclaré la vérité, c'est-à-dire que j'étais resté parfaitement étranger à cette rencontre, dont je n'avais même su la nouvelle que le lendemain, ici, dans mon château de la Petrella. J'ai tout lieu de croire que Sa Sainteté finira par ajouter foi à ce récit sincère. Mais les Orsini sont puissants, mais tout le monde dit que vous vous êtes distingué dans cette échauffourée. Les Orsini vont jusqu'à prétendre que plusieurs prisonniers ont été pendus aux branches des arbres. Vous savez combien ce récit est faux ; mais on peut prévoir des représailles. »

Le profond étonnement qui éclatait dans les regards naïfs du jeune capitaine amusait le prince ; toutefois il jugea, à la vue de tant d'innocence, qu'il était utile de parler plus clairement.

« Je vois en vous, continua-t-il, cette bravoure complète qui a fait connaître dans toute l'Italie le nom de Branciforte. J'espère que vous aurez pour ma maison cette fidélité qui me rendait votre père si cher, et que j'ai voulu récompenser en vous. Voici le mot d'ordre de ma compagnie : ne dire jamais la vérité sur rien de ce qui a rapport à moi ou à mes soldats. Si, dans le moment où vous êtes obligé de parler, vous ne voyez l'utilité d'aucun mensonge, dites faux à tout hasard, et gardez-vous comme de péché mortel de dire la moindre vérité. Vous comprenez que, réunie à d'autres renseignements, elle peut mettre sur la voie de mes projets. Je sais, du reste, que vous avez une amourette dans le couvent de la Visitation, à Castro ; vous pouvez aller perdre quinze jours dans cette petite ville, où les Orsini ne manquent pas d'avoir des amis et même des agents. Passez chez mon majordome, qui vous remettra deux cents sequins. L'amitié que j'avais pour votre père, ajouta le prince en riant, me donne l'envie de vous donner quelques directions sur la façon de mener à bien cette entreprise amoureuse et militaire. Vous et trois de vos soldats serez déguisés en marchands ; vous ne manquerez pas de vous fâcher contre un de vos compagnons, qui fera profession d'être toujours ivre, et qui se fera beaucoup d'amis en payant du vin à tous les désœuvrés de Castro… Du reste, ajouta le prince en changeant de ton, si vous êtes pris par les Orsini et mis à mort, n'avouez jamais votre nom véritable, et encore moins que vous m'appartenez. Je n'ai pas besoin de vous recommander de faire le tour de toutes les petites villes, et d'y entrer toujours par la porte opposée au côté d'où vous venez. »

Jules fut attendri par ces conseils paternels, venant d'un homme ordinairement si grave. D'abord le prince sourit des larmes qu'il voyait rouler dans les yeux du jeune homme ; puis sa voix à lui-même s'altéra. Il tira une des nombreuses bagues qu'il portait aux doigts ; en la recevant, Jules baisa cette main célèbre par tant de hauts faits.

« Jamais mon père ne m'en eût tant dit ! » s'écria le jeune homme enthousiasmé.

Le surlendemain, un peu avant le point du jour, il entrait dans les murs de la petite ville de Castro ; cinq soldats le suivaient, déguisés ainsi que lui : deux firent bande à part, et semblaient ne connaître ni lui ni les trois autres. Avant même d'entrer dans la ville, Jules aperçut le couvent de la Visitation, vaste bâtiment entouré de noires murailles, et assez semblable à une forteresse. Il courut à l'église ; elle était splendide. Les religieuses, toutes nobles et la plupart appartenant à des familles riches, luttaient d'amour-propre, entre elles, à qui enrichirait cette église, seule partie du couvent qui fût exposée aux regards du public. Il était passé en usage que celle de ces dames que le pape nommait abbesse, sur une liste de trois noms présentée par le cardinal protecteur de l'ordre de la Visitation, fît une offrande considérable, destinée à éterniser son nom. Celle dont l'offrande était inférieure au cadeau de l'abbesse qui l'avait précédée était méprisée, ainsi que sa famille.

Jules s'avança en tremblant dans cet édifice magnifique, resplendissant de marbres et de dorures. À la vérité, il ne songeait guère aux marbres et aux dorures ; il lui semblait être sous les yeux d'Hélène. Le grand autel, lui dit-on, avait coûté plus de huit cent mille francs ; mais ses regards, dédaignant les richesses du grand autel, se dirigeaient sur une grille dorée, haute de près de quarante pieds, et divisée en trois parties par deux pilastres en marbre. Cette grille, à laquelle sa masse énorme donnait quelque chose de terrible, s'élevait derrière le grand autel, et séparait le chœur des religieuses de l'église ouverte à tous les fidèles.

Jules se disait que derrière cette grille dorée se trouvaient, durant les offices, les religieuses et les pensionnaires. Dans cette église intérieure pouvait se rendre à toute heure du jour une religieuse ou une pensionnaire qui avait besoin de prier ; c'est sur cette circonstance connue de tout le monde qu'étaient fondées les espérances du pauvre amant.

Il est vrai qu'un immense voile noir garnissait le côté intérieur de la grille ; mais ce voile, pensa Jules, ne doit guère intercepter la vue des pensionnaires regardant dans l'église du public, puisque moi, qui ne puis en approcher qu'à une certaine distance, j'aperçois fort bien, à travers le voile, les fenêtres qui éclairent le chœur, et que je puis distinguer jusqu'aux moindres détails de leur architecture. Chaque barreau de cette grille magnifiquement dorée portait une forte pointe dirigée contre les assistants.

Jules choisit une place très apparente, vis-à-vis la partie gauche de la grille, dans le lieu le mieux éclairé ; là il passait sa vie à entendre des messes. Comme il ne se voyait entouré que de paysans, il espérait être remarqué, même à travers le voile noir qui garnissait l'intérieur de la grille. Pour la première fois de sa vie, ce jeune homme simple cherchait l'effet ; sa mise était recherchée ; il faisait de nombreuses aumônes en entrant dans l'église et en sortant. Ses gens et lui entouraient de prévenances tous les ouvriers et petits fournisseurs qui avaient quelques relations avec le couvent. Ce ne fut toutefois que le troisième jour qu'enfin il eut l'espoir de faire parvenir une lettre à Hélène. Par ses ordres, l'on suivait exactement les deux sœurs converses chargées d'acheter une partie des approvisionnements du couvent ; l'une d'elles avait des relations avec un petit marchand. Un des soldats de Jules, qui avait été moine, gagna l'amitié du marchand, et lui promit un sequin pour chaque lettre qui serait remise à la pensionnaire Hélène de Campireali.

« Quoi ! » dit le marchand à la première ouverture qu'on lui fit sur cette affaire, « une lettre *à la femme du brigand* ! » Ce nom était déjà établi dans Castro, et il n'y avait pas quinze jours qu'Hélène y était arrivée : tant ce qui donne prise à l'imagination court rapidement chez ce peuple passionné pour tous les détails exacts.

Le petit marchand ajouta :

« Au moins, celle-ci est mariée ! Mais combien de nos dames n'ont pas cette excuse, et reçoivent du dehors bien autre chose que des lettres. »

Dans cette première lettre, Jules racontait avec des détails infinis tout ce qui s'était passé dans la journée fatale marquée par la mort de Fabio. « Me haïssez-vous ? » disait-il en terminant.

Hélène répondit par une ligne que, sans haïr personne, elle allait employer tout le reste de sa vie à tâcher d'oublier celui par qui son frère avait péri.

Jules se hâta de répondre ; après quelques invectives contre la destinée, genre d'esprit imité de Platon et alors à la mode :

*Tu veux donc, continuait-il, mettre en oubli la parole de Dieu à nous transmise dans les Saintes Écritures ? Dieu dit : « La femme quittera sa famille et ses parents pour suivre son époux. » Oserais-tu prétendre que tu n'es pas ma femme ? Rappelle-toi la nuit de la Saint-Pierre. Comme l'aube paraissait déjà derrière le Monte-Cavi, tu te jetas à mes genoux ; je voulus bien t'accorder grâce ; tu étais à moi, si je l'eusse voulu ; tu ne pouvais résister à l'amour qu'alors tu avais pour moi. Tout à coup il me sembla que, comme je t'avais dit plusieurs fois que je t'avais fait depuis longtemps le sacrifice de ma vie et de tout ce que je pouvais avoir de plus cher au monde, tu pouvais me répondre, quoique tu ne le fisses jamais, que tous ces sacrifices, ne se marquant par aucun acte extérieur, pouvaient bien n'être qu'imaginaires. Une idée, cruelle pour moi, mais juste au fond, m'illumina. Je pensai que ce n'était pas pour rien que le hasard me présentait l'occasion de sacrifier à ton intérêt la plus grande félicité que j'eusse jamais pu rêver. Tu étais déjà dans mes bras et sans défense, souviens-t'en ; ta bouche même n'osait refuser. À ce moment l'*Ave Maria *du matin sonna au couvent du Monte-Cavi, et, par un hasard miraculeux, ce son parvint jusqu'à nous. Tu me dis :* Fais ce sacrifice à la sainte Madone, cette mère de toute pureté. *J'avais déjà, depuis un instant, l'idée de ce sacrifice suprême, le seul réel que j'eusse jamais eu l'occasion de te faire. Je trouvai singulier que la même idée te fût apparue. Le son lointain de cet* Ave Maria *me toucha, je l'avoue ; je t'accordai ta demande.*

Le sacrifice ne fut pas en entier pour toi ; je crus mettre notre union future sous la protection de la Madone. Alors je pensais que les obstacles viendraient non de toi, perfide, mais de ta riche et noble famille. S'il n'y avait pas eu quelque intervention surnaturelle, comment cet Angelus *fût-il parvenu de si loin jusqu'à nous, par-dessus les sommets des arbres d'une moitié de la forêt, agités en ce moment par la brise du matin ? Alors, tu t'en souviens, tu te mis à mes genoux ; je me levai, je sortis de mon sein la croix que j'y porte, et tu juras sur cette croix, qui est là devant moi, et sur ta damnation éternelle, qu'en quelque lieu que tu pusses jamais te trouver, que quelque événement qui pût jamais arriver, aussitôt que je t'en donnerais l'ordre, tu te remettrais à ma disposition entière, comme tu y étais à l'instant où l'*Ave Maria *du Monte-Cavi vint de si loin frapper ton oreille. Ensuite nous dîmes dévotement deux* Ave *et deux* Pater. *Eh bien ! par l'amour qu'alors tu avais pour moi, et, si tu l'as oublié, comme je le crains, par ta damnation éternelle, je t'ordonne de me recevoir cette nuit, dans ta chambre ou dans le jardin de ce couvent de la Visitation.*

L'auteur italien rapporte curieusement beaucoup de longues lettres écrites par Jules Branciforte après celle-ci ; mais il donne seulement des extraits des réponses d'Hélène de Campireali. Après deux cent soixante dix-huit ans écoulés, nous sommes si loin des sentiments d'amour et de religion qui remplissent ces lettres, que j'ai craint qu'elles ne fissent longueur.

Il paraît par ces lettres qu'Hélène obéit enfin à l'ordre contenu dans celle que nous venons de traduire en l'abrégeant. Jules trouva le moyen de s'introduire dans le couvent ; on pourrait conclure d'un mot qu'il se déguisa en femme. Hélène le reçut, mais seulement à la grille d'une fenêtre du rez-de-chaussée donnant sur le jardin. À son inexprimable douleur, Jules trouva que cette jeune fille, si tendre et même si passionnée autrefois, était devenue comme une étrangère pour lui ; elle le traita presque *avec politesse*. En l'admettant dans le jardin, elle avait cédé presque uniquement à la religion du serment. L'entrevue fut courte : après quelques instants, la fierté de Jules, peut-être un peu excitée par les événements qui avaient eu lieu depuis quinze jours, parvint à l'emporter sur sa douleur profonde. « Je ne vois plus devant moi, dit-il à part soi, que le tombeau de cette Hélène qui dans Albano semblait s'être donnée à moi pour la vie. »

Aussitôt, la grande affaire de Jules fut de cacher les larmes dont les tournures polies qu'Hélène prenait pour lui adresser la parole inondaient son visage. Quand elle eut fini de parler et de justifier un changement si naturel, disait-elle, après la mort d'un frère, Jules lui dit en parlant fort lentement :

« Vous n'accomplissez pas votre serment, vous ne me recevez pas dans un jardin, vous n'êtes point à genoux devant moi comme vous l'étiez une demi-minute après que nous eûmes entendu l'*Ave Maria* du Monte-Cavi. Oubliez votre serment si vous pouvez ; quant à moi, je n'oublie rien ; Dieu vous assiste ! »

En disant ces mots, il quitta la fenêtre grillée auprès de laquelle il eût pu rester encore près d'une heure. Qui lui eût dit un instant auparavant qu'il abrégerait volontairement cette entrevue tant désirée ! Ce sacrifice déchirait son âme ; mais il pensa qu'il pourrait bien mériter le mépris même d'Hélène s'il répondait à ses politesses autrement qu'en la livrant à ses remords.

Avant l'aube, il sortit du couvent. Aussitôt il monta à cheval en donnant l'ordre à ses soldats de l'attendre à Castro une semaine entière, puis de rentrer à la forêt ; il était ivre de désespoir. D'abord il marcha vers Rome. « Quoi ! je m'éloigne d'elle ! se disait-il à chaque pas ; quoi ! nous sommes devenus étrangers l'un à l'autre ! ô Fabio, combien tu es vengé ! » La vue des hommes qu'il rencontrait sur la route augmentait sa colère ; il poussa son cheval à travers champs, et dirigea sa course vers la plage déserte et inculte qui règne le long de la mer. Quand il ne fut plus troublé par la rencontre de ces paysans tranquilles dont il enviait le sort, il respira : la vue de ce lieu sauvage était d'accord avec son désespoir et diminuait sa colère ; alors il put se livrer à la contemplation de sa triste destinée.

« À mon âge, se dit-il, j'ai une ressource : aimer une autre femme ! » À cette triste pensée, il sentit redoubler son désespoir ; il vit trop bien qu'il n'y avait pour lui qu'une femme au monde. Il se figurait le supplice qu'il souffrirait en osant prononcer le mot d'amour devant une autre qu'Hélène : cette idée le déchirait.

Il fut pris d'un accès de rire amer. « Me voici exactement, pensa-t-il, comme ces héros de l'Arioste qui voyagent seuls parmi des pays déserts, lorsqu'ils ont à oublier qu'ils viennent de trouver leur perfide maîtresse dans les bras d'un autre chevalier… Elle n'est pourtant pas si coupable, se dit-il en fondant en larmes après cet accès de rire fou ; son infidélité ne va pas jusqu'à en aimer un autre. Cette âme vive et pure s'est laissé égarer par les récits atroces qu'on lui a faits de moi ; sans doute on m'a représenté à ses yeux comme ne prenant les armes pour cette fatale expédition que dans l'espoir secret de trouver l'occasion de tuer son frère. On sera allé plus loin, on m'aura prêté ce calcul sordide, qu'une fois son frère mort, elle devenait seule héritière de biens immenses… Et moi, j'ai eu la sottise de la laisser pendant quinze jours entiers en proie aux séductions de mes ennemis ! Il faut convenir que, si je suis bien malheureux, le ciel m'a fait aussi bien dépourvu de sens pour diriger ma vie ! Je suis un être bien misérable, bien méprisable ! ma vie n'a servi à personne, et moins à moi qu'à tout autre. »

À ce moment, le jeune Branciforte eut une inspiration bien rare en ce siècle-là ; son cheval marchait sur l'extrême bord du rivage, et quelquefois avait les pieds mouillés par l'onde ; il eut l'idée de le pousser dans la mer et de terminer ainsi le sort affreux auquel il était en proie. Que ferait-il désormais, après que le seul être au monde qui lui eût jamais fait sentir l'existence du bonheur venait de l'abandonner ? Puis tout à coup une idée l'arrêta. « Que sont les peines que j'endure, se dit-il, comparées à celles que je souffrirai dans un moment, une fois cette misérable vie terminée ? Hélène ne sera plus pour moi simplement indifférente comme elle l'est en réalité ; je la verrai dans les bras d'un rival, et ce rival sera quelque jeune seigneur romain, riche et *considéré* ; car, pour déchirer mon âme, les démons chercheront les images les plus cruelles, comme c'est leur devoir. Ainsi, je ne pourrai trouver l'oubli d'Hélène, même dans la mort ; bien plus, ma passion pour elle redoublera, parce que c'est le plus sûr moyen que pourra trouver la puissance éternelle pour me punir de l'affreux péché que j'aurai commis. » Pour achever de chasser la tentation, Jules se mit à réciter dévotement des *Ave Maria*.

C'était en entendant sonner l'*Ave Maria* du matin, prière consacrée à la Madone, qu'il avait été séduit autrefois, et entraîné à une action généreuse qu'il regardait maintenant comme la plus grande faute de sa vie. Mais, par respect, il n'osait aller plus loin et exprimer toute l'idée qui s'était emparée de son esprit. « Si, par l'inspiration de la Madone, je suis tombé dans une fatale erreur, ne doit-elle pas, par un effet de sa justice infinie, faire naître quelque circonstance qui me rende le bonheur ? » Cette idée de la justice de la Madone chassa peu à peu le désespoir. Il leva la tête, et vit en face de lui, derrière Albano et la forêt, ce Monte-Cavi, couvert de sa sombre verdure, et le saint couvent dont l'*Ave Maria* du matin l'avait conduit à ce qu'il appelait maintenant son infâme duperie. L'aspect imprévu de ce saint lieu le consola. « Non, s'écria-t-il, il est impossible que la Madone m'abandonne. Si Hélène avait été ma femme, comme son amour le permettait et comme le voulait ma dignité d'homme, le récit de la mort de son frère aurait trouvé dans son âme le souvenir du lien qui l'attachait à moi. Elle se fût dit qu'elle m'appartenait longtemps avant le hasard fatal qui, sur un champ de bataille, m'a placé vis-à-vis de Fabio. Il avait deux ans de plus que moi ; il était plus expert dans les armes, plus hardi de toutes façons, plus fort. Mille raisons fussent venues prouver à ma femme que ce n'était point moi qui avais cherché ce combat. Elle se fût rappelé que je n'avais jamais éprouvé le moindre sentiment de haine contre son frère, même lorsqu'il tira sur elle un coup d'arquebuse. Je me souviens qu'à notre premier rendez-vous, après mon retour de Rome, je lui disais : “Que veux-tu ? l'honneur le voulait, je ne puis blâmer un frère !” » Rendu à l'espérance par sa dévotion à la Madone, Jules poussa son cheval, et en quelques heures arriva au cantonnement de sa compagnie. Il la trouva prenant les armes : on se portait sur la route de Naples à Rome par le mont Cassin. Le jeune capitaine changea de cheval, et marcha avec ses soldats. On ne se battit point ce jour-là. Jules ne demanda point pourquoi l'on avait marché, peu lui importait. Au moment où il se vit à la tête de ses soldats, une nouvelle vue de sa destinée lui apparut. « Je suis tout simplement un sot, se dit-il, j'ai eu tort de quitter Castro ; Hélène est probablement moins coupable que ma colère ne se l'est figuré. Non, elle ne peut avoir cessé de m'appartenir, cette âme si naïve et si pure, dont j'ai vu naître les premières sensations d'amour ! Elle était pénétrée pour moi d'une passion si sincère ! Ne m'a-t-elle pas offert plus de dix fois de s'enfuir avec moi, si pauvre, et d'aller nous faire marier par un moine du Monte-Cavi ! À Castro, j'aurais dû, avant tout, obtenir un second rendez-vous, et lui parler raison. Vraiment la passion me donne des distractions d'enfant ! Dieu ! que n'ai-je un ami pour implorer un conseil ! La même démarche à faire me paraît exécrable et excellente à deux minutes de distance ! »

Le soir de cette journée, comme l'on quittait la grande route pour rentrer dans la forêt, Jules s'approcha du prince, et lui demanda s'il pouvait rester encore quelques jours où il savait.

« Va-t'en à tous les diables ! lui cria Fabrice, crois-tu que ce soit le moment de m'occuper d'enfantillages ? »

Une heure après, Jules repartit pour Castro. Il y retrouva ses gens ; mais il ne savait comment écrire à Hélène, après la façon hautaine dont il l'avait quittée. Sa première lettre ne contenait que ces mots : *Voudra-t-on me recevoir la nuit prochaine ?*

On peut venir, fut aussi toute la réponse.

Après le départ de Jules, Hélène s'était crue à jamais abandonnée. Alors elle avait senti toute la portée du raisonnement de ce pauvre jeune homme si malheureux ; elle était sa femme avant qu'il n'eût eu le malheur de rencontrer son frère sur un champ de bataille.

Cette fois Jules ne fut point accueilli avec ces tournures polies qui lui avaient semblé si cruelles lors de la première entrevue. Hélène ne parut à la vérité que retranchée derrière sa fenêtre grillée ; mais elle était tremblante, et, comme le ton de Jules était fort réservé et que ses tournures de phrase[1] étaient presque celles qu'il eût employées avec une étrangère, ce fut le tour d'Hélène de sentir tout ce qu'il y a de cruel dans le ton presque officiel lorsqu'il succède à la plus douce intimité. Jules, qui redoutait surtout d'avoir l'âme déchirée par quelque mot froid s'élançant du cœur d'Hélène, avait pris le ton d'un avocat pour prouver qu'Hélène était sa femme bien avant le fatal combat des Ciampi. Hélène le laissait parler, parce qu'elle craignait d'être gagnée par les larmes, si elle lui répondait autrement que par des mots brefs. À la fin, se voyant sur le point de se trahir, elle engagea son ami à revenir le lendemain. Cette nuit-là, veille d'une grande fête, les matines se chantaient de bonne heure, et leur intelligence pouvait être découverte. Jules, qui raisonnait comme un amoureux, sortit du jardin profondément pensif ; il ne pouvait fixer ses incertitudes sur le point de savoir s'il avait été bien ou mal reçu ; et comme les idées militaires, inspirées par

1. En Italie, la façon d'adresser la parole par *tu*, par *voi* ou par *lei*, marque le degré d'intimité. Le *tu*, reste du latin, a moins de portée que parmi nous.

les conversations avec ses camarades, commençaient à germer dans sa tête : « Un jour, se dit-il, il faudra peut-être en venir à enlever Hélène. » Et il se mit à examiner les moyens de pénétrer de vive force dans ce jardin. Comme le couvent était fort riche et fort bon à rançonner, il avait à sa solde un grand nombre de domestiques la plupart anciens soldats ; on les avait logés dans une sorte de caserne dont les fenêtres grillées donnaient sur le passage étroit qui, de la porte extérieure du couvent percée au milieu d'un mur noir de plus de quatre-vingts pieds de haut, conduisait à la porte intérieure gardée par la sœur tourière. À gauche de ce passage étroit s'élevait la caserne, à droite le mur du jardin haut de trente pieds. La façade du couvent, sur la place, était un mur grossier noirci par le temps, et n'offrait d'ouvertures que la porte extérieure et une seule petite fenêtre par laquelle les soldats voyaient les dehors. On peut juger de l'air sombre qu'avait ce grand mur noir percé uniquement d'une porte renforcée par de larges bandes de tôle attachées par d'énormes clous et d'une seule petite fenêtre de quatre pieds de hauteur sur dix-huit pouces de large.

Nous ne suivrons point l'auteur original dans le long récit des entrevues successives que Jules obtint d'Hélène. Le ton que les deux amants avaient ensemble était redevenu parfaitement intime, comme autrefois dans le jardin d'Albano ; seulement Hélène n'avait jamais voulu consentir à descendre dans le jardin. Une nuit, Jules la trouva profondément pensive : sa mère était arrivée de Rome pour la voir et venait s'établir pour quelques jours dans le couvent. Cette mère était si tendre, elle avait toujours eu des ménagements si délicats pour les affections qu'elle supposait à sa fille, que celle-ci sentait un remords profond d'être obligée de la tromper ; car, enfin, oserait-elle jamais lui dire qu'elle recevait l'homme qui l'avait privée de son fils ? Hélène finit par avouer franchement à Jules que, si cette mère si bonne pour elle l'interrogeait d'une certaine façon, jamais elle n'aurait la force de lui répondre par des mensonges. Jules sentit tout le danger de sa position ; son sort dépendait du hasard qui pouvait dicter un mot à la signora de Campireali. La nuit suivante il parla ainsi d'un air résolu :

« Demain je viendrai de meilleure heure, je détacherai une des barres de cette grille, vous descendrez dans le jardin, je vous conduirai dans une église de la ville, où un prêtre à moi dévoué nous mariera. Avant qu'il ne soit jour, vous serez de nouveau dans ce jardin. Une fois ma femme, je n'aurai plus de crainte, et, si votre mère l'exige comme une expiation de l'affreux malheur que nous déplorons tous également, je consentirai à tout, fût-ce même à passer plusieurs mois sans vous voir. »

Comme Hélène paraissait consternée de cette proposition, Jules ajouta :

« Le prince me rappelle auprès de lui ; l'honneur et toutes sortes de raisons m'obligent à partir. Ma proposition est la seule qui puisse assurer notre avenir ; si vous n'y consentez pas, séparons-nous pour toujours, ici, dans ce moment. Je partirai avec le remords de mon imprudence. *J'ai cru à votre parole d'honneur,* vous êtes infidèle au serment le plus sacré, et j'espère qu'à la longue le juste mépris inspiré par votre légèreté pourra me guérir de cet amour qui depuis trop longtemps fait le malheur de ma vie. »

Hélène fondit en larmes :

« Grand Dieu ! s'écriait-elle en pleurant, quelle horreur pour ma mère ! »

Elle consentit enfin à la proposition qui lui était faite. « Mais, ajouta-t-elle, on peut nous découvrir à l'aller ou au retour ; songez au scandale qui aurait lieu, pensez à l'affreuse position où se trouverait ma mère ; attendons son départ, qui aura lieu dans quelques jours.

– Vous êtes parvenue à me faire douter de la chose qui était pour moi la plus sainte et la plus sacrée : ma confiance dans votre parole. Demain soir nous serons mariés, ou bien nous nous voyons en ce moment pour la dernière fois, de ce côté-ci du tombeau. »

La pauvre Hélène ne put répondre que par des larmes ; elle était surtout déchirée par le ton décidé et cruel que prenait Jules. Avait-elle donc réellement mérité son mépris ? C'était donc là cet amant autrefois si docile et si tendre ! Enfin elle consentit à ce qui lui était ordonné. Jules s'éloigna. De ce moment, Hélène attendit la nuit suivante dans les alternatives de l'anxiété la plus déchirante. Si elle se fût préparée à une mort certaine, sa douleur eût été moins poignante ; elle eût pu trouver quelque courage dans l'idée de l'amour de Jules et de la tendre affection de sa mère. Le reste de cette nuit se passa dans les changements de résolution les plus cruels. Il y avait des moments où elle voulait tout dire à sa mère. Le lendemain, elle était tellement pâle, lorsqu'elle parut devant elle, que celle-ci, oubliant toutes ses sages résolutions, se jeta dans les bras de sa fille en s'écriant :

« Que se passe-t-il ? Grand Dieu ! dis-moi ce que tu as fait, ou ce que tu es sur le point de faire ? Si tu prenais un poignard et me l'enfonçais dans le cœur, tu me ferais moins souffrir que par ce silence cruel que je te vois garder avec moi. »

L'extrême tendresse de sa mère était si évidente aux yeux d'Hélène, elle voyait si clairement qu'au lieu d'exagérer ses sentiments, elle cherchait à en modérer l'expression, qu'enfin l'attendrissement la gagna ; elle tomba à ses genoux. Comme sa mère, cherchant quel pouvait être le secret fatal, venait de s'écrier qu'Hélène fuirait sa présence, Hélène répondit que, le lendemain et tous les jours suivants, elle passerait sa vie auprès d'elle, mais qu'elle la conjurait de ne pas lui en demander davantage.

Ce mot indiscret fut bientôt suivi d'un aveu complet. La signora de Campireali eut horreur de savoir si près d'elle le meurtrier de son fils. Mais cette douleur fut suivie d'un élan de joie bien vive et bien pure. Qui pourrait se figurer son ravissement lorsqu'elle apprit que sa fille n'avait jamais manqué à ses devoirs ?

Aussitôt tous les desseins de cette mère prudente changèrent du tout au tout ; elle se crut permis d'avoir recours à la ruse envers un homme qui n'était rien pour elle. Le cœur d'Hélène était déchiré par les mouvements de passion les plus cruels : la sincérité de ses aveux fut aussi grande que possible ; cette âme bourrelée avait besoin d'épanchement. La signora de Campireali qui, depuis un instant, se croyait tout permis, inventa une suite de raisonnements trop longs à rapporter ici. Elle prouva sans peine à sa malheureuse fille qu'au lieu d'un mariage clandestin, qui fait toujours tache dans la vie d'une femme, elle obtiendrait un mariage public et parfaitement honorable, si elle voulait différer seulement de huit jours l'acte d'obéissance qu'elle devait à un amant si généreux.

Elle, la signora de Campireali, allait partir pour Rome ; elle exposerait à son mari que, bien longtemps avant le fatal combat des Ciampi, Hélène avait été mariée à Jules. La cérémonie avait été accomplie la nuit même où, déguisée sous un habit religieux, elle avait rencontré son père et son frère sur les bords du lac, dans le chemin taillé dans le roc qui suit les murs du couvent des Capucins. La mère se garda bien de quitter sa fille de toute cette journée, et enfin, sur le soir, Hélène écrivit à son amant une lettre naïve et, selon nous, bien touchante, dans laquelle elle lui racontait les combats qui avaient déchiré son cœur. Elle finissait par lui demander à genoux un délai de huit jours :

En t'écrivant, ajoutait-elle, cette lettre, qu'un messager de ma mère attend, il me semble que j'ai eu le plus grand tort de lui tout dire. Je crois te voir irrité, tes yeux me regardent avec haine ; mon cœur est déchiré des remords les plus cruels. Tu diras que j'ai un caractère bien faible, bien pusillanime, bien méprisable ; je te l'avoue, mon cher ange. Mais figure-toi ce spectacle : ma mère, fondant en larmes, était presque à mes genoux. Alors il a été impossible pour moi de ne pas lui dire qu'une certaine raison m'empêchait de consentir à sa demande : et, une fois que je suis tombée dans la faiblesse de prononcer cette parole imprudente, je ne sais ce qui s'est passé en moi, mais il m'est devenu comme impossible de ne pas raconter tout ce qui s'était passé entre nous. Autant que je puis me le rappeler, il me semble que mon âme, dénuée de toute force, avait besoin d'un conseil. J'espérais le rencontrer dans les paroles d'une mère... J'ai trop oublié, mon ami, que cette mère si chérie avait un intérêt contraire au tien. J'ai oublié mon premier devoir, qui est de t'obéir, et apparemment que je ne suis pas capable de sentir l'amour véritable, que l'on dit supérieur à toutes les épreuves. Méprise-moi, mon Jules ; mais, au nom de Dieu, ne cesse pas de m'aimer. Enlève-moi, si tu veux, mais rends-moi cette justice que, si ma mère ne se fût pas trouvée présente au couvent, les dangers les plus horribles, la honte même, rien au monde n'aurait pu m'empêcher d'obéir à tes ordres. Mais cette mère est si bonne ! elle a tant de génie ! elle est si généreuse ! Rappelle-toi ce que je t'ai raconté dans le temps : lors de la visite que mon père fit dans ma chambre, elle sauva tes lettres que je n'avais plus aucun moyen de cacher ; puis, le péril passé, elle me les rendit sans vouloir les lire et sans ajouter un seul mot de reproche ! Eh bien ! toute ma vie elle a été pour moi comme elle fut en ce moment suprême. Tu vois si je devrais l'aimer, et pourtant, en t'écrivant (chose horrible à dire), il me semble que je la hais. Elle a déclaré qu'à cause de la chaleur elle voulait passer la nuit sous une tente dans le jardin ; j'entends les coups de marteau, on dresse cette tente en ce moment ; impossible de nous voir cette nuit. Je crains même que le dortoir des pensionnaires ne soit fermé à clé, ainsi que les deux portes de l'escalier tournant, chose que l'on ne fait jamais. Ces précautions me mettraient dans l'impossibilité de descendre au jardin, quand même je croirais une telle démarche utile pour conjurer ta colère. Ah ! comme je me livrerais à toi dans ce moment, si j'en avais les moyens ! comme je courrais à cette église où l'on doit nous marier !

Cette lettre finit par deux pages de phrases folles, et dans lesquelles j'ai remarqué des raisonnements passionnés qui semblent imités de la philosophie de Platon.

J'ai supprimé plusieurs élégances de ce genre dans la lettre que je viens de traduire.

Jules Branciforte fut bien étonné en la recevant une heure environ avant l'*Ave Maria* du soir ; il venait justement de terminer les arrangements avec le prêtre. Il fut transporté de colère. « Elle n'a pas besoin de me conseiller de l'enlever, cette créature faible et pusillanime ! » Et il partit aussitôt pour la forêt de la Faggiola.

Voici quelle était, de son côté, la position de la signora de Campireali : son mari était sur son lit de mort, l'impossibilité de se venger de Branciforte le conduisait lentement au tombeau. En vain il avait fait offrir des sommes considérables à des *bravi* romains ; aucun n'avait voulu s'attaquer à un des *caporaux*, comme ils disaient, du prince Colonna ; ils étaient trop assurés d'être exterminés eux et leurs familles. Il n'y avait pas un an qu'un village entier avait été brûlé pour punir la mort d'un des soldats de Colonna, et tous ceux des habitants, hommes et femmes, qui cherchaient à fuir dans la campagne, avaient eu les mains et les pieds liés par des cordes, puis on les avait lancés dans des maisons en flammes.

La signora de Campireali avait de grandes terres dans le royaume de Naples ; son mari lui avait ordonné d'en faire venir des assassins, mais elle n'avait obéi qu'en apparence : elle croyait sa fille irrévocablement liée à Jules Branciforte. Elle pensait, dans cette supposition, que Jules devait aller faire une campagne ou deux dans les armées espagnoles, qui alors faisaient la guerre aux révoltés de Flandre. S'il n'était pas tué, ce serait, pensait-elle, une marque que Dieu ne désapprouvait pas un mariage nécessaire ; dans ce cas, elle donnerait à sa fille les terres qu'elle possédait dans le royaume de Naples ; Jules Branciforte prendrait le nom d'une de ces terres, et il irait avec sa femme passer quelques années en Espagne. Après toutes ces épreuves, peut-être elle aurait le courage de le voir. Mais tout avait changé d'aspect par l'aveu de sa fille : le mariage n'était plus une nécessité ; bien loin de là, et pendant qu'Hélène écrivait à son amant la lettre que nous avons traduite, la signora Campireali écrivait à Pescara et à Chieti, ordonnant à ses fermiers de lui envoyer à Castro des gens sûrs et capables d'un coup de main. Elle ne leur cachait point qu'il s'agissait de venger la mort de son fils Fabio, leur jeune maître. Le courrier porteur de ces lettres partit avant la fin du jour.

V

Mais, le surlendemain, Jules était de retour à Castro ; il amenait huit de ses soldats, qui avaient bien voulu le suivre et s'exposer à la colère du prince, qui quelquefois avait puni de mort des entreprises du genre de celle dans laquelle ils s'engageaient. Jules avait cinq hommes à Castro, il arrivait avec huit ; et toutefois quatorze soldats, quelque braves qu'ils fussent, lui paraissaient insuffisants pour son entreprise, car le couvent était comme un château-fort.

Il s'agissait de passer par force ou par adresse la première porte du couvent ; puis il fallait suivre un passage de plus de cinquante pas de longueur. À gauche, comme on l'a dit, s'élevaient les fenêtres grillées d'une sorte de caserne où les religieuses avaient placé trente ou quarante domestiques, anciens soldats. De ces fenêtres grillées partirait un feu bien nourri dès que l'alarme serait donnée.

L'abbesse régnante, femme de tête, avait peur des exploits des chefs Orsini, du prince Colonna, de Marco Sciarra et de tant d'autres qui régnaient en maîtres dans les environs. Comment résister à huit cents hommes déterminés, occupant à l'improviste une petite ville telle que Castro, et croyant le couvent rempli d'or ?

D'ordinaire, la Visitation de Castro avait quinze ou vingt *bravi* dans la caserne à gauche du passage qui conduisait à la seconde porte du couvent ; à droite de ce passage il y avait un grand mur impossible à percer ; au bout du passage on trouvait une porte en fer ouvrant sur un vestibule à colonnes ; après ce vestibule était la grande cour du couvent, à droite le jardin. Cette porte en fer était gardée par la tourière.

Quand Jules, suivi de ses huit hommes, se trouva à trois lieues de Castro, il s'arrêta dans une auberge écartée pour laisser passer les heures de la grande chaleur. Là seulement il déclara son projet ; ensuite il dessina sur le sable de la cour le plan du couvent qu'il allait attaquer.

« À 9 heures du soir, dit-il à ses hommes, nous souperons hors la ville ; à minuit nous entrerons ; nous trouverons vos cinq camarades qui nous attendent près du couvent. L'un d'eux, qui sera à cheval, jouera le rôle d'un courrier qui arrive de Rome pour rappeler la signora de Campireali auprès de son mari, qui se meurt. Nous tâcherons de passer sans bruit la première porte du couvent que voilà au milieu de la caserne », dit-il en leur montrant le plan sur le sable. « Si nous commencions la guerre à la première porte, les *bravi* des religieuses auraient trop de facilité à nous tirer des coups d'arquebuse pendant que nous serions sur la petite place que voici devant le couvent, ou pendant que nous parcourrions l'étroit passage qui conduit de la première porte à la seconde. Cette seconde porte est en fer, mais j'en ai la clef.

« Il est vrai qu'il y a d'énormes bras de fer ou valets, attachés au mur par un bout, et qui, lorsqu'ils sont mis à leur place, empêchent les deux vantaux de la porte de s'ouvrir. Mais, comme ces deux barres de fer sont trop pesantes pour que la sœur tourière puisse les manœuvrer, jamais je ne les ai vues en place ; et pourtant j'ai passé plus de dix fois cette porte de fer. Je compte bien passer encore ce soir sans encombre. Vous sentez que j'ai des intelligences dans le couvent ; mon but est d'enlever une pensionnaire et non une religieuse ; nous ne devons faire usage des armes qu'à la dernière extrémité. Si nous commencions la guerre avant d'arriver à cette seconde porte en barreaux de fer, la tourière ne manquerait pas d'appeler deux vieux jardiniers de soixante-dix ans qui logent dans l'intérieur du couvent, et les vieillards mettraient à leur place ces bras de fer dont je vous ai parlé. Si ce malheur nous arrive, il faudra, pour passer au-delà de cette porte, démolir le mur, ce qui nous prendra dix minutes ; dans tous les cas, je m'avancerai vers cette porte le premier. Un des jardiniers est payé par moi ; mais je me suis bien gardé, comme vous le pensez, de lui parler de mon projet d'enlèvement. Cette seconde porte passée, on tourne à droite, et l'on arrive au jardin ; une fois dans ce jardin, la guerre commence, il faut faire main basse sur tout ce qui se présentera. Vous ne ferez usage, bien entendu, que de vos épées et de vos dagues ; le moindre coup d'arquebuse mettrait en rumeur toute la ville, qui pourrait nous attaquer à la sortie. Ce n'est pas qu'avec treize hommes comme vous, je ne me fisse fort de traverser cette bicoque : personne, certes, n'oserait descendre dans la rue ; mais plusieurs des bourgeois ont des arquebuses, et ils tireraient des fenêtres. En ce cas, il faudrait longer les murs des maisons, ceci soit dit en passant. Une fois dans le jardin du couvent, vous direz à voix basse à tout homme qui se présentera : *Retirez-vous* ; vous tuerez à coups de dague tout ce qui n'obéira pas à l'instant. Je monterai dans le couvent par la petite porte du jardin avec ceux d'entre vous qui seront près de moi ; trois minutes plus tard je descendrai avec une ou deux femmes que nous porterons sur nos bras, sans leur permettre de marcher. Aussitôt nous sortirons rapidement du couvent et de la ville. Je laisserai deux de vous près de la porte, ils tireront une vingtaine de coups d'arquebuse, de minute en minute, pour effrayer les bourgeois et les tenir à distance. »

Jules répéta deux fois cette explication.

« Avez-vous bien compris ? dit-il à ses gens. Il fera nuit sous ce vestibule ; à droite le jardin, à gauche la cour ; il ne faut pas se tromper.

– Comptez sur nous », s'écrièrent les soldats. Puis ils allèrent boire ; le caporal ne les suivit point et demanda la permission de parler au capitaine.

« Rien de plus simple, lui dit-il, que le projet de votre seigneurie. J'ai déjà forcé deux couvents en ma vie, celui-ci sera le troisième ; mais nous sommes trop peu de monde. Si l'ennemi nous oblige à détruire le mur qui soutient les gonds de la seconde porte, il faut songer que les *bravi* de la caserne ne resteront pas oisifs durant cette longue opération ; ils vous tueront sept à huit hommes à coups d'arquebuse, et alors on peut nous enlever la femme au retour. C'est ce qui nous est arrivé dans un couvent près de Bologne : on nous tua cinq hommes, nous en tuâmes huit ; mais le capitaine n'eut pas la femme. Je propose à votre seigneurie deux choses : je connais quatre paysans des environs de cette auberge où nous sommes, qui ont servi bravement sous Sciarra et qui pour un sequin se battront toute la nuit comme des lions. Peut-être ils voleront quelque argenterie du couvent ; peu vous importe, le péché est pour eux ; vous, vous les soldez pour avoir une femme, voilà tout. Ma seconde proposition est ceci : Ugone est un garçon instruit et fort adroit ; il était médecin quand il tua son beau-frère et prit *la machia* (la forêt). Vous pouvez l'envoyer une heure avant la nuit à la porte du couvent ; il demandera du service, et fera si bien qu'on l'admettra dans le corps de garde ; il fera boire les domestiques des nonnes ; de plus il est bien capable de mouiller la corde à feu de leurs arquebuses. »

Par malheur, Jules accepta la proposition du caporal. Comme celui-ci s'en allait, il ajouta :

« Nous allons attaquer un couvent, il y a *excommunication majeure*, et, de plus, ce couvent est sous la protection immédiate de la Madone…

– Je vous entends, s'écria Jules comme réveillé par ce mot. Restez avec moi. » Le caporal ferma la porte et revint dire le chapelet avec Jules. Cette prière dura une grande heure. À la nuit, on se remit en marche.

Comme minuit sonnait, Jules, qui était entré seul dans Castro sur les onze heures, revint prendre ses gens hors de la porte. Il entra avec ses huit soldats auxquels s'étaient joints trois paysans bien armés, il les réunit aux cinq soldats qu'il avait dans la ville, et se trouva ainsi à la tête de seize hommes déterminés ; deux étaient déguisés en domestiques, ils avaient pris une grande blouse de toile noire pour cacher leurs *giacco* (cottes de mailles), et leurs bonnets n'avaient pas de plumes.

À minuit et demi, Jules, qui avait pris pour lui le rôle de courrier, arriva au galop à la porte du couvent, faisant grand bruit et criant qu'on ouvrît sans délai à un courrier envoyé par le cardinal. Il vit avec plaisir que les soldats qui lui répondaient par la petite fenêtre, à côté de la première porte, étaient plus qu'à demi ivres. Suivant l'usage, il donna son nom sur un morceau de papier ; un soldat alla porter ce nom à la tourière, qui avait la clé de la seconde porte et devait réveiller l'abbesse dans les grandes occasions. La réponse se fit attendre trois mortels quarts d'heure ; pendant ce temps, Jules eut beaucoup de peine à maintenir sa troupe dans le silence : quelques bourgeois commençaient même à ouvrir timidement leurs fenêtres, lorsque enfin arriva la réponse favorable de l'abbesse. Jules entra dans le corps de garde, au moyen d'une échelle de cinq ou six pieds de longueur, qu'on lui tendit de la petite fenêtre, les *bravi* du couvent ne voulant pas se donner la peine d'ouvrir la grande porte ; il monta, suivi des deux soldats déguisés en domestiques. En sautant de la fenêtre dans le corps de garde, il rencontra les yeux d'Ugone ; tout le corps de garde était ivre, grâce à ses soins. Jules dit au chef que trois domestiques de la maison Campireali, qu'il avait fait armer comme des soldats pour lui servir d'escorte pendant sa route, avaient trouvé de bonne eau-de-vie à acheter et demandaient à monter pour ne pas s'ennuyer tout seuls sur la place ; ce qui fut accordé à l'unanimité. Pour lui, accompagné de ses deux hommes, il descendit par l'escalier qui, du corps de garde, conduisait dans le passage.

« Tâche d'ouvrir la grande porte », dit-il à Ugone. Lui-même arriva fort paisiblement à la porte de fer. Là, il trouva la bonne tourière qui lui dit que, comme il était minuit passé, s'il entrait dans le couvent, l'abbesse serait obligée d'en écrire à l'évêque ; c'est pourquoi elle le faisait prier de remettre ses dépêches à une petite sœur que l'abbesse avait envoyée pour les prendre. À quoi Jules répondit que, dans le désordre qui avait accompagné l'agonie imprévue du seigneur de Campireali, il n'avait qu'une simple lettre de créance écrite par le médecin, et qu'il devait donner tous les détails de vive voix à la femme du malade et à sa fille, si ces dames étaient encore dans le couvent, et dans tous les cas à madame l'abbesse. La tourière alla porter ce message. Il ne restait auprès de la porte que la jeune sœur envoyée par l'abbesse. Jules, en causant et jouant avec elle, passa les mains à travers les gros barreaux de fer de la porte, et, tout en riant, il essaya de l'ouvrir. La sœur, qui était fort timide, eut peur et prit fort mal la plaisanterie ; alors Jules, qui voyait qu'un temps considérable se passait, eut l'imprudence de lui offrir une poignée de sequins en la priant de lui ouvrir, ajoutant qu'il était trop fatigué pour attendre. Il voyait bien qu'il faisait une sottise, dit l'historien : c'était avec le fer et non avec l'or qu'il fallait agir, mais il ne s'en sentit pas le cœur : rien de plus facile que de saisir la sœur, elle n'était pas à un pied de lui de l'autre côté de la porte. À l'offre des sequins, cette jeune fille prit l'alarme. Elle a dit depuis qu'à la façon dont Jules lui parlait, elle avait bien compris que ce n'était pas un simple courrier : c'est l'amoureux d'une de nos religieuses, pensa-t-elle, qui vient pour avoir un rendez-vous, et elle était dévote. Saisie d'horreur, elle se mit à agiter de toutes ses forces la corde d'une petite cloche qui était dans la grande cour, et qui fit aussitôt un tapage à réveiller les morts.

« La guerre commence, dit Jules à ses gens, garde à vous ! » Il prit sa clef, et, passant le bras à travers les barreaux de fer, ouvrit la porte, au grand désespoir de la jeune sœur qui tomba à genoux et se mit à réciter des *Ave Maria* en criant au sacrilège. Encore à ce moment, Jules devait faire taire la jeune fille, il n'en eut pas le courage : un de ses gens la saisit et lui mit la main sur la bouche.

Au même instant, Jules entendit un coup d'arquebuse dans le passage, derrière lui. Ugone avait ouvert la grande porte ; le restant des soldats entrait sans bruit, lorsqu'un des *bravi* de garde, moins ivre que les autres, s'approcha d'une des fenêtres grillées, et, dans son étonnement de voir tant de gens dans le passage, leur défendit d'avancer en jurant. Il fallait ne pas répondre et continuer à marcher vers la porte de fer ; c'est ce que firent les premiers soldats, mais celui qui marchait le dernier de tous, et qui était un des paysans recrutés dans l'après-midi, tira un coup de pistolet à ce domestique du couvent qui parlait par la fenêtre, et le tua. Ce coup de pistolet, au milieu de la nuit, et les cris des ivrognes en voyant tomber leur camarade, réveillèrent les soldats du couvent qui passaient cette nuit-là dans leurs lits, et n'avaient pas pu goûter du vin d'Ugone. Huit ou dix des *bravi* du couvent sautèrent dans le passage à demi nus, et se mirent à attaquer vertement les soldats de Branciforte.

Comme nous l'avons dit, ce bruit commença au moment où Jules venait d'ouvrir la porte de fer. Suivi de ses deux soldats, il se précipita dans le jardin, courant vers la petite porte de l'escalier des pensionnaires ; mais il fut accueilli par cinq ou six coups de pistolet. Ses deux soldats tombèrent, lui eut une balle dans le bras droit.

Ces coups de pistolet avaient été tirés par les gens de la signora de Campireali, qui, d'après ses ordres, passaient la nuit dans le jardin, à ce autorisés par une permission qu'elle avait obtenue de l'évêque. Jules courut seul vers la petite porte, de lui si bien connue, qui, du jardin, communiquait à l'escalier des pensionnaires. Il fit tout au monde pour l'ébranler, mais elle était solidement fermée. Il chercha ses gens, qui n'eurent garde de répondre, ils mouraient ; il rencontra dans l'obscurité profonde trois domestiques de Campireali contre lesquels il se défendit à coups de dague.

Il courut sous le vestibule, vers la porte de fer, pour appeler ses soldats ; il trouva cette porte fermée : les deux bras de fer si lourds avaient été mis en place et cadenassés par les vieux jardiniers qu'avait réveillés la cloche de la petite sœur.

« Je suis coupé », se dit Jules. Il le dit à ses hommes ; ce fut en vain qu'il essaya de forcer un des cadenas avec son épée : s'il eût réussi, il enlevait un des bras de fer et ouvrait un des vantaux de la porte. Son épée se cassa dans l'anneau du cadenas ; au même instant il fut blessé à l'épaule par un des domestiques venus du jardin ; il se retourna, et, acculé contre la porte de fer, il se sentit attaqué par plusieurs hommes. Il se défendait avec sa dague ; par bonheur, comme l'obscurité était complète, presque tous les coups d'épée portaient dans sa cotte de mailles. Il fut blessé douloureusement au genou ; il s'élança sur un des hommes qui s'était trop fendu pour lui porter ce coup d'épée, il le tua d'un coup de dague dans la figure, et eut le bonheur de s'emparer de son épée. Alors il se crut sauvé ; il se plaça au côté gauche de la porte, du côté de la cour. Ses gens qui étaient accourus tirèrent cinq ou six coups de pistolet à travers les barreaux de fer de la porte et firent fuir les domestiques. On n'y voyait sous ce vestibule qu'à la clarté produite par les coups de pistolet.

« Ne tirez pas de mon côté, criait Jules à ses gens.

– Vous voilà pris comme dans une souricière », lui dit le caporal d'un grand sang-froid, parlant à travers les barreaux ; nous avons trois hommes tués. Nous allons démolir le jambage de la porte du côté opposé à celui où vous êtes ; ne vous approchez pas, les balles vont tomber sur nous ; il paraît qu'il y a des ennemis dans le jardin ?

– Les coquins de domestiques de Campireali », dit Jules.

Il parlait encore au caporal, lorsque des coups de pistolet, dirigés sur le bruit et venant de la partie du vestibule qui conduisait au jardin, furent tirés sur eux. Jules se réfugia dans la loge de la tourière qui était à gauche en entrant ; à sa grande joie, il y trouva une lampe presque imperceptible qui brûlait devant l'image de la Madone ; il la prit avec beaucoup de précautions pour ne pas l'éteindre ; il s'aperçut avec chagrin qu'il tremblait. Il regarda sa blessure au genou, qui le faisait beaucoup souffrir ; le sang coulait en abondance.

En jetant les yeux autour de lui, il fut bien surpris de reconnaître, dans une femme qui était évanouie sur un fauteuil de bois, la petite Marietta, la camériste de confiance d'Hélène ; il la secoua vivement.

« Eh quoi ! seigneur Jules, s'écria-t-elle en pleurant ; est-ce que vous voulez tuer la Marietta, votre amie ?

– Bien loin de là ; dis à Hélène que je lui demande pardon d'avoir troublé son repos, et qu'elle se souvienne de l'*Ave Maria* du Monte-Cavi. Voici un bouquet que j'ai cueilli dans son jardin d'Albano ; mais il est un peu taché de sang ; lave-le avant de le lui donner. »

À ce moment, il entendit une décharge de coups d'arquebuse dans le passage ; les *bravi* des religieuses attaquaient ses gens.

« Dis-moi donc où est la clef de la petite porte ? dit-il à la Marietta.

– Je ne la vois pas ; mais voici les clés des cadenas des bras de fer qui maintiennent la grande porte. Vous pourrez sortir. »

Jules prit les clefs et s'élança hors de la loge.

« Ne travaillez plus à démolir la muraille, dit-il à ses soldats, j'ai enfin la clef de la porte. »

Il y eut un moment de silence complet, pendant qu'il essayait d'ouvrir un cadenas avec l'une des petites clefs ; il s'était trompé de clef, il prit l'autre ; enfin, il ouvrit le cadenas ; mais, au moment où il soulevait le bras de fer, il reçut presque à bout portant un coup de pistolet dans le bras droit. Aussitôt il sentit que ce bras lui refusait le service.

« Soulevez le valet de fer », cria-t-il à ses gens ; il n'avait pas besoin de le leur dire. À la clarté du coup de pistolet, ils avaient vu l'extrémité recourbée du bras de fer à moitié hors de l'anneau attaché à la porte. Aussitôt trois ou quatre mains vigoureuses soulevèrent le bras de fer ; lorsque son extrémité fut hors de l'anneau, on le laissa tomber. Alors on put entrouvrir l'un des battants de la porte ; le caporal entra, et dit à Jules en parlant fort bas :

« Il n'y a plus rien à faire, nous ne sommes plus que trois ou quatre sans blessure, cinq sont morts.

– J'ai perdu du sang, reprit Jules, je sens que je vais m'évanouir ; dites-leur de m'emporter. »

Comme Jules parlait au brave caporal, les soldats du corps de garde tirèrent encore trois ou quatre coups d'arquebuse, et le caporal tomba mort. Par bonheur, Ugone avait entendu l'ordre donné par Jules, il appela par leurs noms deux soldats qui enlevèrent le capitaine. Comme il ne s'évanouissait point, il leur ordonna de le porter au fond du jardin, à la petite porte. Cet ordre fit jurer les soldats ; ils obéirent toutefois.

« Cent sequins à qui ouvre cette porte ! » s'écria Jules.

Mais elle résista aux efforts de trois hommes furieux. Un des vieux jardiniers, établi à une fenêtre du second étage, leur tirait force coups de pistolet, qui servaient à éclairer leur marche.

Après les efforts inutiles contre la porte, Jules s'évanouit tout à fait ; Ugone dit aux soldats d'emporter le capitaine au plus vite. Pour lui, il entra dans la loge de la sœur tourière, il jeta à la porte la petite Marietta, en lui ordonnant d'une voix terrible de se sauver et de ne jamais dire qui elle avait reconnu. Il tira la paille du lit, cassa quelques chaises et mit le feu à la chambre. Quand il vit le feu bien allumé, il se sauva à toutes jambes, au milieu des coups d'arquebuse tirés par les *bravi* du couvent.

Ce ne fut qu'à plus de cent cinquante pas de la Visitation qu'il trouva le capitaine, entièrement évanoui, qu'on emportait à toute course. Quelques minutes après on était hors de la ville, Ugone fit faire halte : il n'avait plus que quatre soldats avec lui ; il en renvoya deux dans la ville, avec l'ordre de tirer des coups d'arquebuse de cinq minutes en cinq minutes. « Tâchez de retrouver vos camarades blessés, leur dit-il, sortez de la ville avant le jour ; nous allons suivre le sentier de la *Croce-Rossa*. Si vous pouvez mettre le feu quelque part, n'y manquez pas. »

Lorsque Jules reprit connaissance, l'on se trouvait à trois lieues de la ville, et le soleil était déjà fort élevé sur l'horizon. Ugone lui fit son rapport. « Votre troupe ne se compose plus que de cinq hommes, dont trois blessés. Deux paysans qui ont survécu ont reçu deux sequins de gratification chacun et se sont enfuis ; j'ai envoyé les deux hommes non blessés au bourg voisin chercher un chirurgien. » Le chirurgien, vieillard tout tremblant, arriva bientôt monté sur un âne magnifique ; il avait fallu le menacer de mettre le feu à sa maison pour le décider à marcher. On eut besoin de lui faire boire de l'eau-de-vie pour le mettre en état d'agir, tant sa peur était grande. Enfin il se mit à l'œuvre ; il dit à Jules que ses blessures n'étaient d'aucune conséquence. « Celle du genou n'est pas dangereuse, ajouta-t-il ; mais elle vous fera boiter toute la vie, si vous ne gardez pas un repos absolu pendant quinze jours ou trois semaines. » Le chirurgien pansa les soldats blessés. Ugone fit un signe de l'œil à Jules ; on donna deux sequins au chirurgien, qui se confondit en actions de grâces ; puis, sous prétexte de le remercier, on lui fit boire une telle quantité d'eau-de-vie, qu'il finit par s'endormir profondément. C'était ce qu'on voulait. On le transporta dans un champ voisin, on enveloppa quatre sequins dans un morceau de papier que l'on mit dans sa poche ; c'était le prix de son âne, sur lequel on plaça Jules et l'un des soldats blessé à la jambe. On alla passer le moment de la grande chaleur dans une ruine antique au bord d'un étang ; on marcha toute la nuit en évitant les villages, fort peu nombreux sur cette route, et enfin le surlendemain, au lever du soleil, Jules, porté par ses hommes, se réveilla au centre de la forêt de la Faggiola, dans la cabane de charbonnier qui était son quartier général.

VI

Le lendemain du combat, les religieuses de la Visitation trouvèrent avec horreur neuf cadavres dans leur jardin et dans le passage qui conduisait de la porte extérieure à la porte en barreaux de fer ; huit de leurs *bravi* étaient blessés. Jamais on n'avait eu une telle peur au couvent : parfois on avait bien entendu des coups d'arquebuse tirés sur la place, mais jamais cette quantité de coups de feu tirés dans le jardin, au centre des bâtiments et sous les fenêtres des religieuses. L'affaire avait bien duré une heure et demie, et, pendant ce temps, le désordre avait été à son comble dans l'intérieur du couvent. Si Jules Branciforte avait eu la moindre intelligence avec quelqu'une des religieuses ou des pensionnaires, il eût réussi : il suffisait qu'on lui ouvrît l'une des nombreuses portes qui donnent sur le jardin ; mais, transporté d'indignation et de colère contre ce qu'il appelait le parjure de la jeune Hélène, Jules voulait tout emporter de vive force. Il eût cru manquer à ce qu'il se devait s'il eût confié son dessein à quelqu'un qui pût le redire à Hélène. Un seul mot, cependant, à la petite Marietta eût suffi pour le succès : elle eût ouvert l'une des portes donnant sur le jardin, et un seul homme paraissant dans les dortoirs du couvent, avec ce terrible accompagnement de coups d'arquebuse entendu au-dehors, eût été obéi à la lettre. Au premier coup de feu, Hélène avait tremblé pour les jours de son amant, et n'avait plus songé qu'à s'enfuir avec lui.

Comment peindre son désespoir lorsque la petite Marietta lui parla de l'effroyable blessure que Jules avait reçue au genou et dont elle avait vu couler le sang en abondance ? Hélène détestait sa lâcheté et sa pusillanimité : « J'ai eu la faiblesse de dire un mot à ma mère, et le sang de Jules a coulé ; il pouvait perdre la vie dans cet assaut sublime où son courage a tout fait. »

Les *bravi* admis au parloir avaient dit aux religieuses, avides de les écouter, que de leur vie ils n'avaient été témoins d'une bravoure comparable à celle du jeune homme habillé en courrier qui dirigeait les efforts des brigands. Si toutes écoutaient ces récits avec le plus vif intérêt, on peut juger de l'extrême passion avec laquelle Hélène demandait à ces *bravi* des détails sur le jeune chef des brigands. À la suite des longs récits qu'elle se fit faire par eux et par les vieux jardiniers, témoins fort impartiaux, il lui sembla qu'elle n'aimait plus du tout sa mère. Il y eut même un moment de dialogue fort vif entre ces personnes qui s'aimaient si tendrement la veille du combat ; la signora de Campireali fut choquée des taches de sang qu'elle apercevait sur les fleurs d'un certain bouquet dont Hélène ne se séparait plus un seul instant.

« Il faut jeter ces fleurs souillées de sang.

– C'est moi qui ai fait verser ce sang généreux, et il a coulé parce que j'ai eu la faiblesse de vous dire un mot.

– Vous aimez encore l'assassin de votre frère ?

– J'aime mon époux qui, pour mon éternel malheur, a été attaqué par mon frère. »

Après ces mots, il n'y eut plus une seule parole échangée entre la signora de Campireali et sa fille, pendant les trois journées que la signora passa encore au couvent.

Le lendemain de son départ, Hélène réussit à s'échapper, profitant de la confusion qui régnait aux deux portes du couvent par suite de la présence d'un grand nombre de maçons qu'on avait introduits dans le jardin et qui travaillaient à y élever de nouvelles fortifications. La petite Marietta et elle s'étaient déguisées en ouvriers. Mais les bourgeois faisaient une garde sévère aux portes de la ville.

L'embarras d'Hélène fut assez grand pour sortir. Enfin, ce même petit marchand qui lui avait fait parvenir les lettres de Branciforte consentit à la faire passer pour sa fille et à l'accompagner jusque dans Albano. Hélène y trouva une cachette chez sa nourrice, que ses bienfaits avaient mise à même d'ouvrir une petite boutique. À peine arrivée, elle écrivit à Branciforte, et la nourrice trouva, non sans de grandes peines, un homme qui voulut bien se hasarder à s'enfoncer dans la forêt de la Faggiola, sans avoir le mot d'ordre des soldats de Colonna.

Le messager envoyé par Hélène revint au bout de trois jours, tout effaré ; d'abord, il lui avait été impossible de trouver Branciforte, et les questions qu'il ne cessait de faire sur le compte du jeune capitaine ayant fini par le rendre suspect, il avait été obligé de prendre la fuite.

Il n'en faut point douter, le pauvre Jules est mort, se dit Hélène, et c'est moi qui l'ai tué ! Telle devait être la conséquence de ma misérable faiblesse et de ma pusillanimité ; il aurait dû aimer une femme forte, la fille de quelqu'un des capitaines du prince Colonna. La nourrice crut qu'Hélène allait mourir. Elle monta au couvent des Capucins, voisin du chemin taillé dans le roc, où jadis Fabio et son père avaient rencontré les deux amans au milieu de la nuit. La nourrice parla longtemps à son confesseur, et, sous le secret du sacrement, lui avoua que la jeune Hélène de Campireali voulait aller rejoindre Jules Branciforte, son époux, et qu'elle était disposée à placer dans l'église du couvent une lampe d'argent de la valeur de cent piastres espagnoles.

« Cent piastres ! répondit le moine irrité. Et que deviendra notre couvent, si nous encourons la haine du seigneur de Campireali ? Ce n'est pas cent piastres, mais bien mille, qu'il nous a données pour être allés relever le corps de son fils sur le champ de bataille des Ciampi, sans compter la cire. »

Il faut dire en l'honneur du couvent que deux moines âgés, ayant eu connaissance de la position exacte de la jeune Hélène, descendirent dans Albano, et l'allèrent voir dans l'intention d'abord de l'amener de gré ou de force à prendre son logement dans le palais de sa famille : ils savaient qu'ils seraient richement récompensés par la signora de Campireali. Tout Albano était rempli du bruit de la fuite d'Hélène et du récit des magnifiques promesses faites par sa mère à ceux qui pourraient lui donner des nouvelles de sa fille. Mais les deux moines furent tellement touchés du désespoir de la pauvre Hélène, qui croyait Jules Branciforte mort, que, bien loin de la trahir en indiquant à sa mère le lieu où elle s'était retirée, ils consentirent à lui servir d'escorte jusqu'à la forteresse de la Petrella. Hélène et Marietta, toujours déguisées en ouvriers, se rendirent à pied et de nuit à une certaine fontaine située dans la forêt de la Faggiola, à une lieue d'Albano. Les moines y avaient fait conduire des mulets, et, quand le jour fut venu, l'on se mit en route pour la Petrella. Les moines, que l'on savait protégés par le prince, étaient salués avec respect par les soldats qu'ils rencontraient dans la forêt ; mais il n'en fut pas de même des deux petits hommes qui les accompagnaient : les soldats les regardaient d'abord d'un œil fort sévère et s'approchaient d'eux, puis éclataient de rire et faisaient compliment aux moines sur les grâces de leurs muletiers.

« Taisez-vous, impies, et croyez que tout se fait par ordre du prince Colonna », répondaient les moines en cheminant.

Mais la pauvre Hélène avait du malheur ; le prince était absent de la Petrella, et quand, trois jours après, à son retour, il lui accorda enfin une audience, il se montra très dur.

« Pourquoi venez-vous ici, mademoiselle ? Que signifie cette démarche mal avisée ? Vos bavardages de femmes ont fait périr sept hommes des plus braves qui fussent en Italie, et c'est ce qu'aucun homme sensé ne vous pardonnera jamais. En ce monde, il faut vouloir ou ne pas vouloir. C'est sans doute aussi par suite de nouveaux bavardages que Jules Branciforte vient d'être déclaré *sacrilège* et condamné à être tenaillé pendant deux heures avec des tenailles rougies au feu, et ensuite brûlé comme un juif, lui, un des meilleurs chrétiens que je connaisse ! Comment eût-on pu, sans quelque bavardage infâme de votre part, inventer ce mensonge horrible, savoir que Jules Branciforte était à Castro le jour de l'attaque du couvent ? Tous mes hommes vous diront que ce jour-là même on le voyait ici à la Petrella, et que, sur le soir, je l'envoyai à Velletri.

– Mais est-il vivant ? » s'écriait pour la dixième fois la jeune Hélène fondant en larmes.

« Il est mort pour vous, reprit le prince, vous ne le reverrez jamais. Je vous conseille de retourner à votre couvent de Castro ; tâchez de ne plus commettre d'indiscrétions, et je vous ordonne de quitter la Petrella d'ici à une heure. Surtout ne racontez à personne que vous m'avez vu, ou je saurai vous punir. »

La pauvre Hélène eut l'âme navrée d'un pareil accueil de la part de ce fameux prince Colonna pour lequel Jules avait tant de respect, et qu'elle aimait parce qu'il l'aimait.

Quoi qu'en voulût dire le prince Colonna, cette démarche d'Hélène n'était point mal avisée. Si elle fût venue trois jours plus tôt à la Petrella, elle y eût trouvé Jules Branciforte ; sa blessure au genou le mettait hors d'état de marcher, et le prince le faisait transporter au gros bourg d'Avezzano, dans le royaume de Naples. À la première nouvelle du terrible arrêt acheté contre Branciforte par le seigneur de Campireali, et qui le déclarait sacrilège et violateur de couvent, le prince avait vu que, dans le cas où il s'agirait de protéger Branciforte, il ne pouvait plus compter sur les trois quarts de ses hommes. Ceci était un péché contre la *Madone* à la protection de laquelle chacun de ces brigands croyait avoir des droits particuliers. S'il se fût trouvé un barigel à Rome assez osé pour venir arrêter Jules Branciforte au milieu de la forêt de la Faggiola, il aurait pu réussir.

En arrivant à Avezzano, Jules s'appelait Fontana, et les gens qui le transportaient furent discrets. À leur retour à la Petrella, ils annoncèrent avec douleur que Jules était mort en route, et de ce moment chacun des soldats du prince sut qu'il y avait un coup de poignard dans le cœur pour qui prononcerait ce nom fatal.

Ce fut donc en vain qu'Hélène, de retour dans Albano, écrivit lettres sur lettres, et dépensa, pour les faire porter à Branciforte, tous les sequins qu'elle avait. Les deux moines âgés, qui étaient devenus ses amis, car l'extrême beauté, dit le chroniqueur de Florence, ne laisse pas d'avoir quelque empire, même sur les cœurs endurcis par ce que l'égoïsme et l'hypocrisie ont de plus bas ; les deux moines, disons-nous, avertirent la pauvre jeune fille que c'était en vain qu'elle cherchait à faire parvenir un mot à Branciforte : Colonna avait déclaré qu'il était mort, et certes Jules ne reparaîtrait au monde que quand le prince le voudrait. La nourrice d'Hélène lui annonça en pleurant que sa mère venait enfin de découvrir sa retraite, et que les ordres les plus sévères étaient donnés pour qu'elle fût transportée de vive force au palais Campireali, dans Albano. Hélène comprit qu'une fois dans ce palais sa prison pouvait être d'une sévérité sans bornes, et que l'on parviendrait à lui interdire absolument toutes communications avec le dehors, tandis qu'au couvent de Castro elle aurait, pour recevoir et envoyer des lettres, les mêmes facilités que toutes les religieuses. D'ailleurs, et ce fut ce qui la détermina, c'était dans le jardin de ce couvent que Jules avait répandu son sang pour elle : elle pourrait revoir ce fauteuil de bois de la tourière, où il s'était placé un moment pour regarder sa blessure au genou ; c'était là qu'il avait donné à Marietta ce bouquet taché de sang qui ne la quittait plus. Elle revint donc tristement au couvent de Castro, et l'on pourrait terminer ici son histoire : ce serait bien pour elle, et peut-être aussi pour le lecteur. Nous allons, en effet, assister à la longue dégradation d'une âme noble et généreuse. Les mesures prudentes et les mensonges de la civilisation, qui désormais vont l'obséder de toutes parts, remplaceront les mouvements sincères des passions énergiques et naturelles. Le chroniqueur romain fait ici une réflexion pleine de naïveté : parce qu'une femme se donne la peine de faire une belle fille, elle croit avoir le talent qu'il faut pour diriger sa vie, et parce que, lorsqu'elle avait six ans, elle lui disait avec raison : « Mademoiselle, redressez votre collerette », lorsque cette fille a dix-huit ans et elle cinquante, lorsque cette fille a autant et plus d'esprit que sa mère, celle-ci, emportée par la manie de régner, se croit le droit de diriger sa vie et même d'employer le mensonge. Nous verrons que c'est Victoire Carafa, la mère d'Hélène, qui, par une suite de moyens adroits et fort savamment combinés, amena la mort cruelle de sa fille si chérie, après avoir fait son malheur pendant douze ans, triste résultat de la manie de régner.

Avant de mourir, le seigneur de Campireali avait eu la joie de voir publier dans Rome la sentence qui condamnait Branciforte à être tenaillé pendant deux heures avec des fers rouges dans les principaux carrefours de Rome, à être ensuite brûlé à petit feu, et ses cendres jetées dans le Tibre. Les fresques du cloître de Sainte-Marie-Nouvelle, à Florence, montrent encore aujourd'hui comment on exécutait ces sentences cruelles envers les sacrilèges. En général, il fallait un grand nombre de gardes pour empêcher le peuple indigné de remplacer les bourreaux dans leur office. Chacun se croyait ami intime de la Madone. Le seigneur de Campireali s'était encore fait lire cette sentence peu de moments avant sa mort, et avait donné à l'avocat qui l'avait procurée sa belle terre située entre Albano et la mer. Cet avocat n'était point sans mérite. Branciforte était condamné à ce supplice atroce, et cependant aucun témoin n'avait dit l'avoir reconnu sous les habits de ce jeune homme déguisé en courrier, qui semblait diriger avec tant d'autorité les mouvements des assaillants. La magnificence de ce don mit en émoi tous les intrigants de Rome. Il y avait alors à la cour un certain *fratone* (moine), homme profond et capable de tout, même de forcer le pape à lui donner le chapeau ; il prenait soin des affaires du prince Colonna, et ce client terrible lui valait beaucoup de considération. Lorsque la signora Campireali vit sa fille de retour à Castro, elle fit appeler ce fratone.

« Votre Révérence sera magnifiquement récompensée, si elle veut bien aider à la réussite de l'affaire fort simple que je vais lui expliquer. D'ici à peu de jours, la sentence qui condamne Jules Branciforte à un supplice terrible va être publiée et rendue exécutoire aussi dans le royaume de Naples. J'engage Votre Révérence à lire cette lettre du vice-roi, un peu mon parent, qui daigne m'annoncer cette nouvelle. Dans quel pays Branciforte pourra-t-il chercher un asile ? Je ferai remettre cinquante mille piastres au prince, avec prière de donner le tout ou partie à Jules Branciforte, sous la condition qu'il ira servir le roi d'Espagne, mon seigneur, contre les rebelles de Flandre. Le vice-roi donnera un brevet de capitaine à Branciforte, et, afin que la sentence de sacrilège, que j'espère bien aussi rendre exécutoire en Espagne, ne l'arrête point dans sa carrière, il portera le nom de baron Lizzara ; c'est une petite terre que j'ai dans les Abruzzes, et dont, à l'aide de ventes simulées, je trouverai moyen de lui faire passer la propriété. Je pense que Votre Révérence n'a jamais vu une mère traiter ainsi l'assassin de son fils. Avec cinq cents piastres, nous aurions pu depuis longtemps nous débarrasser de cet être odieux ; mais nous n'avons point voulu nous brouiller avec Colonna. Ainsi, daignez lui faire remarquer que mon respect pour ses droits me coûte soixante ou quatre-vingt-mille piastres. Je veux n'entendre jamais parler de ce Branciforte, et sur le tout présentez mes respects au prince. »

Le fratone dit que sous trois jours il irait faire une promenade du côté d'Ostie, et la signora de Campireali lui remit une bague valant mille piastres.

Quelques jours plus tard, le fratone reparut dans Rome, et dit à la signora de Campireali qu'il n'avait point donné connaissance de sa proposition au prince ; mais qu'avant un mois le jeune Branciforte serait embarqué pour Barcelone, où elle pourrait lui faire remettre, par un des banquiers de cette ville, la somme de cinquante mille piastres.

Le prince trouva bien des difficultés auprès de Jules ; quelques dangers que désormais il dût courir en Italie, le jeune amant ne pouvait se déterminer à quitter ce pays. En vain le prince laissa-t-il entrevoir que la signora de Campireali pouvait mourir ; en vain promit-il que dans tous les cas, au bout de trois ans, Jules pourrait revenir voir son pays, Jules répandait des larmes, mais ne consentait point. Le prince fut obligé d'en venir à lui demander ce départ comme un service personnel ; Jules ne put rien refuser à l'ami de son père ; mais, avant tout, il voulait prendre les ordres d'Hélène. Le prince daigna se charger d'une longue lettre ; et, bien plus, permit à Jules de lui écrire de Flandre une fois tous les mois. Enfin, l'amant désespéré s'embarqua pour Barcelone. Toutes ses lettres furent brûlées par le prince, qui ne voulait pas que Jules revînt jamais en Italie. Nous avons oublié de dire que, quoique fort éloigné par caractère de toute fatuité, le prince s'était cru obligé de dire, pour faire réussir la négociation, que c'était lui qui croyait convenable d'assurer une petite fortune de cinquante mille piastres au fils unique d'un des plus fidèles serviteurs de la maison Colonna.

La pauvre Hélène était traitée en princesse au couvent de Castro. La mort de son père l'avait mise en possession d'une fortune considérable, et il lui survint des héritages immenses. À l'occasion de la mort de son père, elle fit donner cinq aunes de drap noir à tous ceux des habitants de Castro ou des environs qui déclarèrent vouloir porter le deuil du seigneur de Campireali. Elle était encore dans les premiers jours de son grand deuil, lorsque une main parfaitement inconnue lui remit une lettre de Jules. Il serait difficile de peindre les transports avec lesquels cette lettre fut ouverte, non plus que la profonde tristesse qui en suivit la lecture. C'était pourtant bien l'écriture de Jules ; elle fut examinée avec la plus sévère attention. La lettre parlait d'amour ; mais quel amour, grand Dieu ! La signora de Campireali, qui avait tant d'esprit, l'avait pourtant composée. Son dessein était de commencer la correspondance par sept à huit lettres d'amour passionné ; elle voulait préparer ainsi les suivantes, où l'amour semblerait s'éteindre peu à peu.

Nous passerons rapidement sur dix années d'une vie malheureuse. Hélène se croyait tout à fait oubliée, et cependant avait refusé avec hauteur les hommages des jeunes seigneurs les plus distingués de Rome. Pourtant elle hésita un instant lorsqu'on lui parla du jeune Octave Colonna, fils aîné du fameux Fabrice, qui jadis l'avait si mal reçue à la Petrella. Il lui semblait que, devant absolument prendre un mari pour donner un protecteur aux terres qu'elle avait dans l'État romain et dans le royaume de Naples, il lui serait moins odieux de porter le nom d'un homme que jadis Jules avait aimé. Si elle eût consenti à ce mariage, Hélène arrivait bien rapidement à la vérité sur Jules Branciforte. Le vieux prince Fabrice parlait souvent et avec transports des traits de bravoure surhumaine du colonel Lizzara (Jules Branciforte) qui, tout à fait semblable aux héros des vieux romans, cherchait à se distraire par de belles actions de l'amour malheureux qui le rendait insensible à tous les plaisirs. Il croyait Hélène mariée depuis longtemps ; la signora de Campireali l'avait environné, lui aussi, de mensonges.

Hélène s'était réconciliée à demi avec cette mère si habile. Celle-ci, désirant passionnément la voir mariée, pria son ami, le vieux cardinal Santi-Quatro, protecteur de la Visitation et qui allait à Castro, d'annoncer en confidence aux religieuses les plus âgées du couvent que son voyage avait été retardé par un acte de grâce. Le bon pape Grégoire XIII, mû de pitié pour l'âme d'un brigand nommé Jules Branciforte, qui autrefois avait tenté de violer leur monastère, avait voulu, en apprenant sa mort, révoquer la sentence qui le déclarait sacrilège, bien convaincu que, sous le poids d'une telle condamnation, il ne pourrait jamais sortir du purgatoire, si toutefois Branciforte, surpris au Mexique et massacré par des sauvages révoltés, avait eu le bonheur de n'aller qu'en purgatoire. Cette nouvelle mit en agitation tout le couvent de Castro ; elle parvint à Hélène qui alors se livrait à toutes les folies de vanité que peut inspirer à une personne profondément ennuyée la possession d'une grande fortune. À partir de ce moment, elle ne sortit plus de sa chambre. Il faut savoir que, pour arriver à pouvoir placer sa chambre dans la petite loge de la portière où Jules s'était réfugié un instant dans la nuit du combat, elle avait fait reconstruire une moitié du couvent. Avec des peines infinies et ensuite un scandale fort difficile à apaiser, elle avait réussi à découvrir et à prendre à son service les trois *bravi* employés par Branciforte et survivant encore aux cinq qui jadis échappèrent au combat de Castro. Parmi eux se trouvait Ugone, maintenant vieux et criblé de blessures. La vue de ces trois hommes avait causé bien des murmures ; mais enfin la crainte que le caractère altier d'Hélène inspirait à tout le couvent l'avait emporté, et tous les jours on les voyait, revêtus de sa livrée, venir prendre ses ordres à la grille extérieure, et souvent répondre longuement à ses questions toujours sur le même sujet.

Après les six mois de réclusion et de détachement pour toutes les choses du monde qui suivirent l'annonce de la mort de Jules, la première sensation qui réveilla cette âme déjà brisée par un malheur sans remède et un long ennui, fut une sensation de vanité.

Depuis peu, l'abbesse était morte. Suivant l'usage, le cardinal Santi-Quatro, qui était encore protecteur de la Visitation malgré son grand âge de quatre-vingt-douze ans, avait formé la liste des trois dames religieuses entre lesquelles le pape devait choisir une abbesse. Il fallait des motifs bien graves pour que Sa Sainteté lût les deux derniers noms de la liste, elle se contentait ordinairement de passer un trait de plume sur ces noms, et la nomination était faite.

Un jour, Hélène était à la fenêtre de l'ancienne loge de la tourière qui était devenue maintenant l'extrémité de l'aile des nouveaux bâtiments construits par ses ordres. Cette fenêtre n'était pas élevée de plus de deux pieds au-dessus du passage arrosé jadis du sang de Jules et qui maintenant faisait partie du jardin. Hélène avait les yeux profondément fixés sur la terre. Les trois dames que l'on savait depuis quelques heures être portées sur la liste du cardinal pour succéder à la défunte abbesse, vinrent à passer devant la fenêtre d'Hélène. Elle ne les vit pas, et par conséquent ne put les saluer. L'une des trois dames fut piquée et dit assez haut aux deux autres :

« Voilà une belle façon pour une pensionnaire d'étaler sa chambre aux yeux du public ! »

Réveillée par ces paroles, Hélène leva les yeux et rencontra trois regards méchants. « Eh bien ! se dit-elle en fermant la fenêtre sans saluer, voici assez de temps que je suis agneau dans ce couvent, il faut être loup, quand ce ne serait que pour varier les amusements de messieurs les curieux de la ville. »

Une heure après, un de ses gens, expédié en courrier, portait la lettre suivante à sa mère, qui depuis dix années habitait Rome et y avait su acquérir un grand crédit.

Mère très respectable,

Tous les ans tu me donnes trois cent mille francs le jour de ma fête ; j'emploie cet argent à faire ici des folies, honorables à la vérité, mais qui n'en sont pas moins des folies. Quoique tu ne me le témoignes plus depuis longtemps, je sais que j'aurais deux façons de te prouver ma reconnaissance pour toutes les bonnes intentions que tu as eues à mon égard. Je ne me marierai point, mais je deviendrais avec plaisir abbesse de ce couvent ; ce qui m'a donné cette idée, c'est que les trois dames que notre cardinal Santi-Quatro a portées sur la liste par lui présentée au Saint-Père, sont mes ennemies ; et, quelle que soit l'élue, je m'attends à éprouver toutes sortes de vexations. Présente le bouquet de ma fête aux personnes auxquelles il faut l'offrir ; faisons d'abord retarder de six mois la nomination, ce qui rendra folle de bonheur la prieure du couvent, mon amie intime, et qui aujourd'hui tient les rênes du gouvernement. Ce sera déjà pour moi une source de bonheur, et c'est bien rarement que je puis employer ce mot en parlant de ta fille. Je trouve mon idée folle ; mais, si tu vois quelque chance de succès, dans trois jours je prendrai le voile blanc, huit années de séjour au couvent, sans découcher, me donnant droit à une exemption de six mois. La dispense ne se refuse pas, et coûte quarante écus.

Je suis avec respect, ma vénérable mère, etc.

Cette lettre combla de joie la signora de Campireali. Lorsqu'elle la reçut, elle se repentait vivement d'avoir fait annoncer à sa fille la mort de Branciforte ; elle ne savait comment se terminerait cette profonde mélancolie où elle était tombée ; elle prévoyait quelque coup de tête ; elle allait jusqu'à craindre que sa fille ne voulût aller visiter au Mexique le lieu où l'on avait prétendu que Branciforte avait été massacré, auquel cas il était très possible qu'elle apprît à Madrid le vrai nom du colonel Lizzara. D'un autre côté, ce que sa fille demandait par son courrier était la chose du monde la plus difficile et l'on peut même dire la plus absurde. Une jeune fille qui n'était pas même religieuse, et qui d'ailleurs n'était connue que par la folle passion d'un brigand, que peut-être elle avait partagée, être mise à la tête d'un couvent où tous les princes romains comptaient quelques parentes ! Mais, pensa la signora de Campireali, on dit que tout procès peut être plaidé et par conséquent gagné. Dans sa réponse, Victoire Carafa donna des espérances à sa fille, qui, en général, n'avait que des volontés absurdes, mais par compensation s'en dégoûtait très facilement. Dans la soirée, en prenant des informations sur tout ce qui, de près ou de loin, pouvait tenir au couvent de Castro, elle apprit que depuis plusieurs mois son ami le cardinal Santi-Quatro avait beaucoup d'humeur : il voulait marier sa nièce à don Octave Colonna, fils aîné du prince Fabrice, dont il a été parlé si souvent dans la présente histoire. Le prince lui offrait son second fils don Lorenzo, parce que, pour arranger sa fortune, étrangement compromise par la guerre que le roi de Naples et le pape, enfin d'accord, faisaient aux brigands de la Faggiola, il fallait que la femme de son fils aîné apportât une dot de six cent mille piastres (trois millions deux cent dix mille francs) dans la maison Colonna. Or, le cardinal Santi-Quatro, même en déshéritant de la façon la plus ridicule tous ses autres parents, ne pouvait offrir qu'une fortune de trois cent quatre-vingts ou quatre cent mille écus.

Victoire Carafa passa la soirée et une partie de la nuit à se faire confirmer ces faits par tous les amis du vieux Santi-Quatro. Le lendemain, dès 7 heures, elle se fit annoncer chez le vieux cardinal.

« Éminence, lui dit-elle, nous sommes bien vieux tous les deux ; il est inutile de chercher à nous tromper, en donnant de beaux noms à des choses qui ne sont pas belles ; je viens vous proposer une folie : tout ce que je puis dire pour elle c'est qu'elle n'est pas odieuse ; mais j'avouerai que je la trouve souverainement ridicule. Lorsqu'on traitait le mariage de don Octave Colonna avec ma fille Hélène, j'ai pris de l'amitié pour ce jeune homme, et le jour de son mariage je vous remettrai deux cent mille piastres en terres ou en argent, que je vous prierai de lui faire tenir. Mais pour qu'une pauvre veuve telle que moi puisse faire un sacrifice aussi énorme, il faut que ma fille Hélène, qui a présentement vingt-sept ans et qui depuis l'âge de dix-neuf ans n'a pas découché du couvent, soit faite *abbesse de Castro* ; il faut pour cela retarder l'élection de six mois ; la chose est canonique.

– Que dites-vous, madame ? s'écria le vieux cardinal hors de lui ; Sa Sainteté elle-même ne pourrait pas faire ce que vous venez demander à un pauvre vieillard impotent.

– Aussi ai-je dit à Votre Éminence que la chose était ridicule : les sots la trouveront folle ; mais les gens bien instruits de ce qui se passe à la Cour penseront que notre excellent prince le bon pape Grégoire XIII a voulu récompenser les loyaux et longs services de Votre Éminence en facilitant un mariage que tout Rome sait qu'elle désire. Du reste, la chose est fort possible, tout à fait canonique, j'en réponds ; ma fille prendra le voile blanc dès demain.

– Mais la simonie, madame !… » s'écria le vieillard d'une voix terrible.

La signora de Campireali s'en allait.

« Quel est ce papier que vous laissez ?

– C'est la liste des terres que je présenterais comme valant deux cent mille piastres si l'on ne voulait pas d'argent comptant ; le changement de propriété de ces terres pourrait être tenu secret pendant fort longtemps ; par exemple, la maison Colonna me ferait des procès que je perdrais…

– Mais la simonie, madame ! l'effroyable simonie !

– Il faut commencer par différer l'élection de six mois, demain je viendrai prendre les ordres de Votre Éminence. »

Je sens qu'il faut expliquer pour les lecteurs nés au nord des Alpes le ton presque officiel de plusieurs parties de ce dialogue ; je rappellerai que, dans les pays strictement catholiques, la plupart des dialogues sur des sujets scabreux finissent par arriver au confessionnal, et alors il n'est rien moins qu'indifférent de s'être servi d'un mot respectueux ou d'un terme ironique.

Le lendemain, dans la journée, Victoire Carafa sut que, par suite d'une grande erreur de fait, découverte dans la liste des trois dames présentées pour la place d'abbesse de Castro, cette élection était différée de six mois : la seconde dame portée sur la liste avait un renégat dans sa famille ; un de ses grands-oncles s'était fait protestant à Udine.

La signora de Campireali crut devoir faire une démarche auprès du prince Fabrice Colonna, à la maison duquel elle allait offrir une si notable augmentation de fortune. Après deux jours de soins, elle parvint à obtenir une entrevue dans un village voisin de Rome, mais elle sortit tout effrayée de cette audience ; elle avait trouvé le prince, ordinairement si calme, tellement préoccupé de la gloire militaire du colonel Lizzara (Jules Branciforte), qu'elle avait jugé absolument inutile de lui demander le secret sur cet article. Le colonel était pour lui comme un fils, et mieux encore, comme un élève favori. Le prince passait sa vie à lire et relire certaines lettres arrivées de Flandre. Que devenait le dessein favori auquel la signora de Campireali sacrifiait tant de choses depuis dix ans, si sa fille apprenait l'existence et la gloire du colonel Lizzara ?

Je crois devoir passer sous silence beaucoup de circonstances qui, à la vérité, peignent les mœurs de cette époque, mais qui me semblent tristes à raconter. L'auteur du manuscrit romain s'est donné des peines infinies pour arriver à la date exacte de ces détails que je supprime.

Deux ans après l'entrevue de la signora de Campireali avec le prince Colonna, Hélène était abbesse de Castro ;

mais le vieux cardinal Santi-Quatro était mort de douleur après ce grand acte de simonie. En ce temps-là, Castro avait pour évêque le plus bel homme de la cour du pape, monsignor Francesco Cittadini, noble de la ville de Milan. Ce jeune homme, remarquable par ses grâces modestes et son ton de dignité, eut des rapports fréquents avec l'abbesse de la Visitation à l'occasion surtout du nouveau cloître dont elle entreprit d'embellir son couvent. Ce jeune évêque Cittadini, alors âgé de vingt-neuf ans, devint amoureux fou de cette belle abbesse. Dans le procès qui fut dressé un an plus tard, une foule de religieuses, entendues comme témoins, rapportent que l'évêque multipliait le plus possible ses visites au couvent, disant souvent à leur abbesse : « Ailleurs je commande, et, je l'avoue à ma honte, j'y trouve quelque plaisir ; auprès de vous, j'obéis comme un esclave, mais avec un plaisir qui surpasse de bien loin celui de commander ailleurs. Je me trouve sous l'influence d'un être supérieur ; quand je l'essaierais, je ne pourrais avoir d'autre volonté que la sienne, et j'aimerais mieux me voir pour une éternité le dernier de ses esclaves, que d'être roi loin de ses yeux. »

Les témoins rapportent qu'au milieu de ses phrases élégantes, souvent l'abbesse lui ordonnait de se taire, et en des termes durs et qui montraient le mépris. « À vrai dire, continue un autre témoin, madame le traitait comme un domestique ; dans ces cas-là, le pauvre évêque baissait les yeux, se mettait à pleurer, mais ne s'en allait point. Il trouvait tous les jours de nouveaux prétextes pour reparaître au couvent, ce qui scandalisait fort les confesseurs des religieuses et les ennemies de l'abbesse. Mais madame l'abbesse était vivement défendue par la prieure, son amie intime, et qui, sous ses ordres immédiats, exerçait le gouvernement intérieur.

« Vous savez, mes nobles sœurs, disait celle-ci, que, depuis cette passion contrariée que notre abbesse éprouva dans sa première jeunesse pour un soldat d'aventure, il lui est resté beaucoup de bizarrerie dans les idées ; mais vous savez toutes que son caractère a ceci de remarquable, que jamais elle ne revient sur le compte des gens pour lesquels elle a montré du mépris. Or, dans toute sa vie peut-être, elle n'a pas prononcé autant de paroles outrageantes qu'elle en a adressé en notre présence au pauvre monsignor Cittadini. Tous les jours, nous voyons celui-ci subir des traitements qui nous font rougir pour sa haute dignité.

– Oui, répondaient les religieuses scandalisées, mais il revient tous les jours ; donc, au fond, il n'est pas si maltraité, et, dans tous les cas, cette apparence d'intrigue nuit à la considération du saint ordre de la Visitation. »

Le maître le plus dur n'adresse pas au valet le plus inepte le quart des injures dont tous les jours l'altière abbesse accablait ce jeune évêque aux façons si onctueuses ; mais il était amoureux et avait apporté de son pays cette maxime fondamentale, qu'une fois une entreprise de ce genre commencée, il ne faut plus s'inquiéter que du but, et ne pas regarder les moyens.

« Au bout du compte, disait l'évêque à son confident César del Bene, le mépris est pour l'amant qui s'est désisté de l'attaque avant d'y être contraint par des moyens de force majeure. »

Maintenant ma triste tâche va se borner à donner un extrait nécessairement fort sec du procès à la suite duquel Hélène trouva la mort. Ce procès, que j'ai lu dans une bibliothèque dont je dois taire le nom, ne forme pas moins de huit volumes in-folio. L'interrogatoire et le raisonnement sont en langue latine, les réponses en italien. J'y vois qu'au mois de novembre 1572, sur les onze heures du soir, le jeune évêque se rendit seul à la porte de l'église où toute la journée les fidèles sont admis ; l'abbesse elle-même lui ouvrit cette porte, et lui permit de la suivre. Elle le reçut dans une chambre qu'elle occupait souvent et qui communiquait par une porte secrète aux tribunes qui règnent sur les nefs de l'église. Une heure s'était à peine écoulée lorsque l'évêque, fort surpris, fut renvoyé chez lui ; l'abbesse elle-même le reconduisit à la porte de l'église, et lui dit ces propres paroles :

« *Retournez à votre palais et quittez-moi bien vite. Adieu, monseigneur, vous me faites horreur ; il me semble que je me suis donnée à un laquais.* »

Toutefois, trois mois après, arriva le temps du carnaval. Les gens de Castro étaient renommés par les fêtes qu'ils se donnaient entre eux à cette époque, la ville entière retentissait du bruit des mascarades. Aucune ne manquait de passer devant une petite fenêtre qui donnait un jour de souffrance à une certaine écurie du couvent. L'on sent bien que trois mois avant le carnaval cette écurie était changée en salon, et qu'elle ne désemplissait pas les jours de mascarade. Au milieu de toutes les folies du public, l'évêque vint à passer dans son carrosse ; l'abbesse lui fit un signe, et, la nuit suivante, à 1 heure, il ne manqua pas de se trouver à la porte de l'église. Il entra, mais, moins de trois quarts d'heure après, il fut renvoyé avec colère. Depuis le premier rendez-vous, au mois de novembre, il continuait à venir au couvent à peu près tous les huit jours. On trouvait sur sa figure un petit air de triomphe et de sottise qui n'échappait à personne, mais qui avait le privilège de choquer grandement le caractère altier de la jeune abbesse. Le lundi de Pâques, entre autres jours, elle le traita comme le dernier des hommes, et lui adressa des paroles que le plus pauvre des hommes de peine du couvent n'eût pas supportées. Toutefois, peu de jours après, elle lui fit un signe à la suite duquel le bel évêque ne manqua pas de se trouver, à minuit, à la porte de l'église ; elle l'avait fait venir pour lui apprendre qu'elle était enceinte. À cette annonce, dit le procès, le beau jeune homme pâlit d'horreur et devint tout à fait *stupide de peur*. L'abbesse eut la fièvre ; elle fit appeler le médecin, et ne lui fit point mystère de son état. Cet homme connaissait le caractère généreux de la malade, et lui promit de la tirer d'affaire. Il commença par la mettre en relation avec une femme du peuple jeune et jolie, qui, sans porter le titre de sage-femme, en avait les talents. Son mari était boulanger. Hélène fut contente de la conversation de cette femme, qui lui déclara que, pour l'exécution des projets à l'aide desquels elle espérait la sauver, il était nécessaire qu'elle eût deux confidentes dans le couvent.

« Une femme comme vous, à la bonne heure, mais une de mes égales ! non ; sortez de ma présence. »

La sage-femme se retira. Mais, quelques heures plus tard, Hélène, ne trouvant pas prudent de s'exposer aux bavardages de cette femme, fit appeler le médecin, qui la renvoya au couvent où elle fut traitée généreusement. Cette femme jura que même, non rappelée, elle n'eût jamais divulgué le secret confié ; mais elle déclara de nouveau que, s'il n'y avait pas dans l'intérieur du couvent deux femmes dévouées aux intérêts de l'abbesse et sachant tout, elle ne pouvait se mêler de rien. (Sans doute elle songeait à l'accusation d'infanticide.) Après y avoir beaucoup réfléchi, l'abbesse résolut de confier ce terrible secret à madame Victoire, prieure du couvent, de la noble famille des ducs de C…, et à Mme Bernarde, fille du marquis P…. Elle leur fit jurer sur leurs bréviaires de ne jamais dire un mot, même au tribunal de la pénitence, de ce qu'elle allait leur confier. Ces dames restèrent glacées de terreur. Elles avouent, dans leurs interrogatoires, que, préoccupées du caractère si altier de leur abbesse, elles s'attendirent à l'aveu de quelque meurtre. L'abbesse leur dit d'un air simple et froid :

« J'ai manqué à tous mes devoirs, je suis enceinte. »

Madame Victoire, la prieure, profondément émue et troublée par l'amitié qui, depuis tant d'années, l'unissait à Hélène, et non poussée par une vaine curiosité, s'écria les larmes aux yeux :

« Quel est donc l'imprudent qui a commis ce crime ?

– Je ne l'ai pas dit même à mon confesseur ; jugez si je veux le dire à vous ! »

Ces deux dames délibérèrent aussitôt sur les moyens de cacher ce fatal secret au reste du couvent. Elles décidèrent d'abord que le lit de l'abbesse serait transporté de sa chambre actuelle, lieu tout à fait central, à la pharmacie que l'on venait d'établir dans l'endroit le plus reculé du couvent, au troisième étage du grand bâtiment élevé par la générosité d'Hélène. C'est dans ce lieu que l'abbesse donna le jour à un enfant mâle. Depuis trois semaines la femme du boulanger était cachée dans l'appartement de la prieure. Comme cette femme marchait avec rapidité le long du cloître emportant l'enfant, celui-ci jeta des cris, et, dans sa terreur, cette femme se réfugia dans la cave. Une heure après, Mme Bernarde, aidée du médecin, parvint à ouvrir une petite porte du jardin, la femme du boulanger sortit rapidement du couvent et bientôt après de la ville. Arrivée en rase campagne et poursuivie par une terreur panique, elle se réfugia dans une grotte que le hasard lui fit rencontrer dans certains rochers. L'abbesse écrivit à César del Bene, confident et premier valet de chambre de l'évêque, qui courut à la grotte qu'on lui avait indiquée ; il était à cheval : il prit l'enfant dans ses bras, et partit au galop pour Montefiascone. L'enfant fut baptisé dans l'église de Sainte-Marguerite, et reçut le nom d'Alexandre. L'hôtesse du lieu avait procuré une nourrice à laquelle César remit huit écus : beaucoup de femmes, s'étant rassemblées autour de l'église pendant la cérémonie du baptême, demandèrent à grands cris au seigneur César le nom du père de l'enfant.

« C'est un grand seigneur de Rome, leur dit-il, qui s'est permis d'abuser d'une pauvre villageoise comme vous. » Et il disparut.

VII

Tout allait bien jusque-là dans cet immense couvent, habité par plus de trois cents femmes curieuses ; personne n'avait rien vu, personne n'avait rien entendu. Mais l'abbesse avait remis au médecin quelques poignées de sequins nouvellement frappés à la monnaie de Rome. Le médecin donna plusieurs de ces pièces à la femme du boulanger. Cette femme était jolie et son mari jaloux ; il fouilla dans sa malle, trouva ces pièces d'or si brillantes, et, les croyant le prix de son déshonneur, la força, le couteau sur la gorge, à dire d'où elles provenaient. Après quelques tergiversations, la femme avoua la vérité, et la paix fut faite. Les deux époux en vinrent à délibérer sur l'emploi d'une telle somme. La boulangère voulait payer quelques dettes ; mais le mari trouva plus beau d'acheter un mulet, ce qui fut fait. Ce mulet fit scandale dans le quartier, qui connaissait bien la pauvreté des deux époux. Toutes les commères de la ville, amies et ennemies, venaient successivement demander à la femme du boulanger quel était l'amant généreux qui l'avait mise à même d'acheter un mulet. Cette femme, irritée, répondait quelquefois en racontant la vérité. Un jour que César del Bene était allé voir l'enfant, et revenait rendre compte de sa visite à l'abbesse, celle-ci, quoique fort indisposée, se traîna jusqu'à la grille, et lui fit des reproches sur le peu de discrétion des agents employés par lui. De son côté, l'évêque tomba malade de peur ; il écrivit à ses frères à Milan pour leur raconter l'injuste accusation à laquelle il était en butte ; il les engageait à venir à son secours. Quoique gravement indisposé, il prit la résolution de quitter Castro ; mais, avant de partir, il écrivit à l'abbesse :

« Vous saurez déjà que tout ce qui a été fait est public. Ainsi, si vous prenez intérêt à sauver non seulement ma réputation, mais peut-être ma vie, et pour éviter un plus grand scandale, vous pouvez inculper Jean-Baptiste Doleri, mort depuis peu de jours ; que si, par ce moyen, vous ne réparez pas votre honneur, le mien du moins ne courra plus aucun péril. »

L'évêque appela don Luigi, confesseur du monastère de Castro :

« Remettez ceci, lui dit-il, dans les propres mains de madame l'abbesse. »

Celle-ci, après avoir lu cet infâme billet, s'écria devant tout ce qui se trouvait dans la chambre :

« *Ainsi méritent d'être traitées les vierges folles qui préfèrent la beauté du corps à celle de l'âme !* »

Le bruit de tout ce qui se passait à Castro parvint rapidement aux oreilles du *terrible* cardinal Farnèse (il se donnait ce caractère depuis quelques années, parce qu'il espérait, dans le prochain conclave, avoir l'appui des cardinaux *zelanti*). Aussitôt il donna l'ordre au podestat de Castro de faire arrêter l'évêque Cittadini. Tous les domestiques de celui-ci, craignant la *question*, prirent la fuite. Le seul César del Bene resta fidèle à son maître, et lui jura qu'il mourrait dans les tourments plutôt que de rien avouer qui pût lui nuire. Cittadini, se voyant entouré de gardes dans son palais, écrivit de nouveau à ses frères, qui arrivèrent de Milan en toute hâte. Ils le trouvèrent détenu dans la prison de Ronciglione.

Je vois dans le premier interrogatoire de l'abbesse que, tout en avouant sa faute, elle nia avoir eu des rapports avec monseigneur l'évêque ; son complice avait été Jean-Baptiste Doleri, avocat du couvent.

Le 9 septembre 1573, Grégoire XIII ordonna que le procès fût fait en toute hâte et en toute rigueur. Un juge criminel, un fiscal et un commissaire se transportèrent à Castro et à Ronciglione. César del Bene, premier valet de chambre de l'évêque, avoue seulement avoir porté un enfant chez une nourrice. On l'interroge en présence de Mmes Victoire et Bernarde. On le met à la torture deux jours de suite ; il souffre horriblement ; mais, fidèle à sa parole, il n'avoue que ce qu'il est impossible de nier, et le fiscal ne peut rien tirer de lui.

Quand vient le tour de Mmes Victoire et Bernarde, qui avaient été témoins des tortures infligées à César, elles avouent tout ce qu'elles ont fait. Toutes les religieuses sont interrogées sur le nom de l'auteur du crime ; la plupart répondent avoir ouï dire que c'est monseigneur l'évêque. Une des sœurs portières rapporte les paroles outrageantes que l'abbesse avait adressées à l'évêque en le mettant à la porte de l'église. Elle ajoute : « Quand on se parle sur ce ton, c'est qu'il y a bien longtemps que l'on fait l'amour ensemble. En effet, monseigneur l'évêque, ordinairement remarquable par l'excès de sa suffisance, avait, en sortant de l'église, l'air tout penaud. »

L'une des religieuses, interrogée en présence de l'instrument des tortures, répond que l'auteur du crime doit être le chat, parce que l'abbesse le tient continuellement dans ses bras et le caresse beaucoup. Une autre religieuse prétend que l'auteur du crime devait être le vent, parce que les jours où il fait du vent l'abbesse est heureuse et de bonne humeur ; elle s'expose à l'action du vent sur un belvédère qu'elle a fait construire exprès ; et, quand on va lui demander une grâce en ce lieu, jamais elle ne la refuse. La femme du boulanger, la nourrice, les commères de Montefiascone, effrayées par les tortures qu'elles avaient vu infliger à César, disent la vérité.

Le jeune évêque était malade ou faisait le malade à Ronciglione, ce qui donna l'occasion à ses frères, soutenus par le crédit et par les moyens d'influence de la signora de Campireali, de se jeter plusieurs fois aux pieds du pape, et de lui demander que la procédure fût suspendue jusqu'à ce que l'évêque eût recouvré la santé. Sur quoi le terrible cardinal Farnèse augmenta le nombre des soldats qui le gardaient dans sa prison. L'évêque ne pouvant être interrogé, les commissaires commençaient toutes leurs séances par faire subir un nouvel interrogatoire à l'abbesse ; un jour que sa mère lui avait fait dire d'avoir bon courage et de continuer à tout nier, elle avoua tout.

« Pourquoi avez-vous d'abord inculpé Jean-Baptiste Doleri ?

– Par pitié pour la lâcheté de l'évêque ; et d'ailleurs, s'il parvient à sauver sa chère vie, il pourra donner des soins à mon fils. »

Après cet aveu, on enferma l'abbesse dans une chambre du couvent de Castro, dont les murs, ainsi que la voûte, avaient huit pieds d'épaisseur : les religieuses ne parlaient de ce cachot qu'avec terreur, et il était connu sous le nom de la chambre des moines ; l'abbesse y fut gardée à vue par trois femmes.

La santé de l'évêque s'étant un peu améliorée, trois cents sbires ou soldats vinrent le prendre à Ronciglione, et il fut transporté à Rome en litière ; on le déposa à la prison appelée *Corte Savella*. Peu de jours après, les religieuses aussi furent amenées à Rome ; l'abbesse fut placée dans le monastère de Sainte-Marthe. Quatre religieuses étaient inculpées : Mmes Victoire et Bernarde, la sœur chargée du tour et la portière, qui avait entendu les paroles outrageantes adressées à l'évêque par l'abbesse.

L'évêque fut interrogé par *l'auditeur de la chambre*, l'un des premiers personnages de l'ordre judiciaire. On remit de nouveau à la torture le pauvre César del Bene, qui non seulement n'avoua rien, mais dit des choses qui *faisaient de la peine au ministère public*, ce qui lui valut une nouvelle séance de torture. Ce supplice préliminaire fut également infligé à Mmes Victoire et Bernarde. L'évêque niait tout avec sottise, mais avec une belle opiniâtreté ; il rendait compte dans le plus grand détail de tout ce qu'il avait fait dans les trois soirées évidemment passées auprès de l'abbesse.

Enfin, l'on confronta l'abbesse avec l'évêque ; et, quoiqu'elle dît constamment la vérité, on la soumit à la torture. Comme elle répétait ce qu'elle avait toujours dit depuis son premier aveu, l'évêque, fidèle à son rôle, lui adressa des injures.

Après plusieurs autres mesures raisonnables au fond, mais entachées de cet esprit de cruauté qui, après les règnes de Charles Quint et de Philippe II, prévalait trop souvent dans les tribunaux d'Italie, l'évêque fut condamné à subir une prison perpétuelle au château Saint-Ange ; l'abbesse fut condamnée à être détenue toute la vie dans le couvent de Sainte-Marthe, où elle se trouvait. Mais déjà la signora de Campireali avait entrepris, pour sauver sa fille, de faire creuser un passage souterrain. Ce passage partait de l'un des égouts laissés par la magnificence de l'ancienne Rome, et devait aboutir au caveau profond où l'on plaçait les dépouilles mortelles des religieuses de Sainte-Marthe. Ce passage, large de deux pieds à peu près, avait des parois de planches pour soutenir les terres à droite et à gauche, et on lui donnait pour voûte, à mesure que l'on avançait, deux planches placées comme les jambages d'un A majuscule.

On pratiquait ce souterrain à trente pieds de profondeur à peu près. Le point important était de le diriger dans le sens convenable ; à chaque instant, des puits et des fondements d'anciens édifices obligeaient les ouvriers à se détourner. Une autre grande difficulté, c'étaient les déblais dont on ne savait que faire ; il paraît qu'on les semait pendant la nuit dans toutes les rues de Rome. On était étonné de cette quantité de terre qui tombait pour ainsi dire du ciel.

Quelques grosses sommes que la signora de Campireali dépensât pour essayer de sauver sa fille, son passage souterrain eût sans doute été découvert ; mais le pape Grégoire XIII vint à mourir en 1585, et le règne du désordre commença avec le siège vacant.

Hélène était fort mal à Sainte-Marthe ; on peut penser si de simples religieuses assez pauvres mettaient du zèle à vexer une abbesse fort riche et convaincue d'un tel crime. Hélène attendait avec empressement le résultat des travaux entrepris par sa mère. Mais tout à coup son cœur éprouva d'étranges émotions. Il y avait déjà six mois que Fabrice Colonna, voyant l'état chancelant de la santé de Grégoire XIII et ayant de grands projets pour l'interrègne, avait envoyé un de ses officiers à Jules Branciforte, maintenant si connu dans les armées espagnoles sous le nom de colonel Lizzara. Il le rappelait en Italie ; Jules brûlait de revoir son pays. Il débarqua sous un nom supposé à Pescara, petit port de l'Adriatique sous Chietti, dans les Abruzzes, et par les montagnes il vint jusqu'à la Petrella. La joie du prince étonna tout le monde. Il dit à Jules qu'il l'avait fait appeler pour faire de lui son successeur et lui donner le commandement de ses soldats. À quoi Branciforte répondit que, militairement parlant, l'entreprise ne valait plus rien, ce qu'il prouva facilement ; si jamais l'Espagne le voulait sérieusement, en six mois, et à peu de frais, elle détruirait tous les soldats d'aventure de l'Italie.

« Mais, après tout, ajouta le jeune Branciforte, si vous le voulez, mon prince, je suis prêt à marcher. Vous trouverez toujours en moi le successeur du brave Ranuce tué aux Ciampi. »

Avant l'arrivée de Jules, le prince avait ordonné, comme il savait ordonner, que personne dans la Petrella ne s'avisât de parler de Castro et du procès de l'abbesse ; la peine de mort, sans aucune rémission, était placée en perspective du moindre bavardage. Au milieu des transports d'amitié avec lesquels il reçut Branciforte, il lui demanda de ne point aller à Albano sans lui, et sa façon d'effectuer ce voyage fut de faire occuper la ville par mille de ses gens et de placer une avant-garde de douze cents hommes sur la route de Rome. Qu'on juge de ce que devint le pauvre Jules, lorsque le prince, ayant fait appeler le vieux Scotti, qui vivait encore, dans la maison où il avait placé son quartier général, le fit monter dans la chambre où il se trouvait avec Branciforte. Dès que les deux amis se furent jetés dans les bras l'un de l'autre :

« Maintenant, pauvre colonel, dit-il à Jules, attends-toi à ce qu'il y a de pis. »

Sur quoi il souffla la chandelle et sortit en enfermant à clé les deux amis.

Le lendemain, Jules, qui ne voulut pas sortir de sa chambre, envoya demander au prince la permission de retourner à la Petrella, et de ne pas le voir de quelques jours. Mais on vint lui rapporter que le prince avait disparu, ainsi que ses troupes. Dans la nuit, il avait appris la mort de Grégoire XIII ; il avait oublié son ami Jules et courait la campagne. Il n'était resté autour de Jules qu'une trentaine d'hommes appartenant à l'ancienne compagnie de Ranuce. L'on sait assez qu'en ce temps-là, pendant le siège vacant, les lois étaient muettes, chacun songeait à satisfaire ses passions, et il n'y avait de force que la force ; c'est pourquoi, avant la fin de la journée, le prince Colonna avait déjà fait pendre plus de cinquante de ses ennemis. Quant à Jules, quoiqu'il n'eût pas quarante hommes avec lui, il osa marcher vers Rome.

Tous les domestiques de l'abbesse de Castro lui avaient été fidèles ; ils s'étaient logés dans les pauvres maisons voisines du couvent de Sainte-Marthe. L'agonie de Grégoire XIII avait duré plus d'une semaine ; la signora de Campireali attendait impatiemment les journées de trouble qui allaient suivre sa mort pour faire attaquer les derniers cinquante pas de son souterrain. Comme il s'agissait de traverser les caves de plusieurs maisons habitées, elle craignait fort de ne pouvoir dérober au public la fin de son entreprise.

Dès le surlendemain de l'arrivée de Branciforte à la Petrella, les trois anciens *bravi* de Jules, qu'Hélène avait pris à son service, semblèrent atteints de folie. Quoique tout le monde ne sût que trop qu'elle était au secret le plus absolu, et gardée par des religieuses qui la haïssaient, Ugone, l'un des *bravi*, vint à la porte du couvent, et fit les instances les plus étranges pour qu'on lui permît de voir sa maîtresse, et sur-le-champ. Il fut repoussé et jeté à la porte. Dans son désespoir cet homme y resta, et se mit à donner un *bajoc* (un sou) à chacune des personnes attachées au service de la maison qui entraient ou sortaient, en leur disant ces précises paroles : *Réjouissez-vous avec moi ; le signor Jules Branciforte est arrivé, il est vivant : dites cela à vos amis*.

Les deux camarades d'Ugone passèrent la journée à lui apporter des bajocs, et ils ne cessèrent d'en distribuer jour et nuit, en disant toujours les mêmes paroles, que lorsqu'il ne leur en resta plus un seul. Mais les trois *bravi*, se relevant l'un l'autre, ne continuèrent pas moins à monter la garde à la porte du couvent de Sainte-Marthe, adressant toujours aux passants les mêmes paroles suivies de grandes salutations : *Le seigneur Jules est arrivé*, etc.

L'idée de ces braves gens eut du succès : moins de trente-six heures après le premier bajoc distribué, la pauvre Hélène, au secret, au fond de son cachot, savait que Jules était vivant ; ce mot la jeta dans une sorte de frénésie : « Ô ma mère, s'écriait-elle, m'avez-vous fait assez de mal ! » Quelques heures plus tard, l'étonnante nouvelle lui fut confirmée par la petite Marietta, qui, en faisant le sacrifice de tous ses bijoux d'or, obtint la permission de suivre la sœur tourière qui apportait ses repas à la prisonnière. Hélène se jeta dans ses bras en pleurant de joie.

« Ceci est bien beau, lui dit-elle, mais je ne resterai plus guère avec toi.

– Certainement ! lui dit Marietta. Je pense bien que le temps de ce conclave ne se passera pas sans que votre prison ne soit changée en un simple exil.

– Ah ! ma chère, revoir Jules ! et le revoir, moi coupable ! »

Au milieu de la troisième nuit qui suivit cet entretien, une partie du pavé de l'église s'enfonça avec un grand bruit ; les religieuses de Sainte-Marthe crurent que le couvent allait s'abîmer. Le trouble fut extrême, tout le monde criait au tremblement de terre. Une heure environ après la chute du pavé de marbre de l'église, la signora de Campireali, précédée par les trois *bravi* au service d'Hélène, pénétra dans le cachot par le souterrain.

« Victoire ! victoire ! madame », criaient les *bravi*.

Hélène eut une peur mortelle ; elle crut que Jules Branciforte était avec eux. Elle fut bien rassurée, et ses traits reprirent leur expression sévère, lorsqu'ils lui dirent qu'ils n'accompagnaient que la signora de

Campireali, et que Jules n'était encore que dans Albano, qu'il venait d'occuper avec plusieurs milliers de soldats.

Après quelques instants d'attente, la signora de Campireali parut ; elle marchait avec beaucoup de peine, donnant le bras à son écuyer, qui était en grand costume et l'épée au côté ; mais son habit magnifique était tout souillé de terre.

« Ô ma chère Hélène, je viens te sauver ! s'écria la signora de Campireali.

– Et qui vous dit que je veuille être sauvée ? »

La signora de Campireali restait étonnée ; elle regardait sa fille avec de grands yeux ; elle parut fort agitée.

« Eh bien ! ma chère Hélène, dit-elle enfin, la destinée me force à t'avouer une action bien naturelle peut-être, après les malheurs autrefois arrivés dans notre famille, mais dont je me repens et que je te prie de me pardonner : Jules... Branciforte... est vivant...

– Et c'est parce qu'il vit que je ne veux pas vivre. »

La signora de Campireali ne comprenait pas d'abord le langage de sa fille, puis elle lui adressa les supplications les plus tendres ; mais elle n'obtenait pas de réponse : Hélène s'était tournée vers son crucifix et priait sans l'écouter. Ce fut en vain que pendant une heure entière la signora de Campireali fit les derniers efforts pour obtenir une parole ou un regard. Enfin, sa fille, impatientée, lui dit :

« C'est sous le marbre de ce crucifix qu'étaient cachées ses lettres, dans ma petite chambre d'Albano ; il eût mieux valu me laisser poignarder par mon père ! Sortez, et laissez-moi de l'or. »

La signora de Campireali voulant continuer à parler à sa fille, malgré les signes d'effroi que lui adressait son écuyer, Hélène s'impatienta.

« Laissez-moi, du moins, une heure de liberté ; vous avez empoisonné ma vie, vous voulez aussi empoisonner ma mort.

– Nous serons encore maîtres du souterrain pendant deux ou trois heures ; j'ose espérer que tu te raviseras, s'écria la signora de Campireali fondant en larmes. Et elle reprit la route du souterrain.

– Ugone, reste auprès de moi, dit Hélène à l'un de ses *bravi*, et sois bien armé, mon garçon, car peut-être il s'agira de me défendre. Voyons ta dague, ton épée, ton poignard ! »

Le vieux soldat lui montra ces armes en bon état.

« Eh bien ! tiens-toi là en dehors de ma prison ; je vais écrire à Jules une longue lettre que tu lui remettras toi-même ; je ne veux pas qu'elle passe par d'autres mains que les tiennes, n'ayant rien pour la cacheter. Tu peux lire tout ce que contiendra cette lettre. Mets dans tes poches tout cet or que ma mère vient de laisser, je n'ai besoin pour moi que de cinquante sequins ; place-les sur mon lit. »

Après ces paroles, Hélène se mit à écrire.

Je ne doute point de toi, mon cher Jules ; si je m'en vais, c'est que je mourrais de douleur dans tes bras, en voyant quel eût été mon bonheur si je n'eusse pas commis une faute. Ne va pas croire que j'aie jamais aimé aucun être au monde après toi ; bien loin de là, mon cœur était rempli du plus vif mépris pour l'homme que j'admettais dans ma chambre. Ma faute fut uniquement d'ennui, et, si l'on veut, de libertinage. Songe que mon esprit, fort affaibli depuis la tentative inutile que je fis à la Petrella, où le prince que je vénérais, parce que tu l'aimais, me reçut si cruellement ;

songe, dis-je, que mon esprit fort affaibli fut assiégé par douze années de mensonges. Tout ce qui m'environnait était faux et menteur, et je le savais. Je reçus d'abord une trentaine de lettres de toi ; juge des transports avec lesquels j'ouvris les premières ! mais, en les lisant, mon cœur se glaçait. J'examinais cette écriture, je reconnaissais ta main, mais non ton cœur. Songe que ce premier mensonge a dérangé l'essence de ma vie, au point de me faire ouvrir sans plaisir une lettre de ton écriture ! La détestable annonce de ta mort acheva de tuer en moi tout ce qui restait encore des temps heureux de notre jeunesse. Mon premier dessein, comme tu le comprends bien, fut d'aller voir et toucher de mes mains la plage du Mexique où l'on disait que les sauvages t'avaient massacré ; si j'eusse suivi cette pensée... nous serions heureux maintenant, car, à Madrid, quels que fussent le nombre et l'adresse des espions qu'une main vigilante eût pu semer autour de moi, comme de mon côté j'eusse intéressé toutes les âmes dans lesquelles il reste encore un peu de pitié et de bonté, il est probable que je serais arrivée à la vérité ; car déjà, mon Jules, tes belles actions avaient fixé sur toi l'attention du monde, et peut-être quelqu'un à Madrid savait que tu étais Branciforte. Veux-tu que je te dise ce qui empêcha notre bonheur ? D'abord le souvenir de l'atroce et humiliante réception que le prince m'avait faite à la Petrella ; que d'obstacles puissants à affronter de Castro au Mexique ! Tu le vois, mon âme avait déjà perdu de son ressort. Ensuite il me vint une pensée de vanité. J'avais fait construire de grands bâtiments dans le couvent, afin de pouvoir prendre pour chambre la loge de la tourière où tu te réfugias la nuit du combat. Un jour, je regardais cette terre que jadis, pour moi, tu avais abreuvée de ton sang ; j'entendis une parole de mépris, je levai la tête, je vis des visages méchants ; pour me venger, je voulus être abbesse. Ma mère, qui savait bien que tu étais vivant, fit des choses héroïques pour obtenir cette nomination extravagante. Cette place ne fut, pour moi, qu'une source d'ennuis ; elle acheva d'avilir mon âme ; je trouvai du plaisir à marquer mon pouvoir souvent par le malheur des autres ; je commis des injustices. Je me voyais, à trente ans, vertueuse suivant le monde, riche, considérée, et cependant parfaitement malheureuse. Alors se présenta ce pauvre homme, qui était la bonté même, mais l'ineptie en personne. Son ineptie fit que je supportai ses premiers propos. Mon âme était si malheureuse par tout ce qui m'environnait depuis ton départ, qu'elle n'avait plus la force de résister à la plus petite tentation. T'avouerai-je une chose bien indécente ? Mais je réfléchis que tout est permis à une morte. Quand tu liras ces lignes, les vers dévoreront ces prétendues beautés qui n'auraient dû être que pour toi. Enfin il faut dire cette chose qui me fait de la peine ; je ne voyais pas pourquoi je n'essaierais pas de l'amour grossier, comme toutes nos dames romaines ; j'eus une pensée de libertinage, mais je n'ai jamais pu me donner à cet homme sans éprouver un sentiment d'horreur et de dégoût qui anéantissait tout le plaisir. Je te voyais toujours à mes côtés, dans notre jardin du palais d'Albano, lorsque la Madone t'inspira cette pensée généreuse en apparence, mais qui pourtant, après ma mère, a fait le malheur de notre vie. Tu n'étais point menaçant, mais tendre et bon comme tu le fus toujours ; tu me regardais ; alors j'éprouvais des moments de colère pour cet autre homme, et j'allais jusqu'à le battre de toutes mes forces. Voilà toute la vérité, mon cher Jules ; je ne voulais pas mourir sans te la dire, et je pensais aussi que peut-être cette conversation avec toi m'ôterait l'idée de mourir. Je n'en vois que mieux quelle eût été ma joie en te revoyant, si je me fusse conservée digne de toi. Je t'ordonne de vivre et de continuer cette carrière militaire qui m'a causé tant de joie quand j'ai appris tes succès. Qu'eût-ce été, grand Dieu ! si j'eusse reçu tes lettres, surtout après la bataille d'Achenne ! Vis, et rappelle-toi souvent la mémoire de Ranuce tué aux Ciampi, et celle d'Hélène, qui, pour ne pas voir un reproche dans tes yeux, est morte à Sainte-Marthe.

Après avoir écrit, Hélène s'approcha du vieux soldat qu'elle trouva dormant ; elle lui déroba sa dague, sans qu'il s'en aperçût, puis elle l'éveilla.

« J'ai fini, lui dit-elle ; je crains que nos ennemis ne s'emparent du souterrain. Va vite prendre ma lettre qui est sur la table, et remets-la toi-même à Jules, toi-même, entends-tu ? De plus, donne-lui mon mouchoir que voici ; dis-lui que je ne l'aime pas plus en ce moment que je ne l'ai toujours aimé, toujours, entends bien ! »

Ugone debout ne partait pas.

« Va donc !

– Madame, avez-vous bien réfléchi ? Le seigneur Jules vous aime tant !

– Moi aussi je l'aime, prends la lettre et remets-la toi-même.

– Eh bien ! que Dieu vous bénisse comme vous êtes bonne ! »

Ugone alla et revint fort vite ; il trouva Hélène morte : elle avait la dague dans le cœur.

SUPPLÉMENTS

Remarques et notes de Stendhal sur les manuscrits italiens[1]

1. Nous rassemblons ici trois courts textes (respectivement d'avril et mai 1833, puis de 1839) que Stendhal a rédigés directement sur les manuscrits italiens qui constituent la source des *Historiettes romaines*. On y trouve d'ailleurs également la mention de ce titre sous la forme suivante : « Historiettes romaines. Rome vers 1600. Rome. Fait copier et relier ce volume en 1833. Rome vers 1550, ou recueil de pièces qui montrent la manière de penser et d'agir dans les affaires de la vie privée à Rome vers 1550. »

J'avoue que je ne suis guère curieux des façons de penser et d'agir des habitants de la Nouvelle-Hollande, ou de l'île de Ceylan. Le voyageur Franklin rapporte que chez les Riccaras, les maris et les frères tiennent à honneur de prêter aux étrangers leurs femmes et leurs sœurs. La lecture des récits véridiques du capitaine Franklin que j'ai rencontré chez M. Cuvier peut m'amuser pendant un quart d'heure, mais bientôt je pense à autre chose ; ces Riccaras sont trop différents des hommes qui ont été mes amis ou mes rivaux. C'est pour une semblable raison que les héros d'Homère et de Racine, les Achille et les Agamemnon commencent à être pour moi du genre bâillatif. Il est vrai que beaucoup de Français, mes contemporains, s'imaginent les aimer, parce qu'ils croient s'honorer en les admirant ; quant à moi je commence à perdre tous les préjugés fondés sur la vanité de la première jeunesse.

J'aime ce qui peint le cœur de l'homme mais de l'homme que je connais, et non pas des Riccaras.

Dès le milieu du XVIe siècle, la vanité, le *désir de Parestre*, comme dit le baron de Fœneste, a jeté en France un voile épais, sur les actions des hommes et surtout sur les motifs de ces actions. La vanité n'est pas de la même nature en Italie, c'est ce dont j'ai l'honneur de donner ma parole d'honneur au lecteur, elle a une action plus faible. En général, on ne pense au voisin que pour le haïr ou s'en méfier ; il n'y a d'exception tout au plus que pour trois ou quatre cérémonies par an, et alors chaque homme qui donne une fête contraint mathématiquement pour ainsi dire, l'approbation de son voisin. Il n'y a pas de nuances fugitives aperçues et saisies au vol, à chaque quart d'heure de la vie, avec une inquiétude mortelle. On ne voit pas de ces faces inquiètes et maigres, transpercées par les anxiétés d'une vanité toujours souffrante, de ces visages à la Viennet (député de l'Hérault en 1833).

Cette vanité d'Italie, tellement différente, tellement plus faible que la nôtre, est ce qui m'a engagé à faire transcrire les bavardages qui suivent. Ma préférence semblerait bien baroque à ceux des Français, mes contemporains qui sont accoutumés à chercher du plaisir littéraire et la peinture du cœur humain dans les œuvres de MM. Villemain, Delavigne. Je m'imagine que mes contemporains de 1833 seraient assez peu touchés des traits naïfs ou énergiques que l'on rencontre ici, racontés en style de commère. Pour moi, le récit de ces pièces et de ces supplices me fournit sur le cœur humain des données vraies et inattaquables sur lesquelles on aime à méditer la nuit en courant la poste. J'aimerais bien mieux trouver le récit d'amours, de mariages, d'intrigues savantes pour capter des héritages (comme celui de M. le duc…, vers 1826), mais la main de fer de la justice n'étant point entrée dans de tels récits, quand même je les trouverais ; ils me sembleraient moins dignes de confiance. Cependant des gens aimables sont occupés en ce moment à faire des recherches pour moi.

Il fallait un peuple chez lequel la force de la sensation actuelle (comme à Naples) ou la force de la passion méditée, ruminée (comme à Rome) eût chassé à ce point la vanité et l'affectation. Je ne sais si l'on pourrait trouver hors de l'Italie (et peut-être de l'Espagne avant l'affectation du XIXe siècle) une époque assez civilisée pour être plus intéressante que les Riccaras, et assez pure de vanité pour laisser voir le cœur humain presque à nu. Ce dont je suis sûr, c'est que aujourd'hui l'Angleterre, l'Allemagne et la France, sont trop gangrenées d'affectations et de vanités, de tous les genres, pour pouvoir de longtemps, fournir des lumières aussi vives sur les profondeurs du cœur humain.

Rome, palazzo Cavalieri, twenty fourth of April, 1833 (Probablement my letter read in Si… ou Vigna…).

J'efface au crayon les longueurs, trop ennuyeuses pour n'être pas impatienté à la lecture. J'ai lu tout ceci dans le m… original avant de le faire copier.

Le défaut de ce livre est la quantité de supplices décrits*.

On ne trouvera pas ici des paysages composés, mais des vues prises d'après nature, avec l'instrument anglais. La *vérité* doit tenir lieu de tous les autres mérites, mais

* Stendhal a ajouté aussi cette note en surcharge sur le manuscrit : « To the happy few »
« Toute ma vie j'ai désiré être lu par fort peu de personnes 30 ou 40, des amis comme Madame Roland, M. de Tracy lui-même, le Gal [général] Mollis, le Gal [général] Foy, Mme de Barkoff, φιλλιππιδιον de Bülow, Béranger. Je me réjouis de ma *mauvaise écriture*, qui dégoûtera les *sots* et me tiendra lieu de *chiffre*. »

il est un âge où la *vérité* ne suffit pas, on ne la trouve pas assez piquante. Je conseillerais aux personnes qui se trouvent dans cette disposition d'esprit de ne lire qu'une de ces histoires tous les huit jours.

J'aime le style de ces histoires, c'est celui du peuple, il est rempli de pléonasmes et ne laisse jamais passer le nom d'une chose horrible sans nous apprendre qu'elle est horrible. Mais ainsi sans le vouloir, le conteur peint son siècle et les manières de penser à la mode.

La plupart de ces histoires ont été écrites peu de jours après la mort des pauvres diables dont elles parlent.

J'ai fait quelques corrections au crayon, pour rendre le style un peu moins obscur, et ne pas tant m'impatienter à la troisième lecture.

L'obscurité est le grand défaut de la langue italienne. Le fait est qu'il y a huit ou dix langues italiennes, et aucune n'a tué ses rivales. En France, la langue de Paris a tué celle de Montaigne. On dit à Rome : Vi vedrò domani *all giorno*. Ce qui ne serait pas compris à Florence. J'aimerais mieux lire un récit en anglais qu'en italien ; il serait plus clair pour moi.

L'histoire la moins dénuée de piquant est celle des Massimi, page 16.

Je n'ai admis le siège de Gênes qui n'offre aucun intérêt que pour avoir la copie de tout le manuscrit que l'on m'avait prêté, j'ai craint de me reprocher un jour d'avoir négligé ce *[…]**.

Environ un tiers de ces histoires ne valent guère la peine d'être copiées, c'est du plat mauvais de 1600 à mes yeux bien moins ennuyeux que du *mauvais* de 1833, ce sont d'autres idées surtout. Par exemple un prince

* Stendhal a laissé un blanc après « ce ».

romain (Santacroce) suppose que sa vieille mère a un amant parce qu'il voit sa taille s'épaissir ; il croit son honneur outragé et poignarde cette pauvre vieille femme hydropique. L'isolement de l'orgueil espagnol greffé en Italie faisait qu'un fils ne connaissait pas l'amant de sa mère.

Dans les histoires les moins intéressantes, on peut trouver quelque reflet de ces mœurs.

Même en 1833 je trouve qu'en France, et surtout en Angleterre, on tue pour se procurer quelque argent. Des deux pauvres diables qu'on a exécutés avant-hier et qui avaient vingt-trois et vingt-sept ans, l'un Vivaldi avait tué sa femme parce qu'il en aimait une autre, le second avait tiré un coup de fusil à un médecin ultra et probablement dénonciateur de son pays, on ne voit pas la trace d'intérêt d'argent.

Les crimes fondés sur l'argent ne sont que plats, et l'on en trouvera bien peu ici.

Vers l'an 1350 Pétrarque mit à la mode en Italie les manuscrits anciens, il suivit de là que l'on conserva aussi les manuscrits contemporains et cela dans un siècle où savoir lire et écrire était une honte parmi les gens comme il faut de France. C'est ce qui fait qu'en 1839, il y a tant de trésors dans les bibliothèques d'Italie. Remarquez que, pour comble de bonne fortune, l'Italie étant divisée en un grand nombre de petits États dont les chefs étaient pleins de sagacité, l'ambassadeur de Venise à Florence se moquait de ce qu'on faisait à Florence comme l'ambassadeur des Médicis à Venise se moquait fort de ce que faisait le doge.

Mais il est arrivé une chose bizarre depuis que les deux Chambres se sont établies tant bien que mal en France à la suite des victoires de Napoléon qui ont frappé les Italiens d'enthousiasme en leur donnant une patrie pendant quelques années ; depuis surtout que toute l'Italie étudie nuit et jour *L'Histoire de la Révolution française* par M. Thiers les souverains légitimes de l'Italie se sont figuré qu'il était d'un intérêt majeur pour eux de ne pas laisser fouiller dans les archives. Remarquez que les raisonnements politiques de l'an 1500 sont parfaitement ridicules, l'on n'avait pas encore inventé à cette époque de faire voter l'impôt par les députés de ceux qui doivent le payer, et de plus l'on se figurait que toute bonne politique devait se trouver dans les ouvrages du divin Platon pour lors assez mal traduits. Mais les hommes de cette époque et par conséquent les écrivains qui n'étaient point alors des gens d'académie visant à un prix Monthion, étaient pleins d'une énergie féroce, ils savaient ce que c'était que de vivre dans une petite ville sous l'œil du tyran qui venait d'opprimer la République et d'en être connu de vue.

Ce n'est donc pas des raisonnements passables qu'il faut chercher dans les archives d'Italie où par protection l'on peut pénétrer aujourd'hui, mais uniquement quelques vers sublimes dans le goût de ceux de Michel-Ange et quelques faits qui jettent un jour singulier sur les profondeurs du cœur humain. Car le gouvernement le plus baroque et le plus infâme a cela de bon qu'il donne sur le cœur humain des aperçus que l'on chercherait en vain dans la jeune Amérique où toutes les passions se réduisent à peu près au culte du dollar.

Parmi les archives, celles où je serais le plus curieux d'être admis si je pouvais passer pour un savant civilisé et inoffensif qui ne cherche que des manuscrits grecs, ce serait les archives des tribunaux tenus par les évêques et dont l'autorité n'a pâli que de nos jours devant l'étoile de Napoléon.

Article publié en janvier 1825 par Stendhal dans le *London Magazine**

* L'article est le premier d'une série placée sous le titre de *Letters from Paris by Grimm's Grandson* (Lettres de Paris par le petit-fils de Grimm). On y lira pourquoi « la Révolution commence en littérature ».

Paris, 18 décembre 1824.

Oui, mon ami, je vous rendrai compte tous les mois de l'état de la littérature française. Je ne ferai que nommer les livres médiocres qui peuvent paraître au cours du mois et je m'étendrai un peu plus longuement sur ceux que devrait acheter l'amateur de littérature française en Angleterre. Les Français, qui lisent dans l'original l'œuvre de Byron, de Walter Scott, de Godwin, etc., désirent depuis longtemps qu'un Anglais leur désigne tous les mois les livres qu'ils doivent se procurer. Vous croirez à peine que ce fut le pitoyable roman du *Vampire* qui fit connaître à Paris le nom de Lord Byron, de ce Lord Byron dont toutes les femmes ont maintenant les œuvres dans leurs bibliothèques. Ce ne fut que par hasard que nous avons appris en 1815 l'existence de l'*Edinburgh Review* dont peu de temps après on se moqua tant à cause de ses articles sur Chénier.

J'éprouve moi-même excessivement d'embarras pour tout ce qui touche les lettres anglaises ; aussi essayerai-je de préserver, en Angleterre, tous les gens qui aiment la littérature française. Je ferai de mon mieux pour être impartial dans mes jugements ; ils ne seront *tranchants* que dans la forme, parce que je veux embrasser le plus d'idées possible en très peu de mots.

J'espère être impartial pour les raisons que voici : 1. Je ne suis pas moi-même auteur et je n'ai jamais rien imprimé, aussi je ne me vois pas de rivaux chez les écrivains grands ou petits qui cherchent à attirer l'attention du public ; 2. Je trouve matière à rire autant qu'à louer dans les deux partis qui divisent notre littérature : le parti de Jouy, Étienne et Cie et le parti des disciples de M. Cousin qui défendent le spiritualisme et un kantisme modéré. Ces derniers ont dernièrement fondé un journal appelé *Le Globe*, qui est passablement sensé et ennuyeux au possible.

Ces deux partis littéraires sont exactement comme les *Cavaliers* et les *Têtes rondes* du temps de votre Charles Ier. Les littérateurs de la cabale, Jouy, Étienne, etc., etc. sont gais, intelligents et légers, avec un grain de fatuité, suivant l'exemple de M. Jouy, leur chef, qui voudrait se faire appeler Jouy le *Voltairien*. Ils ne sont coupables d'aucune idée. Ils sont du reste les ennemis acharnés de toute nouveauté qui pourrait les obliger à exprimer une idée dans leurs livres ou dans les journaux où ils collaborent et qui leur ont servi à persuader tout le monde de leur talent. Les journaux de MM. Étienne, Jouy et de leurs aides de camp, MM. Jay, Tissot, Arnaud, Félix Bodin, Thiers, sont politiques comme *Le Constitutionnel*, ou littéraires comme *La Pandore, Le Corsaire, Le Diable boiteux, Le Mercure. Le Constitutionnel* a vingt mille abonnés et est rédigé avec une habileté remarquable ; il touche tous les lecteurs de province.

Les disciples de M. Cousin, que je compare aux *Têtes rondes* de Charles Ier et de Charles II, sont graves au contraire, ils ont la gaîté en horreur ; ils sont, en outre, un peu pédants et souvent obscurs dans leurs raisonnements. Ils ont beau les conduire avec toutes les formes de parfaits *dialecticiens*, la vraie *logique* est malheureusement ce qui leur manque le plus. Quarante ou cinquante de ces *Cousinisles* contempteurs de la philosophie que Condillac a fondée sur l'expérience, se sont réunis, comme je l'ai déjà dit, pour publier un journal littéraire intitulé *Le Globe*. Ce journal paraît trois fois par semaine et a déjà eu cinquante numéros. Ses rédacteurs sont en général des jeunes gens sincères dans la recherche de la vérité mais qui ont malheureusement la tête faible et le cœur chaud ; en d'autres termes, ils n'ont pas une grande puissance de raisonnement, mais ils possèdent une imagination très fertile. Ils adhèrent avec fanatisme à la philosophie de Platon et changent de croyance tous les ans.

Les gens du *Globe* sont, comme il a été dit, graves et réfléchis ; on croirait que la gaîté les offense. Il y a quelque chose de puritain chez eux qui forme un contraste frappant avec l'impertinente vivacité du parti de Jouy et d'Étienne. Aucun d'eux n'est encore célèbre mais à mon avis plusieurs le deviendront bientôt. Ils écrivent dans les journaux des articles qui auraient été il y a six ans publiés sous forme de pamphlets et qui ont un grand succès. *Le Courrier français*, journal politique, se rapproche des doctrines du *Globe* et contient des articles très supérieurs.

Je ne vous parlerai que *pour mémoire* du parti *ultra* dirigé par une association obscure, appelée la *Société royale des bonnes-lettres*, que M. Chateaubriand, le *grand hypocrite* de France, daigne présider une fois par an. Elle se réunit dans un salon mal éclairé et étouffant, ouvert tous les soirs aux littérateurs de second ordre et aux pauvres vieilles *marquises* du Faubourg Saint-Germain. La police, trouvant qu'elle ne peut malheureusement pas détruire la littérature comme en Autriche et voulant au moins la diriger et régner sur elle, a soin de donner la Croix de la Légion d'honneur aux littérateurs des *Bonnes-Lettres*, toutes les fois que le public siffle une de leurs tragédies ou honore d'un mépris marqué l'un de leurs mauvais poèmes. C'est ordinairement le parti d'Étienne qui prend sur lui de couvrir de boue ces pauvres diables.

Les chefs du club des *Bonnes-Lettres* sont M. Lacretelle, auteur d'une ennuyeuse et mensongère *Histoire de la Révolution française* que Napoléon a extrêmement bien caractérisée dans ses *Conversations de Sainte-Hélène*, et M. Ancelot, auteur de ces tragédies : *Louis IX* et *Fiesque*. Ces messieurs ont, paraît-il, un culte absolument sans limite pour le pouvoir. Une douzaine de poètes, inconnus à dix lieues de Paris, MM. Guiraud, Soumet, de Vigny, Lefèvre, Mennechet, etc., etc. lisent leurs vers à la *Société des Bonnes-Lettres*. Ils prétendent imiter Lord Byron et ils réussissent assez passablement à attraper quelques-unes de ses absurdités. Ils ne cessent d'entretenir le public de leur misanthropie, des profondes « émotions de leurs âmes », comme si ces pauvres diables en étaient vraiment riches !

Ce sont les gens les plus secs et les plus plats du monde, de vrais fats littéraires. L'un d'entre eux, M. Hugo, auteur d'un roman célèbre, *Han d'Islande*, fait des odes à l'imitation de J.-B. Rousseau. Ses vers sonnent bien et sont adroitement tournés, mais ils ne veulent absolument rien dire ; ils ne contiennent positivement pas la plus petite parcelle d'idée. C'est à cela que leur auteur doit précisément la protection du parti ultra subalterne, qui ne déteste rien tant que les idées et qui enverrait coucher, si cela était possible, la faculté de penser du peuple français. Les jésuites se chargent de la fortune des petits littérateurs des *Bonnes-Lettres*. Ce parti possède quatre ou cinq journaux littéraires peu connus, tels que les *Lettres champenoises*, les *Annales des arts* et *La Muse*.

La situation des trois partis littéraires est actuellement celle-ci :

1. Le parti des *Bonnes-Lettres* ne compte pour rien cette année. Il a encouru le mépris en proportion de l'argent que la police a distribué aux littérateurs de talent.
2. Le parti de Jouy, Étienne et Cie est en train de tomber. Les chefs de la maison se sont enrichis, et le public commence à s'apercevoir que depuis trois ou quatre mois ces messieurs n'ont pas émis une seule nouvelle idée. *Les Hermites en Prison* de MM. Jouy et Jay, quoique excessivement bien puffés par *Le Constitutionnel*, ont ennuyé toute la France. Les auteurs ont une fois de plus empoché une bonne somme grâce à cette œuvre, mais celle-ci a porté le dernier coup à leur réputation. Ils sont maintenant catalogués *ennuyeux*. M. Jouy qui vient de faire imprimer l'édition complète de ses œuvres en trente volumes, octavo, ne trouvera pas d'acheteurs et devra perdre cinquante mille francs dans cette opération.
3. Le *parti spiritualiste* s'élève rapidement et sera probablement dans deux ou trois ans le parti régnant.

Conclusion : un jeune auteur qui veut une petite pension de douze cents francs et la *croix* doit faire partie des *Bonnes-Lettres*. MM. Lacretelle, Roger, Ancelot, Chateaubriand le pousseront dans le monde. S'il désire seulement un rapide succès de vente, il doit faire sa cour à MM. Étienne et Jouy qui lui feront une réclame vigoureuse dans *Le Constitutionnel*. C'est ainsi que MM. Étienne et Jouy ont fait une jolie réputation à deux jeunes historiens : MM. Félix Bodin et Thiers. Enfin, le jeune écrivain qui débute dans la carrière et qui veut être considéré à Paris, et peut-être acquérir un peu de gloire, doit porter aux nues Platon, Proclus, Kant, Schelling, etc., etc., dénigrer Condillac et Cabanis, et essayer de faire insérer ses articles dans *Le Globe*.

Un débutant qui veut *brusquer la gloire* et qui désire avoir de la considération dans les salons des *duchesses à la mode* doit se faire admettre dans la société de la *Morale chrétienne* et choisir les épigraphes de ses œuvres dans la Bible, comme M. de Barante, car la religion est maintenant à la mode. L'aristocratie espère en retirer quelque avantage et essaie de constituer une sorte de protestantisme.

J'ai oublié de mentionner l'Académie, centre d'ambition si important avant la Révolution. À cette époque, pour être en sûreté, il était nécessaire d'appartenir à quelque grand corps : la cour, la noblesse, le clergé, la magistrature. Voltaire reçut un jour des coups de canne de M. le chevalier de Rohan, qui n'aurait pas osé frapper un bourgeois. Si, à l'époque de cette correction, Voltaire avait été de l'Académie, il est probable que cette affaire aurait pris un autre tour. Avant la Révolution, c'était donc un avantage que d'être académicien. Cette distinction pourrait encore être honorable ; elle ne l'est malheureusement plus. *L'Académie française* s'est attiré le mépris des salons du Faubourg Saint-Germain pour avoir élu le 2 décembre dernier M. Droz, un pauvre diable inconnu, et pour avoir refusé d'ouvrir ses portes à M. de Lamartine, coryphée du parti ultra et recommandé par une jolie lettre de l'empereur Alexandre.

Il y a six mois, l'Académie s'était déjà attiré la haine des *spiritualistes* et du parti d'Étienne et de Jouy en rejetant M. Casimir Delavigne, le grand poète des libéraux. M. Droz fut élu parce qu'il appartenait à la *Société du Déjeuner*. Ces quinze dernières années, une douzaine de *gens de lettres*, la plupart sans talent, avaient décidé de déjeuner ensemble tous les dimanches et de se pousser les uns les autres à l'occasion de toutes les œuvres qu'ils publieraient. Deux d'entre eux, je pense que c'étaient MM. Picard et Roger, furent reçus à l'Académie, aussi les autres membres de la *Société du Déjeuner* firent-ils le serment « d'entrer à l'Académie » à leur tour et en dépit de leur obscurité ils y ont réussi. M. Droz était le seul *déjeuneur* qui restait encore à élire. Ce pauvre homme a écrit un mauvais livre « sur le bonheur » qui inflige une véritable envie de bâiller à tous ceux qui s'aventurent à en tourner les pages. Le motif ridicule et honteux de sa dernière élection a fait grand tort à la pauvre Académie. Elle ne peut être regardée désormais à Paris que comme une simple société littéraire et rien de plus puisqu'elle ne compte parmi ses membres ni MM. de Lamartine, Delavigne, de Béranger, les trois premiers poètes de l'époque, ni M. le général Foy, le seul homme éloquent que possède la France, ni MM. Courier, Benjamin Constant, de Pradt, Mignet, Scribe, Guizot, de Barante, Royer-Collard, le *Mackintosh* de notre Chambre des députés.

J'ai gardé pour la fin de cette sorte de préface aux lettres mensuelles, que je me propose de vous écrire, les traits caractéristiques de la littérature actuelle en France, ils peuvent se résumer en une seule ligne : *La Révolution commence en littérature.*

Jusqu'à aujourd'hui la littérature était restée à beaucoup près ce qu'elle était en 1785 et telle que Grimm l'a peinte dans sa *Correspondance.* De 1785 à 1791, l'enthousiasme de la *vertu* s'empara de tous les esprits. Ceux-ci étaient assez puérils pour s'imaginer qu'il était possible de faire une révolution sans renverser aucune classe *d'intérêts.* De 1791 à 1800, tout homme qui avait un peu d'âme cherchait à empêcher l'étranger de pénétrer en France et le plus grand souci du public devint d'échapper à la guillotine de Robespierre.

Il n'y avait point alors de public littéraire.

De 1800 à 1814, tous ceux qui possédaient de la force dans le caractère cherchaient à *faire* quelque chose à la suite de Napoléon et non point à *écrire*, la police de Fouché et de Savary leur eût-elle permis de se faire imprimer.

Tout le monde connaît la lettre de Savary à Mme de Staël à propos de son *Allemagne.* Napoléon défendit la représentation de *L'Intrigante*, comédie de M. Étienne, et il nomma celui-ci censeur dramatique.

De 1814 à 1823, nous rêvions d'un gouvernement constitutionnel avec les deux chambres. Ceux qui avaient un esprit enthousiaste s'occupèrent à réfléchir sur le moyen d'assurer le bonheur du pays par des institutions modérées capables d'amener une sorte d'accommodement entre les partis. Depuis les élections de 1823, tout homme éclairé voit avec assez de netteté que la France finira par obtenir une constitution raisonnable et un véritable gouvernement avec les deux chambres, et que l'époque de l'établissement d'un système juste et constitutionnel sous la direction d'un ministère de *centre gauche* n'est reculé que de quelques années. Il est difficile d'espérer quelque équité ou quelque impartialité dans l'administration de la justice avant l'année 1840. Une liberté positive ne peut apparaître avant environ 1860. Ce délai est rendu nécessaire par la grande école de *dépravation morale* due à Napoléon de 1802 à 1814. Si par bonheur Napoléon avait été tué après la bataille d'Austerlitz nous aurions pu être *réellement* libres dès l'année 1830.

La vérité des opinions que je viens rapidement d'énoncer n'est pas douteuse et leur mélancolique certitude a tourné tous les hommes de talent vers des occupations littéraires où ils font entrer leur *politique* avec eux. Ils n'ont pas plus tôt pénétré dans ces milieux qu'ils y trouvent toujours en vigueur toutes les idées qui convenaient passablement bien à la société de 1786. Mais les vieilles recettes pour créer des beautés littéraires qui plaisent ne font plus l'affaire et ils ont décidé de les renverser.

D'ici la fin des deux ou trois années qui vont venir, toutes les vieilles absurdités littéraires périront donc dans une Saint-Barthélemy générale. La Révolution va produire son effet sur la littérature. L'immense succès de l'*Histoire de Napoléon et de la Grande Armée pendant l'année 1812* par le général comte Philippe de Ségur porte un coup mortel aux anciennes formes littéraires. De tels ouvrages rejettent complètement dans l'ombre les anciennes gloires de la littérature française. Seuls les historiens de l'antiquité n'ont rien à redouter de la comparaison. La littérature est sur le point de changer complètement et de revivre sous nos yeux grâce aux hommes qui, comme M. de Ségur, ne sont écrivains que parce qu'ils ont perdu leurs fonctions politiques. Sont dans le même cas : M. Daru, auteur de l'*Histoire de Venise* ; M. de Barante, préfet de Napoléon, qui publie l'*Histoire des ducs de Bourgogne* ; M. Fain secrétaire du *Cabinet de l'Empereur*, à qui nous devons deux *morceaux* historiques intitulés *Manuscrit de 1813* et *Manuscrit de 1814*. Le seul écrivain simplement homme de lettres qui a du succès est M. Mignet dont l'*Histoire de la Révolution française*, en deux petits volumes, est un *chef-d'œuvre* supérieur à tout ce qui a paru depuis cinquante ans. En dépit des assurances qu'il est de mode de donner ici, et bien que le livre de Mignet diffère complètement du genre d'histoire populaire en Angleterre, je suis persuadé que l'*Histoire de la Révolution* sera traduite en anglais. Sa lecture surprendra fort le bon peuple anglais qui n'a jamais compris l'époque *de la terreur*, le plus grand phénomène politique auquel l'Europe ait assisté depuis six cents ans. M. Mignet prépare une troisième édition de son livre. Dans deux ou trois cents phrases environ, il a sacrifié la clarté à la brièveté ; il saura se débarrasser de cette obscurité comme de quelques expressions vagues qui déparent le commencement du premier volume. Le gouvernement d'ici a été très fâché de voir un tel ouvrage pénétrer dans toutes les classes de la société, au moment précis où il est sur le point d'accorder un milliard de francs aux émigrés et de restaurer en partie l'*État civil* du clergé[1]. Les journaux à

1. Le clergé de France revendique le droit de baptiser, de marier et d'enterrer comme avant la révolution. La grande masse de la nation française se rend compte des conséquences d'une telle mesure, et

la solde de la Trésorerie ont reçu l'ordre de n'y jamais faire allusion. D'autre part, cet admirable ouvrage a excité *l'envie* de tous les journalistes libéraux, qui sont eux-mêmes de jeunes littérateurs. On ne lui a jamais fait de *réclame* ; deux mille cinq cents exemplaires en ont pourtant été vendus presque exclusivement à Paris. Les provinces qui ressentent à leur tour tous les maux de la France et qui, pour la culture intellectuelle sont de vingt années en arrière de Paris, ne voyant dans les journaux (car les journaux en France équivalent à vos revues) aucune mention de M. Mignet et de son livre, ne connaissent rien ni de l'un ni de l'autre. Si je vous ai parlé si longuement de ce livre paru au moins depuis six mois, c'est qu'il est essentiel qu'il soit lu en Angleterre, pays qui a été empoisonné par les absurdités des *Considérations sur la Révolution de* Mme de Staël. L'effet de cette rapsodie sur le public anglais prouve jusqu'où peut aller la force du *puffing* dans votre pays. Le livre de Mme de Staël a donné le jour à une réfutation de M. Bailleul, autrefois député et ennemi personnel de Robespierre. L'ouvrage de M. Bailleul est ennuyeux, mais il est plein d'observations remarquablement justes et jusque-là inédites sur la France de 1793.

Je rappellerai seulement ici l'ouvrage de M. de Ségur et ceux de M. Fain, car il faudra certainement consacrer un article entier à des livres d'une telle importance. Les amis de M. Philippe de Ségur espèrent qu'il corrigera dans la seconde édition de son livre un grand nombre de phrases embarrassées et métaphysiques qu'on y rencontre. Tous les écrivains français d'un réel talent

---

juge que c'est une très pernicieuse usurpation des fonctions des maires. *(Note du* London Magazine.*)*

abominent à un tel point aujourd'hui les sottises ronflantes à la mode avant la Révolution, qu'ils tendent tout naturellement à écrire à la *Salluste* et tombent dans le défaut opposé, c'est-à-dire dans l'obscurité. Tel est par exemple continuellement le cas de M. Mignet et de M. de Ségur.

Je vous ai parlé il y a quelque temps de l'imprécision qui est pour le moment le péché mortel de la littérature française. C'est la faute des principaux articles du *Constitutionnel* ; la peur de Sainte-Pélagie (prison où MM. Jouy et Jay écrivirent leurs *Hermites en Prison)* en serait la cause si nous en croyons les auteurs eux-mêmes. L'imprécision du style et l'imprécision de la pensée sont les tristes défauts d'une *Histoire de la Révolution française* due à MM. Thiers et Bodin, et qui a été couverte d'éloges à foison dans *Le Constitutionnel* où écrivent les auteurs sous les ordres de M. Étienne. Une abondance malheureuse de périodes et de phrases sonores et ambitieuses enjolivées d'une chute piquante défigure tristement l'histoire dont je parle. Quatre volumes en viennent de paraître et elle sera complète en dix. Ce *luxe de phrases* rappelle une définition de Talleyrand : « Le rôle de la parole, a dit ce vétéran de la diplomatie, est de cacher la pensée. » MM. Guizot et de Barante sont de jeunes *Conseillers d'État*, destitués par M. Villèle et qui font maintenant des livres. Ces messieurs ont conservé en littérature le nom du parti politique qu'ils essayèrent de former voici quatre ans ; ils étaient et sont toujours appelés les *Doctrinaires*. Comme MM. Guizot, de Barante, de Broglie, de Staël ne perdent jamais de vue dans leurs discours comme dans leurs pamphlets le souci de s'assurer, en cas de retraite, une position à l'arrière, on dit qu'ils ont adopté la définition de M. de

Talleyrand sur le rôle des *mois*. Cette malheureuse *obscurité phrasière* défigure également une collection de *Mémoires sur l'Histoire de France* publiée par M. Guizot et par sa femme qui, il y a douze ou quinze ans, s'est acquis de la réputation en littérature sous le nom de Mlle Pauline de Meulan. M. Thiers a moins de pénétration de pensée que M. Guizot, mais son style est plus clair. Ce qui me fait mettre quelque espoir en M. Thiers, c'est qu'il est très jeune. Le style des deux volumes qu'il vient justement de publier est plus châtié, moins ampoulé et moins ennuyeux que celui des deux précédents, parus en 1823.

Il y a actuellement deux manières de bien connaître la Révolution française. La première, que je recommande à ceux qui ne veulent pas lire plus de douze volumes sur le sujet, est de prendre les œuvres de MM. Mignet et Thiers. L'autre est de se servir du livre de M. Mignet comme d'une sorte de *carte générale* de tout le pays, et des mémoires détaillés de Mme Roland, de Mme Campan, de MM. Thibaudeau, le marquis de Ferrières, Bertrand de Molleville, Dumouriez, de Choiseul, de Vauban qui tiendront alors la place des cartes particulières à grande échelle. C'est la seule méthode pour obtenir une idée *vraie* de la Révolution qui est moins comprise en Angleterre que nulle part ailleurs, grâce aux idées romanesques de Burke et de Mme de Staël. Tout homme sincère et sensé sentira la vérité de ce que je dis en lisant les *Mémoires de Thibaudeau* dont les deux premiers volumes ont paru il y a six mois et qui ont valu à leur auteur actuellement à Bruxelles d'être persécuté. Ces deux volumes seront rapidement suivis de quatre autres, beaucoup plus intéressants que les précédents et qui prouveront jusqu'à quel point Napoléon joua de la crédulité de son chambellan, Las Cases. Le marquis de Ferrières est un aristocrate et un homme d'honneur qui, sans le savoir, prouve la vérité de toutes les accusations de trahison et de duplicité que les *Mémoires* de Mme Rolland portent contre Louis XVI et surtout contre le comte d'Artois, aujourd'hui Charles X. Les mémoires et l'histoire publiés par M. Bertrand de Molleville, qui mourut seulement en 1819, montrent que ce vieux ministre de l'infortuné Louis XVI conseillait sans cesse au roi de se parjurer. La *Biographie des Contemporains* publiée par le libraire Michaud qui, sous Napoléon, de même que MM. Royer-Collard, l'abbé Montesquiou, Becquey, Fiévée, etc., était l'espion des Bourbons, contient de nombreux articles rédigés par les personnes auxquelles ils sont consacrés. Ces mémoires dévoilent quantités d'attentats du parti royaliste que Burke, Chateaubriand et autres phraséologues ont constamment niés. Certains des mémoires que je suis en train d'indiquer à l'amateur d'histoire désireux de consacrer six mois à la Révolution française, sont horriblement ennuyeux comme par exemple les *Mémoires de Gohier* qui présidait le Directoire le 18 brumaire (novembre 1799), mais la plus grande partie d'entre eux est excessivement amusante. M. de Talleyrand, âgé aujourd'hui de 70 ans, a écrit dix volumes de mémoires qui doivent paraître sous peu. L'ex-évêque d'Autun a fait une très admirable peinture de la cour de Louis XVI de 1775 à 1789 et de la société de cette époque. M. de Talleyrand, encouragé par quelques scènes des *Mémoires de Lauzun* et des *Mémoires de Bezenval* (4 vol.), a fait lire les quatre premiers volumes à quelques-uns des anciens pairs de France, ses contemporains. Ils sont aussi amusants que *Gil Blas*. Je pourrai vous envoyer le *Portrait de M. de Choiseul* par M. l'Evêque d'Autun.

Je compte vous parler des théâtres, mais avec moins de détails que ne le fit l'homme célèbre dont j'ai placé le nom en tête de ces lettres ; je n'ai certes pas la prétention absurde de le *continuer*, mais j'ai simplement voulu indiquer le modèle que j'ai adopté.

Les théâtres royaux à Paris coûtent tous très cher, les uns au budget du ministre de l'Intérieur, les autres à la liste civile. Ils sont sous la direction des premiers gentilshommes de la Chambre du roi ; ceux-ci sont au nombre de quatre. Ces places, avant la Révolution, étaient les plus honorables de France. Les gentilshommes qui les occupent aujourd'hui sont à la vérité très distingués ; ce sont dans le monde des hommes agréables, mais à la tête de l'administration ils ne se font remarquer que par leur excessive folie. Leur réputation d'absurdité a toutefois été récemment tout à fait éclipsée par celle que s'est acquise M. Sosthène de La Rochefoucauld, aide de camp du roi et directeur de l'Opéra. M. Sosthène fit imprimer un programme annonçant qu'il donnerait un prix de quatre mille francs à l'auteur du livret d'opéra le plus moral, le plus religieux et le plus monarchique. Chaque ligne de cette annonce contenait une absurdité. Il est plutôt excessif, de la part d'un homme qui vit en état de double adultère avec Mme du Cayla, de prêcher la morale aux filles de l'Opéra, et c'est pourtant son passe-temps favori. Dans le même temps où il mangeait avec Mme du Cayla les cinq ou six millions que Louis XVIII donnait à cette dame comme prix de ses complaisances, il avait une très jolie femme qu'il négligeait. Le roi était très jaloux de lui. C'est un disciple des jésuites qui lui ont probablement appris à la fois la morale qu'il prêche et celle qu'il pratique. C'est grâce à M. Sosthène que nous rions à Paris. Un malicieux petit journal, *le Diable boiteux*, a entrepris de se moquer de lui en racontant chaque matin sa *sottise* de la veille. Le duc de Maillé et le roi sont abonnés au *Diable*. Le journal se voyant soutenu a été délicieux ces huit derniers jours. Sosthène découvrit qu'il avait des ennemis à la cour et jugea bon de se justifier. Mme la duchesse de *** recevait le 6 décembre ; il se rendit chez elle, se plaça le dos au feu et commença à parler, non pas à quelqu'un en particulier mais à tout le salon : « Messieurs, dit-il, on m'accuse de manquer de talent ; j'ai celui que Dieu m'a donné et je ne voudrais pas le changer pour le génie de M. Chateaubriand. » Tout le monde se mit à écouter et il se fit un profond silence. Sosthène continua et parla extrêmement bien. Après s'être justifié sur la question du talent, il en vint aux mœurs : « Je suis accusé, dit-il, d'avoir de mauvaises mœurs. Où puis-je les avoir prises ? En ai-je jamais eu de mauvaises sous les yeux ? Je suis né dans une famille qui a toujours fréquenté des gens comme il faut. Je n'ai jamais vu que des gens comme il faut. J'ai un naturel très doux. On m'accuse aussi de manquer d'instruction. Là, messieurs, l'injustice est encore manifeste. J'ai fait de bonnes études. Je sais le latin. Je ne veux pas dire que je *le sais aussi bien qu'Homère*... » Rien ne peut peindre l'éclat de rire qui échappa à toute l'assemblée ; et le rire fut d'autant plus irrésistible que, jusqu'à ce moment, Sosthène avait vraiment bien parlé. Tous les jours nous avons un trait semblable. Mardi dernier, à Sainte-Geneviève, Sosthène, qui était en compagnie de Mme du Cayla fit prier spécialement pour lui. En un mot,

Sosthène est la joie de Paris et on parle encore plus de lui que de l'*Indemnité des Émigrés* ou de l'*État civil du clergé*.

Pour en revenir aux théâtres, ceux qu'administrent les quatre gentilshommes de la Chambre et M. Sosthène coûtent cinq cent mille francs par an et sont excessivement mal dirigés. Il est interdit de faire représenter sur la scène du *Théâtre-Français* ou de l'*Odéon* toute pièce qui serait une représentation fidèle de la société parisienne d'aujourd'hui. Le *Théâtre-Français* n'existe que grâce à Talma et surtout grâce à Mlle Mars, très supérieure elle-même à Talma. Le public ne se lasse jamais d'aller voir les excellentes peintures de mœurs du siècle dernier, et les tragédies les plus remarquables dans le genre de celles de Racine et de Voltaire que jouent Talma et Mlle Mars. Malheureusement, Mlle Mars a 50 ans et Talma 60 ; et ils ont toujours par jalousie empêché de réussir auprès d'eux les acteurs qui avaient ou promettaient d'avoir du talent. Tous ceux qui auraient été susceptibles de rivaliser avec eux ou même de les pousser dans l'ombre ont été soigneusement éloignés de la scène. La société est si excessivement ennuyeuse en France, et la conversation y est si difficile que tous les théâtres de Paris sont pleins chaque soir. L'Odéon, qui s'est installé depuis deux ans sur la rive gauche du fleuve, a augmenté les affaires de ce quartier de vingt millions de francs par an.

La comédie qui représente la société, moitié telle qu'elle est et moitié telle que l'a faite la pruderie intéressée du despote Napoléon, peut seulement se voir en ce moment au *Gymnase* et aux *Variétés*. Le *Ci-devant jeune homme* est une comédie imitée, avec tout l'esprit possible, du *Mariage secret* de Garrick. Mais l'organisation du Théâtre-Français et la stupidité excessive des Gentilshommes de la Chambre du roi sont causes que le théâtre n'a rien produit depuis dix ans, en dehors du *Ci-devant jeune homme*, qui peigne le moins du monde la société d'aujourd'hui. Le *Gymnase* ou *Théâtre de Madame* (duchesse de Berry) est le seul endroit où l'on puisse écouter la comédie actuelle. Trois causes empêchent la *vraie comédie* d'apparaître *ailleurs* : la censure dramatique, la folie des Gentilshommes du roi et le goût pédantesque du public. Aussi, MM. Lauriston et Corbière, deux hommes très puissants et très sots, ont-ils lutté de tout leur possible pour anéantir *Le Gymnase*. Je vous conseille de lire *La Somnambule*, *Le Nouveau Pourceaugnac*, *Michel et Christine*, *L'Héritière*, *La Mansarde des Artistes*, *Julien ou 25 ans d'Entre-acte*. J'étais sur le point de dire un mot ou deux de chacune de ces pièces quand je me suis souvenu que vous les avez probablement vues et vous en êtes amusés au théâtre de Tottenham Court Road. Je dirai seulement un mot de *Coralie ou la Danseuse*, le dernier chef-d'œuvre de M. Scribe. Ce jeune homme a écrit, soit seul, soit en collaboration, au moins cent pièces en un acte et cette production lui rapporte annuellement vingt-cinq mille francs. S'il avait écrit une pièce en cinq actes pour le *Théâtre-Français*, il aurait dû attendre sa représentation environ six ans, la police aurait affaibli toutes les situations les plus frappantes et dilué les meilleures trouvailles de son œuvre ; et quand celle-ci aurait été jouée, elle lui aurait rapporté tout au plus dans les cinq ou six mille francs ; et je n'ai rien dit de toutes les petitesses dont il aurait dû se rendre coupable envers *M. le Premier Gentilhomme de la Chambre du Roi*.

Coralie, danseuse, est courtisée par un Lord anglais et aussi par le frère de la comtesse Charlotte. Ce frère a un ami, appelé Rolland, aussi timide que Marlow, dans *She Stoops to Conquer* (Elle s'abaisse pour vaincre). Ce frère est sur le point d'épouser Coralie. La comtesse Charlotte n'a qu'un moyen de le sauver : elle se déguise en femme de chambre et entre au service de la danseuse Coralie. Elle apprend en secret la folie que son frère est sur le point de commettre ; mais elle rencontre Rolland, ravi de trouver une femme de chambre qui ressemble tant à la femme qu'il adore et à qui il n'a jamais osé avouer son amour. Il lui dépeint la violence de son attachement pour la comtesse ; la comtesse alarmée quitte la maison de Coralie. Un peu après, ayant repris ses propres habits, elle rencontre Rolland et lui demande de lui dire comment sauver son frère. C'est là une scène délicieuse qui fait courir tout Paris et a valu à cette comédie un succès comparable à celui d'un roman de Walter Scott. Rolland raconte à la comtesse que Coralie aime son frère mais qu'elle ne l'épouse que parce qu'elle pense qu'à l'occasion de son mariage, la comtesse fera à ce frère qu'elle aime tant un cadeau d'un million de francs. Il ajoute : « Coralie connaît votre écriture ; écrivez, madame, la lettre que je vais vous dicter : "Mon ami, j'apprends que vous êtes ruiné en spéculant sur les fonds publics. Je vous offre ma main et toute ma fortune." » Le public ne peut se rassasier de voir l'amant timide, très bien joué par Gonthier, dicter à la femme qu'il adore une déclaration d'amour pour lui-même. Cette lettre produit son effet sur Coralie qui ne peut plus rien espérer désormais de la sœur de son amant et qui part pour Londres avec l'Anglais. Dans cette charmante comédie, le rôle de la danseuse, belle et sotte, est admirablement joué par Clozel.

Cette pièce est pleine d'action et péripéties. C'est en cela que le nouveau théâtre se distingue en France des vieux drames du temps de Louis XIV, qui abondaient en discours longs et spirituels avec peu d'action et encore moins de péripéties. Nous nous rapprochons du théâtre anglais. Il y a aussi beaucoup d'action dans une tragédie de M. Lebrun, intitulée *Le Cid d'Andalousie*, et qui va être jouée au *Théâtre-Français* par Talma et Mlle Mars. Le roi, dans cette pièce qui repose sur un fait historique du XIIe siècle, devait être bâtonné dans l'ombre par le Cid. *M. le Premier Gentilhomme de la Chambre du Roi* déclara qu'il ne souffrirait pas qu'un roi reçoive des coups de bâton sur la scène. M. Lebrun a imploré le Gentilhomme de la Chambre pendant une année et a consenti à la fin que le roi d'Andalousie ne reçût que des coups de plat d'épée. M. Lebrun a alors porté sa pièce au censeur dramatique qui, pour ne pas demeurer en reste de loyalisme avec le Gentilhomme de la Chambre, a proclamé à son tour qu'un roi ne saurait être frappé du plat d'une épée ; il insista pour que le Cid, en voyant le roi, portât seulement la main à la garde de son épée. Cette action doit provoquer la vengeance du roi et être la source de toutes les calamités de la pièce. Vous voyez à quelle extrémité l'art dramatique est réduit en France. *Le Gymnase* n'ayant pas de *Gentilhomme* pour le conduire et ne recevant pas trois cent mille francs du roi a un peu plus de liberté et on s'y entasse jusqu'à étouffer tous les soirs.

J'aurais encore à vous parler de huit ou dix nouveaux livres, mais je les laisse pour ma prochaine lettre. Dans cette première lettre, je n'ai voulu que vous nommer la plupart des hommes de lettres de quelque talent et vous désigner les deux partis principaux qui se partagent notre littérature : le parti de Jouy, Étienne et Cie et celui des disciples de Kant et de Cousin.

P. N. D. G.*

* Signature déguisée de Stendhal qui signifie « Petit-neveu de Grimm ».

Table

Éditions Points

Collection Points Classiques

P5800. Paris, *Émile Zola, Edwy Plenel*
P5801. Trois Contes, *Gustave Flaubert, Aurélia Michel*
P5802. Lettres persanes, *Montesquieu, Alain Supiot*
P5803. De l'Amour, *Stendhal, Geneviève Fraisse*
P5804. Historiettes romaines, *Stendhal, Patrick Boucheron*
P5805. Le Comte de Monte-Cristo – Volume 1, *Alexandre Dumas, Vanessa Codaccioni*
P5806. Le Comte de Monte-Cristo – Volume 2, *Alexandre Dumas, Vanessa Codaccioni*

RÉALISATION : NORD COMPO À VILLENEUVE-D'ASCQ
IMPRESSION : CPI FRANCE
DÉPÔT LÉGAL : FÉVRIER 2022. N° 149816 (3045903)
IMPRIMÉ EN FRANCE